LOS AMANTES DE PRAGA

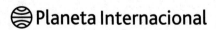 Planeta Internacional

Alyson Richman

LOS AMANTES DE PRAGA

Traducción de Susana Olivares

🌐 Planeta

Título original: *The Lost Wife*
Publicado originalmente por The Berkley Publishing Group.
Publicado por Grupo Penguin (USA). 375 Hudson Street, Nueva York,
Nueva York 10014, USA.

Traducción: Susana Olivares Bari
Diseño y fotoarte de portada: Estudio la fe ciega / Domingo Martínez
Imágenes de portada: Puente de Carlos, República Checa / Trybex, mujer / Lolostock, aviones
/ Everett Historical © Shutterstock

THE LOST WIFE © 2011, Alyson Richman

Derechos mundiales exclusivos en español
Publicados mediante acuerdo con Union Literary, 30 Vandam Street, Suite SA, 10013 Nueva
York (NY), Estados Unidos y/o MB Agencia Literaria S.L. Ronda Sant Perc 62, 1° 2°, 08010.
Barcelona, España.

© 2017, Editorial Planeta Mexicana, S.A. de C.V.
Bajo el sello editorial PLANETA M.R.
Avenida Presidente Masarik núm. 111, Piso 2
Colonia Polanco V Sección
Delegación Miguel Hidalgo
C.P. 11560, Ciudad de México
www.planetadelibros.com.mx

Primera edición: abril de 2017
ISBN: 978-607-07-4014-5

Impreso en los talleres de Litográfica Ingramex, S.A. de C.V.
Centeno núm. 162-1, colonia Granjas Esmeralda, Ciudad de México
Impreso y hecho en México - *Printed and made in Mexico*

1

Se esmeró en vestirse para la ocasión; el traje planchado y los zapatos boleados. Al rasurarse, inclinó cada mejilla cuidadosamente hacia el espejo para asegurarse de no pasar por alto ningún punto de su rostro. Ya antes, por la tarde, se había comprado un gel con aroma a limón para acomodarse los pocos rizos que le quedaban.

Tenía un solo nieto varón, un único nieto, de hecho, y llevaba meses en espera de la boda. Y aunque sólo había visto a la novia unas cuantas veces, le había agradado desde un principio. Era inteligente y encantadora, con una risa espontánea y cierta elegancia de antaño. No se había percatado de lo raro que eso era hasta que se encontró sentado mirándola fijamente, mientras su nieto la tomaba de la mano.

Incluso ahora, al entrar al restaurante para la cena posterior al ensayo de la boda, sentía, al ver a la joven mujer, que había viajado a otra época. Miró atentamente mientras algunos de los demás invitados inconscientemente se llevaban una mano a la garganta al ver el cuello de la chica, que surgía del vestido de terciopelo bello y largo, como si acabara de salir de algún cuadro de Klimt. Tenía el cabello recogido en un chongo casual y había dos pequeñas mariposas con piedras preciosas, con antenas brillantes, justo arriba de su oreja izquierda, que parecía acababan de posarse sobre su roja cabellera.

Su nieto había heredado sus rizos oscuros y rebeldes. A diferencia de su futura esposa, se removía nerviosamente mientras que ella parecía flotar por la habitación. El joven daba la impresión de que estaría más a gusto con un libro entre las manos que con la larga copa de champán que sostenía. Pero había entre ambos una corriente de tranquilidad, un equilibrio que los hacía parecer perfectamente adecuados para cada cual. Los dos eran estadounidenses de segunda generación, inteligentes y muy educados. Sus voces carecían del más leve rastro de los acentos que habían adornado el inglés de sus abuelos. La noticia de la boda, que habría de aparecer en la edición dominical de *The New York Times*, indicaría:

Anoche, Eleanor Tanz celebró sus nupcias con Jason Baum en el Rainbow Room de Manhattan. El rabino Stephen Schwartz ofició la ceremonia. La novia, de veintiséis años, es graduada de la Universidad Amherst y actualmente trabaja en el departamento de artes decorativas de la casa de subastas Christie's. El padre de la novia, el doctor Jeremy Tanz, trabaja como oncólogo en el hospital Memorial Sloan-Kettering de Manhattan. Su madre, Elisa Ranz, es terapeuta ocupacional y labora en el sistema de Educación Pública de la ciudad de Nueva York. El novio, de veintiocho años, graduado de la Universidad de Brown y de la Facultad de Derecho de Yale, es asociado en el bufete de abogados de Cahill, Gordon & Reindel LLP de la ciudad de Nueva York. Hasta hace poco, su padre, Benjamin Baum, trabajó como abogado para Cravath, Swaine & Moore LLP de esta misma ciudad. La madre del novio, Rebekkah Baum, es maestra retirada. La pareja se conoció gracias a las presentaciones de amigos mutuos.

En la mesa principal, presentaron uno al otro por primera vez a los dos abuelos sobrevivientes de cada una de las familias de la nueva unión. De nuevo, el abuelo del novio se sintió transportado por la imagen de la mujer que estaba frente a él. Era mucho mayor que su nieta, pero tenía un aire conocido. Él lo percibió de inmediato, desde el momento en que contempló sus ojos por primera vez.

—La conozco de algún lugar —logró decir, aunque sintió que ahora le estaba hablando a un fantasma, no a una mujer a la que acababa de conocer. Su cuerpo estaba respondiendo a ella de una forma visceral que no se podía explicar. Se arrepintió de haber bebido esa segunda copa de champán. Su estómago estaba dando tumbos en su interior y casi no podía respirar.

—Debe de estar equivocado —respondió ella con cortesía. No quería parecer maleducada, pero también ella había ansiado estar presente en la boda de su nieta desde hacía meses y no quería que la distrajeran de las celebraciones de esa noche. Al ver a la muchacha abrirse paso entre la concurrencia, besando mejillas y tomando los sobres que los invitados les entregaban a ella y a Jason, casi tenía que pellizcarse para asegurarse de que de veras había vivido hasta este momento para poder contemplar todo esto.

Pero el viejo junto a ella no quería darse por vencido.

—Estoy convencido de que la conozco de algún lugar —volvió a repetir.

Volteó hacia él y ahora le mostró su rostro más directamente. La piel con los incontables trazos de arrugas, su cabello de plata, sus ojos del azul del hielo.

Pero fue la sombra del azul oscuro que se transparentaba a través de la efímera tela que cubría sus brazos lo que hizo que el viejo se estremeciera hasta los huesos.

—Su manga… —El dedo del anciano tembló al tocar la seda de su manga.

El rostro de la mujer se alteró cuando sintió que le tocaba la muñeca, visiblemente incomodada.

—Su manga…; ¿Me permite? —Sabía que se estaba comportando de manera inaceptable.

Ella lo miró de frente.

—¿Me permite ver su brazo? —volvió a decir—. Por favor… —Su voz sonaba casi desesperada.

Ahora, ella lo miraba fijamente; sus ojos, clavados en los del viejo. Como si se encontrara en un trance, se levantó la manga. Allí, en su antebrazo, junto a un pequeño lunar, había seis números tatuados.

—¿Ahora me recuerdas? —preguntó él, tembloroso.

Ella lo volvió a mirar como si le otorgara peso y solidez a un fantasma.

—Lenka, soy yo —dijo él—. Soy Josef, tu marido.

2

La noche anterior ella había deslizado el lienzo fuera del tubo para abrirlo como mapa. Durante más de sesenta años lo había llevado consigo a todas partes; primero oculto en una vieja maleta y, después, enrollado en un cilindro de metal y oculto bajo los tablones del piso para terminar, al paso del tiempo, detrás de un montón de cajas en el atestado clóset.

La pintura se componía de delgados trazos rojos y negros. A través de cada línea se vislumbraba una energía cinética: el artista esforzándose por capturar la escena con la mayor velocidad posible.

Siempre había sentido que era demasiado sagrado como para exhibirlo, como si la mera exposición a la luz o al aire o, tal vez peor, a las miradas de los visitantes, fueran demasiado para su delicada superficie. De modo que había permanecido en su estuche hermético, enclaustrado, al igual que los pensamientos de Lenka. Semanas antes, acostada en la cama, decidió que el lienzo sería su regalo de bodas para su nieta y su nuevo esposo.

Lenka

Cuando el Moldava se congela adquiere un color madreperla. De niña, llegué a mirar a unos hombres que rescataban a los cisnes atrapados en su congelada corriente, usando picos para liberar sus palmeadas patas.

Al nacer, mis padres me llamaron Lenka Josefina Maizel, hija mayor de un comerciante de vidrio en Praga. Vivíamos en la *Smetanovo nábřeži*, la ribera de Smetana, en un enorme departamento con un ventanal que daba al río y al puente. Tenía paredes forradas de terciopelo rojo y espejos con marcos dorados, un recibidor con muebles tallados y una madre maravillosa que olía a lirios del campo todo el año. Aún regreso a mi infancia como si fuese un sueño. *Palačinka* servidas con mermelada de chabacano, tazas de chocolate caliente y excursiones de patinaje en hielo sobre el Moldava. Mi cabello recogido dentro de un sombrero de piel de zorro cuando nevaba.

Podíamos ver nuestro reflejo en todas partes: en los espejos, en las ventanas, en el río que corría a nuestros pies y en la curva transparente de los objetos de vidrio que fabricaba mi padre. Mamá tenía un armario especial repleto de copas para cada ocasión. Había copas para champán grabadas con delicadas flores, copas especiales para vino con bordes dorados y tallos esmerilados e, incluso, copas de agua color rojo rubí que reflejaban una luz rosada cuando se les sostenía frente al sol.

Mi padre era un hombre que amaba la belleza y los objetos hermosos, y creía que su profesión generaba ambas con una alquimia de proporciones perfectas. Se necesitaba más que arena y cuarzo para crear vidrio. También eran necesarios el fuego y el aliento.

—Un soplador de vidrio es tanto amante como dador de vida —dijo en una ocasión ante una habitación llena de invitados a cenar. Levantó una de las copas de agua de la mesa del comedor—. La siguiente vez que beban de una copa, piensen en los labios que crearon la elegante y sutil forma con la que ahora deleitan sus bocas, así como en los muchos errores que se destruyeron y volvieron a fundir para hacer un juego perfecto de doce copas.

Hechizaba a cada uno de sus invitados mientras giraba la copa bajo la luz; pero su intención no era ser un vendedor ni brindar un momento de entretenimiento para la velada. Verdaderamente amaba la manera en que un artesano podía crear un objeto que fuera fuerte y frágil a un mismo tiempo; transparente, pero capaz de reflejar colores. Creía que había una especial belleza tanto en las superficies más lisas de vidrio como en aquellas veteadas con ondas internas.

Su negocio lo llevaba a cada rincón de Europa, pero siempre entraba por la puerta principal de la casa de la misma manera en que se había ido: con su camisa blanca e impecable y su cuello con aroma a cedro y clavo.

— *Milačku* —decía en checo mientras tomaba a mi madre por la cintura con ambas manos—. Amor.

— *Lasko Moje* —respondía ella al besarlo—. Mi amor.

Incluso después de una década de matrimonio, papá seguía embelesado por sus encantos. Muchas veces regresaba a casa con regalos que compraba únicamente porque le recordaban a ella. Un ave miniatura de *cloisonné*, con sus alas delicadamente esmaltadas, podía aparecer junto a su copa de vino o quizás encontrara un relicario adornado con perlas cultivadas en un estuche de terciopelo sobre su almohada. Mi favorito fue un radio de madera con un impactante diseño a rayas que brotaban desde el centro y con el que sorprendió a mamá después de un viaje a Viena.

Si cerrara los ojos para recordar los primeros cinco años de mi vida, vería la mano de papá sobre la perilla de ese radio. Los finos vellos negros de sus dedos mientras ajustaba el sintonizador para encontrar alguna de las pocas estaciones que tocaba *jazz*, un sonido exótico y estimulante que se empezaba a transmitir por las ondas hertzianas en 1924.

Puedo ver su cabeza voltear para sonreír mientras extiende su mano hacia nosotras. Puedo sentir el calor de su mejilla cuando me levanta y coloca mis piernas en torno a su cintura, mientras su otra mano hacía girar a mi madre.

Puedo percibir el aroma del ponche de vino elevándose de las delicadas tazas en alguna fría noche de enero. Afuera, los altos ventanales de nuestro departamento están cubiertos de escarcha, pero por dentro el ambiente es tan cálido como los trópicos. Largos dedos de la luz naranja de las velas acarician los rostros de los hombres y las mujeres que atestan el recibidor para escuchar al cuarteto de cuerdas que papá invitó a tocar esa noche. Allí está mamá al centro, con sus largos brazos blancos estirándose para tomar algún canapé. Tiene un nuevo brazalete que rodea su muñeca. Un beso de papá, y yo, asomada desde mi recámara, deleitada por ver su glamur y comodidad.

También hay noches tranquilas. Los tres agazapados en torno a una pequeña mesa, escuchando a Chopin desde el tocadiscos. Mamá abanica sus cartas para que sólo yo pueda verlas. Tiene una sonrisa en los labios y papá frunce el ceño en broma mientras deja que mamá gane la partida.

Por las noches, mamá me arropa y me dice que cierre los ojos.

—Imagina el color del agua —susurra en mi oído. Otras noches, me sugiere el color del hielo. Otra más me indica que piense en el color de la nieve. Me quedo dormida con las imágenes de sus tonalidades cambiando y transformándose en la luz. Me enseña a imaginar los diversos tonos de azul, las delicadas vetas de lavanda, el más leve toque de blanco y, al hacerlo, mis sueños se ven invadidos por el misterio del cambio.

Lenka

Una mañana, llegó Lucie portando una carta. Le entregó el sobre a papá, quien la leyó en voz alta a mi madre. «La chica no tiene experiencia como niñera», le había escrito un colega, «pero tiene un talento natural para manejar a los niños y es más que confiable».

Mi primer recuerdo de Lucie es que parecía mucho más joven que sus dieciocho años. Casi infantil, su cuerpo parecía perderse dentro del vestido y abrigo largos que usaba. Pero cuando primero se hincó para saludarme, me vi impactada de inmediato por la calidez que fluía de su mano. Cada mañana, cuando llegaba a la casa, portaba consigo un leve aroma a canela y nuez moscada, como si la hubiesen horneado apenas esa mañana y la hubieran entregado tibia y fragante; un envoltorio exquisito imposible de rechazar.

Lucie no era ninguna belleza. Era como una arista trazada por un arquitecto: toda ella líneas rectas y ángulos. Sus duros pómulos parecían como martillados con un cincel; sus ojos eran grandes y negros, sus labios pequeñísimos y delgados. Pero como oscura ninfa del bosque tomada de las páginas de algún antiguo cuento de hadas, Lucie poseía una magia propia. Después de sólo unos cuantos días de trabajar con mi familia, todos nos sentimos encantados con ella. Cuando narraba alguna historia, sus dedos se agitaban en el aire, como una arpista que tañe cuerdas imaginarias. Si había quehaceres que llevar a cabo, murmuraba canciones que había escuchado cantar a su propia madre.

Mis padres no trataban a Lucie como sirvienta, sino como miembro de nuestra extensa familia. Comía todos sus alimentos con nosotros, sentada a la enorme mesa de comedor, siempre atestada con demasiada comida. Y aunque no seguíamos las reglas del *kósher*, nunca bebíamos leche cuando comíamos algún platillo que contuviera carne. La primera semana que trabajó en la casa, Lucie cometió el error de servirme un vaso de leche con mi *goulash* de res y mamá debe de haberle dicho después que nunca mezclábamos las dos cosas, ya que no recuerdo que jamás haya vuelto a cometer el mismo error.

Mi mundo se volvió menos estrecho y, ciertamente, mucho más divertido después de la llegada de Lucie. Me enseñó cosas como la forma de atrapar una rana de árbol o cómo pescar desde uno de los puentes que cruzaban el Moldava. Era una cuentista maestra y creaba un reparto de personajes con las diversas personas con las que nos topábamos durante el día. A la hora de la cama, podía aparecer el hombre que nos vendía helados junto al reloj de la Plaza de la Ciudad Vieja transformado en hechicero. Una mujer a la que habíamos comprado manzanas en el mercado podía surgir como princesa envejecida que jamás se había recuperado de un corazón roto.

A menudo me he preguntado si fue Lucie o mi madre quien primero descubrió que tenía talento para el dibujo. En mi recuerdo es mamá quien me entrega mi primer estuche de lápices a colores y es Lucie, más adelante, quien me compra mi primer estuche de pinturas.

Sé que fue Lucie quien me empezó a llevar al parque con mi cuaderno de dibujo y mis lápices. Se recostaba sobre una cobija cerca del estanque en el que los niños lanzaban sus barquitos de papel y miraba las nubes mientras yo hacía dibujo tras dibujo.

Al principio, dibujaba pequeños animales: conejos, ardillas, un pájaro con el pecho rojo. Pero pronto empecé a tratar de dibujar a Lucie y, después, a un hombre que leía su periódico. Más adelante, me atreví a dibujar composiciones más complejas, como una madre que empujaba una carriola. Ninguno de mis primeros intentos fue bueno, pero como cualquier chiquillo que empieza a dibujar, me esmeraba en hacerlo una y otra vez. Con el paso del tiempo, mis observaciones empezaron a conectarse con mi mano.

Después de dibujar por horas, Lucie enrollaba mis bosquejos y los llevaba al departamento. Mi mamá nos preguntaba cómo habíamos pasado el día y Lucie tomaba los dibujos que más le gustaban y los fijaba con tachuelas a la pared de la cocina. Mamá analizaba mi trabajo con todo detalle y después me envolvía en sus brazos. Debo de haber tenido cerca de seis años la primera vez que la escuché decir:

—¿Sabes, Lenka? Yo era igual a tu edad: siempre con un lápiz y un papel en mis manos.

Fue la primera vez que escuché que mi madre hiciera una comparación entre las dos y puedo afirmar que, como niña con el oscuro cabello y pálidos ojos que se asemejaba más a su padre que a su elegante madre, la emoción de que las dos compartiéramos algo me llenó de alegría el corazón.

ᗥ

El primer invierno que Lucie estuvo con nosotros, mamá quiso darle un regalo que mostrara su gratitud. Recuerdo que lo discutió con papá.

—Haz lo que creas conveniente, *Milačku* —dijo distraído mientras leía el periódico. Siempre le daba total libertad cuando se trataba de dar regalos, pero ella siempre sintió que debía pedir su autorización antes de hacer cualquier compra. Al final, mandó a hacer una bellísima capa corta en lana azul rematada en terciopelo. Aún puedo ver la cara de Lucie cuando abrió el paquete; al principio, dudó en aceptar el regalo y se sintió casi avergonzada por esa extravagancia.

—A Lenka también le va a tocar una —dijo mamá con gentileza—. Qué par tan hermoso van a hacer cuando vayan a patinar en el Moldava.

Esa noche, mamá me pescó observando a Lucie desde mi ventana mientras caminaba en dirección al tranvía.

—Supongo que tendré que mandar a hacerte una capa el día de mañana —dijo, con su mano sobre mi hombro.

Ambas sonreímos al ver a Lucie, cuyo cuerpo parecía haber crecido varios centímetros, mientras, elegante, se adentraba en la noche.

ᗥ

Aunque nuestro hogar estaba perennemente colmado de la melodía de copas que chocaban y de los colores de mis dibujos, también existía una tristeza silenciosa pero palpable que se albergaba entre nuestras paredes. Cuando Lucie se marchaba por las noches y la cocinera recogía su bolso para irse, nuestro enorme departamento parecía demasiado grande para nuestra pequeña familia. La habitación desocupada junto a la mía se llenó gradualmente con paquetes, canastas y pilas de libros viejos. Incluso mi cuna y mi carriola viejas quedaron silenciosas en una esquina, cubiertas por una gran sábana blanca, olvidadas y fuera de lugar, como dos viejos fantasmas.

Había periodos de días, parches de tiempo, en que sólo recuerdo haber visto a Lucie. Mi madre tomaba casi todos sus alimentos en su habitación y, cuando aparecía, se veía pálida y con los ojos inflamados. Su rostro evidenciaba claramente que había estado llorando. Mi padre regresaba a casa y calladamente le preguntaba a la sirvienta cómo se había sentido mi madre. Miraba la bandeja fuera de su habitación con el plato de comida sin tocar —la taza llena de té frío— y parecía desesperado por volver a llevar la luz a su oscurecido hogar.

Recuerdo que Lucie me indicaba que no preguntara nada acerca de estos episodios. Llegaba más temprano de lo habitual por las mañanas y trataba de distraerme con algunas cosas que traía de su casa. Algunos días, sacaba de su canasta una fotografía donde aparecía con seis años, junto a un caballito. En otras ocasiones, traía una sarta de cuentas de vidrio que trenzaba en mi cabello como una guirnalda de hiedra. Ponía un cinto de seda azul alrededor de mi cintura y yo imaginaba que era una princesa que gobernaba un reino en el que todo el mundo tenía que hablar en murmullos. El único sonido que nos permitíamos era el susurro de nuestras faldas mientras bailábamos por la habitación.

A la noche, nos visitaba el médico de la familia, que silenciosamente cerraba la puerta de la habitación de mamá, descansaba la mano sobre el hombro de mi padre y le hablaba por lo bajo. Yo los observaba sin lograr discernir qué enfermedad era la que aquejaba a mi madre y que le impedía aparecer durante el día.

A medida que fui creciendo, empecé a comprender que estas sombras de mi infancia tenían que ver con las dificultades de mis padres para concebir otra criatura. Evitábamos hablar de familias donde había muchos niños y aprendí a no pedir un hermanito o hermanita porque, en aquellas ocasiones en que lo hice, sólo logré hacer que los ojos de mi madre se colmaran de lágrimas.

Algo cambió en nuestro hogar después de que cumplí los siete años. Mamá pasó semanas con lo que parecía alguna dolencia estomacal y después, repentinamente, el color regresó a sus mejillas. En las semanas siguientes, dejó de vestirse con las faldas y sacos ceñidos que estaban a la moda y empezó a preferir prendas más amplias y sueltas. Se le veía serena y sus movimientos se volvieron más lentos y cuidadosos, pero no fue sino hasta que su vientre adquirió un gentil abultamiento que ella y papá anunciaron que iban a tener otro bebé.

Se habría pensado que, después de todos estos años, mamá y papá celebrarían la noticia de que me darían un hermanito o hermanita, pero abordaron el tema con gran cautela, temiendo que cualquier muestra de emoción o júbilo pusiera en peligro el embarazo.

Por supuesto, esta era una costumbre judía: el temor de atraer alguna maldición que pudiera arruinar nuestra buena fortuna. Al principio, Lucie se sintió confundida por ello. Cada vez que trataba de tocar el tema del embarazo, mi madre no le respondía de manera directa.

—Qué bella y saludable se le ve —le decía a mamá.

A lo que ella simplemente sonreía y asentía con la cabeza.

—Dicen por allí que si tiene antojo de queso es que va a tener una niña —proseguía Lucie—, y que si tiene antojo de carne es que será varón.

De nuevo, nada más que una sonrisa y un movimiento de la cabeza por parte de mamá.

Incluso, Lucie se ofreció a preparar el cuarto del bebé de antemano, ante lo que mi madre finalmente tuvo que explicarle sus dudas de hacer cualquier cosa hasta que el bebé hubiera nacido.

—Te agradecemos todos tus buenos deseos y tus ofertas de ayuda —explicó mamá suavemente—, pero no queremos atraer ninguna atención al nacimiento del bebé por el momento.

El rostro de Lucie pareció registrar de inmediato lo que estaba tratando de comunicarle mamá.

—Hay gente en el campo que cree eso mismo —dijo Lucie, como si el comportamiento de mamá finalmente tuviera sentido.

Aun así, Lucie intentó expresar su alegría ante la buena nueva de mis padres sin mencionarla de manera directa. Esa primavera, cuando las lilas empezaron a florear, llegaba con montones de las fragantes flores, con sus tallos cuidadosamente envueltos en tiras de muselina mojada, y los disponía en floreros por toda la casa. Recuerdo ver a mamá, con su vientre cada vez más abultado, caminando por las habitaciones con una sonrisa en la boca, como si el perfume de las flores la hubiera colocado en un trance.

En ocasiones, Lucie traía una canasta llena de pan negro que su madre había horneado y lo dejaba sobre la mesa de la cocina con un frasco de miel casera.

Pero no fue sino hasta el nacimiento del bebé que llegó el regalo más bello de todos.

Mi hermana Marta nació al anochecer. El médico entró a la sala donde papá y yo nos encontrábamos sentados en el sofá y Lucie en una de las sillas de terciopelo rojo.

—Tiene usted otra bella hija más —le anunció a mi padre.

Papá estrechó sus manos y corrió a la habitación. Lucie tomó su lugar en el sofá y asió mi mano.

—Así que tienes una hermanita nueva —dijo gentilmente—. Qué regalo.

Esperamos hasta que papá nos indicara que podíamos entrar en la habitación.

Después de unos minutos, regresó para decirnos que podíamos entrar a verlas a las dos.

—Lenka, ven a conocer a tu nueva hermanita.

Lucie me dio un empujoncito, totalmente innecesario ya

que estaba lista para saltar de mi asiento. Lo único que quería era correr al cuarto de mi madre para besarla a ella y a la nueva bebé.

—Lenka —mi madre levantó la vista del envoltorio que sostenía entre sus brazos y me sonrió al verme en la puerta—, ven. —Dio unas palmaditas en la cama con su mano libre mientras sostenía a la bebé envuelta con el otro brazo.

Quedé pasmada al contemplarlas, pero recuerdo el pinchazo de celos que sentí en mi corazón cuando me asomé para ver los mechones rojos de cabello sobre la cabeza de esa bebé que era mi hermana.

—¡Felicidades! —exclamó Lucie al entrar y besar ambas mejillas de mi madre.

Unos cuantos minutos después regresó cargando un fardo de ropa de cama bordada. Sus orillas estaban adornadas con festones de hilo color de rosa.

—Las escondí en el ropero —dijo Lucie—. Bordé unas en rosa y otras en azul, por si acaso.

Mi madre rio.

—Piensas en todo, Lucie —dijo mientras Lucie colocaba la ropa de cama sobre la mesa de noche de mi madre.

—Las dejo solas unos minutos con la bebé —sonrió y me dio una palmadita en la cabeza.

Admiré a mi nueva hermana. Era mamá en miniatura. El pequeño mentón redondo, los lechosos ojos verdes y el mismo cabello.

Sin embargo, mi reacción no fue la que yo había anticipado. Los ojos se me llenaron de lágrimas y sentí que se me cerraba la garganta. Incluso, sentí que alguien metía sus manos en mi pecho y estrujaba mi corazón con todas sus fuerzas. Lo único que podía pensar era que me reemplazarían, que me olvidarían, y que ahora todas las atenciones de mis padres estarían centradas en esta criaturita con la cara de ángel y sus pequeñísimas manos.

Por supuesto que esa no era la realidad, pero el temor se apoderó de mí y supongo que esa fue la razón por la que me aferré tanto a Lucie durante los primeros meses de la vida de Marta.

Poco a poco me di cuenta de que la llegada de Marta no significaba que tomaría mi lugar. Pronto empecé a sostenerla entre mis brazos; comencé a leerle mis libros favoritos y le canté las mismas canciones de cuna que me habían arrullado.

También descubrí que mi nueva hermanita era la modelo perfecta para mis ambiciosos esfuerzos como retratista. Utilicé los primeros hitos de su vida para inspirarme. Empecé con ella dormida en su carriola y, después, la dibujé mientras gateaba en la playa durante el verano. Me fascinaba hacer bosquejos de ella al pastel. La suavidad con la que se mezclaban estos pigmentos me facilitaba plasmar la curva de sus mejillas y la longitud de sus crecientes extremidades.

También me fascinaba pintarla. La piel de Marta era del color blanco mate de la crema espesa y su cabello era del rojo profundo de la páprika. Aquellos rasgos que se habían presentado desde su infancia se pronunciaron aún más a medida que se disolvían sus rollitos infantiles. Marta tenía la misma frente alta que mamá, así como la pequeña nariz recta y boca sonriente. A medida que observaba a Marta crecer frente a mí, fue casi como si pudiera ver la transformación de mi madre de la infancia a la niñez.

Marta se volvía más independiente con cada día que pasaba. Lucie ya no tenía que hincarse frente a ella para ayudarla a ponerse los zapatos ni cambiarla constantemente porque se había manchado el vestido. Su cuerpo antes regordete se estiró y también crecieron sus deseos por expresar su opinión.

Pero, a medida que Marta fue creciendo, nuestra relación empezó a cambiar. Dejó de ser la muñequita a la que podía vestir y a la que pretendía tener controlada. Nos convertimos en rivales no sólo de la atención de mis padres, sino también de la de Lucie. Y aunque había más de siete años de diferencia entre nosotras, peleábamos por trivialidades y Marta a menudo tenía pataletas si no se hacían las cosas como ella quería.

Aun así, una vez que Marta cumplió los ocho años, había una cosa que teníamos en común y que nos fascinaba discutir más que cualquier otra cosa: la vida amorosa de Lucie. Al regreso de la escuela, podíamos pasarnos horas tratando de averiguar si tenía novio. Yo la interrogaba acerca de quién le había regalado la delgada cadena de oro que repentinamente había aparecido alrededor de su cuello, o la nueva mascada de seda que guardaba bajo el cuello de su capa. Y Marta le preguntaba si era guapo y rico antes de romper en llanto y rogarle a Lucie que le prometiera que, sin importar lo que pasara, nunca nos dejaría.

3

Lenka

En el otoño de 1934, Lucie nos anunció que se casaría con un joven llamado Petr a quien conocía desde su infancia y que ahora tenía trabajo como dependiente en una farmacia cercana a la casa de los padres de Lucie en Kolín. Mamá recibió la noticia como si hubiese sido su propia hija la que le anunciaba su compromiso.

Cuando Lucie llegó a trabajar al día siguiente, mamá y la costurera, Gizela, ya la estaban esperando con una docena de rollos de seda blanca colocados contra las paredes.

—Te vamos a hacer un vestido de novia —le anunció mamá—. Y no quiero oír una sola palabra de protesta.

—Desvístete y sólo déjate puestos tu fondo y tu corsé —ordenó Gizela.

Tomó tres alfileres y empezó a rodear a Lucie con su cinta de medir: primero alrededor del busto, después de su cintura y, por último, de su cadera.

Lucie temblaba mientras esperaba silenciosa en sus ropas menores.

—¡Pero esto es totalmente innecesario! Voy a usar el vestido que usaron mis hermanas. ¡A Petr no le importa que esté usado o gastado!

—¡No quiero oír nada de eso! —dijo mi madre mientras mostraba un gesto de desaprobación con la cabeza. Caminó hasta Lucie, que se vestía con celeridad. Su beso me recordó la manera en que nos besaba a Marta o a mí.

◌

Lucie usó el velo de encaje de su familia, un manto sencillo que le llegaba justo a los hombros. Su guirnalda estaba hecha de margaritas y rosas silvestres. Su ramo era una mezcla de ásteres y hojas amarillas. Caminó por el pasillo de la iglesia del brazo de su padre; los rizos negros de su cabello, arreglados de manera ingeniosa debajo de su tocado; su mirada, fija al frente.

Todos lloramos cuando intercambiaron sus votos nupciales. Petr era tan joven como Lucie, de no más de veinticinco años, y yo me sentí eufórica por ambos. Había cierta belleza en lo opuestos que eran físicamente. Él era mucho más alto que ella, con rasgos amplios y aplanados y una cabeza colmada de cabello rubio. Noté lo grandes que eran sus manos cuando se acercaron a levantar el velo de Lucie y lo diminuta que era la cara de ella cuando la tomó por el mentón. La besó ligera y cuidadosamente, silencioso y gentil. Vi que mamá tomaba la mano de papá en la suya y que le sonreía como si recordara el día de su boda.

Abandonaron la iglesia para celebrar la recepción en casa de los padres de Lucie. Era una rústica casa de granja con vigas expuestas y un tejado de tejas rojas. En el jardín, ya floreaban los torcidos manzanos y los fragantes perales. Habían levantado una carpa blanca, con los postes adornados con gruesos listones amarillos. Sobre una pequeña e improvisada plataforma, cuatro hombres empezaron a tocar polcas.

Era la primera vez que yo había acudido a la casa infantil de Lucie. Había estado con mi familia por años y yo no sabía nada de su vida fuera de lo que compartía con nosotros. Nuestra cercanía era tanta como la de una familia, pero siempre dentro de nuestro departamento o con la ciudad de Praga como telón de fondo. Ahora, por primera vez, estábamos observando a Lucie en su propio entorno, con su familia y amigos. Desde la esquina del jardín, observé los rostros de sus hermanas y vi cuánto se parecían entre sí. Los rasgos delicados, el mentón pequeño y los huesos altos y rectos de sus pómulos y quijadas. Lucie y su padre eran los únicos con el cabello negro, ya que en el resto de su familia abundaban la tez clara y el cabello rubio. Eran un grupo estridente y bullicioso comparado con nosotros. Había grandes jarras de cerveza de Moravia y *slivovice*, un aguardiente casero de ciruela. Había platones de comida campestre como salchichas y chucrut, además del tradicional estofado con *dumplings*.

Marta y yo aplaudimos y reímos cuando se formó un círculo en torno a Lucie y Petr. Podíamos oír los vítores que pedían que se estrellara el plato ceremonial. Era una tradición checa, no muy distinta a la judía en la que el novio estrella un vaso. Pero a diferencia del ritual judío, que simboliza los años de tristeza de nuestro pueblo, este ritual checo representaba la unidad de la pareja recién fusionada. Después de que rompieran el plato, a Petr le dieron una escoba y a Lucie un recogedor y juntos recogieron los trozos como muestra de su unión.

ɔʃ

Lucie sólo permaneció con nosotros un año después de sus nupcias. Se embarazó en marzo y el viaje diario a Praga se volvió demasiado para ella. Para ese momento, Marta tenía nueve años y yo había enviado mi solicitud para ingresar a la escuela de Arte. Pero la extrañábamos enormemente. Seguía visitándonos al menos una vez al mes, su vientre abultado se asomaba por la capa de terciopelo azul que mi madre le había regalado y que todavía usaba de manera diligente. Estaba redonda como bolita de masa, con las mejillas rosadas y el cabello más lustroso que nunca.

—Si es niña, la voy a llamar Eliška, como usted —le dijo a mi madre. Ahora, ambas estaban unidas en esa hermandad secreta de la maternidad, en la que Marta y yo no participábamos.

A medida que el cuerpo de Lucie cambió a causa de su embarazo, el mío también empezó a transformarse. Por un tiempo había estado en ansiosa espera de que mi cuerpo alcanzara al de las otras chicas de la escuela, que parecieron desarrollarse antes que yo. Ese otoño, pasé cada vez más tiempo frente al espejo. Miraba fijamente mi reflejo: la imagen de la niña iba alejándose mientras que el rostro y cuerpo de una mujer surgían a la superficie. Mi cara, alguna vez acojinada por la gordura infantil, ahora era más delgada y angular, mientras que mi cuerpo se suavizaba y adquiría curvas. En lo que pareció ser un último golpe de Estado, mis senos parecieron crecer varios centímetros de un día para otro y pronto descubrí que no podía cerrar los botones de algunas de mis blusas.

Parte de mí quería ceder a estos cambios y alterar mi apariencia por completo. Un día llegué a casa con una revista de modas y señalé una fotografía de Greta Garbo.

—Por favor, mamá —rogué—, ¡déjame que me corte el cabello así!

No podía esperar a ser adulta, mi cabeza tenía la idea de que podía transformarme en una estrella del cine norteamericano de la noche a la mañana. Mamá bajó su taza de té y tomó la revista de mis manos. Sonrió.

—Conserva tus trenzas un rato más, Lenka —me respondió, su voz estaba teñida de nostalgia—. Te ha tomado años tener el pelo así de largo.

De modo que mis trenzas sobrevivieron; sin embargo, mi madre llegó a darles la bienvenida a algunas de las tendencias modernas que llegaban a Praga. Le fascinaba el nuevo estilo de pantalones amplios y las anchas blusas asomándose de la alta y ajustada pretina. Compraba estas nuevas prendas tanto para ella como para mí, e incluso hizo que Gizela, su costurera, elaborara varios pares de pantalones para las dos con un libro de patrones que había ordenado de París.

Por desgracia, mi clóset lleno de ropa nueva y moderna no logró alterar la percepción que tenía de mí misma. Todavía me sentía atrapada en un estado de torpeza. Quería sentirme más confiada y femenina, pero en lugar de ello me sentía poco atractiva e insegura. Ahora mi cuerpo me parecía totalmente desconocido. Por años, había observado a una niña de trenzas con un cuerpo que parecía cortado de un libro de muñecas de papel. Ahora, con los cambios de la adolescencia, me sentía acomplejada por la manera en que me movía; incluso por la forma en que utilizaba las manos para expresarme. Uno de mis brazos podía rozar un seno cuando antes se movía libremente frente a mí. Hasta mis caderas parecían estorbarme si pensaba que podía abrirme paso entre dos sillas.

Traté de centrar mi atención en mi portafolio para la escuela de Arte. Esto era algo tangible en lo que me sentía confiada. En mi último año de escuela preparatoria, había progresado de simples acuarelas y pasteles a un amor por los óleos. Cuando no hacía mis tareas escolares, pasaba mi tiempo dibujando o pintando. Nuestra sala estaba llena de los retratos enmarcados que había dibujado al paso de los años. Los pequeños bosquejos que había hecho de Marta cuando era bebé se habían visto reemplazados por un gran retrato que había elaborado de ella en el vestido blanco con el cinto azul claro que había usado para la boda de Lucie.

Mi esperanza era que mis retratos expresaran más que la mera apariencia de mi modelo, que también expresaran sus pensamientos. Las manos, los ojos y la colocación del cuerpo eran como el mecanismo de un reloj y sólo tenía que disponerlos de cierta manera para mostrar la vida interna de mi modelo. Me imaginaba como el Greco, acomodando a mi padre en el espacio de su silla complejamente tallada, con el asiento de terciopelo rojo en evidente contraste con lo negro de su traje. Pinté sus manos, con los hilos azules de sus venas, sus uñas cuidadosamente arregladas y sus manos entrelazadas sobre el regazo. Pinté el azul verdoso de sus ojos, que reflejaban la luz. La negrura de su bigote, que descansaba sobre sus dos labios cerrados y pensativos. Mi madre también ofreció posar para mí.

El nombre de mamá, Eliška, al abreviarse Liska, significaba «zorra» y era el apodo que mi padre utilizaba amorosamente. Pensé en eso al retratarla. Le pedí que usara un simple vestido de casa, hecho de algodón blanco y almidonado, con un cuello calado y mangas ribeteadas. Ese era el aspecto que yo más amaba, sin el rostro normalmente empolvado y el guardarropa elegante; mi madre, sencilla y al natural. Su pálida piel, una vez revelada, tenía pequeñísimas pecas, como chispas de avena que flotaban en un tazón de leche.

Siempre se quedaba callada después de estudiar alguna de mis pinturas terminadas; como si quisiera decir algo, pero se contuviera de hacerlo.

Jamás me habló de la época que ella misma pasó en la escuela de Arte y ciertamente existía un aire de misterio en torno a su vida anterior como estudiante. Nunca mostró los cuadros que había pintado antes de su matrimonio. Yo sabía que estaban allí porque me había topado con ellos por accidente cerca de la época en que mamá anunció que estaba embarazada de Marta. Lucie y yo habíamos ido al cuarto de almacenaje que estaba en el sótano de nuestro edificio en busca de una bomba de aire para las llantas de mi bicicleta. Cada departamento tenía un pequeño espacio y mamá nos había dado la llave del nuestro. Yo jamás había bajado al sótano y era como una oscura cueva, repleta de los objetos olvidados por todo el mundo. Pasamos junto a muebles viejos cubiertos de gruesos paños blancos, baúles de cuero y cajas apiladas hasta el techo.

Lucie tomó la llave y abrió nuestra pequeña bodega. Allí estaba la bicicleta de papá, junto con cajas etiquetadas de porcelana y todavía más cajas de copas. Encontramos la bomba; estaba junto a al menos una docena de lienzos recargados contra una pared y cubiertos por una sábana blanca.

Recuerdo que Lucie los movió con gran cuidado.

—Creo que estos son de tu mamá —dijo en un susurro,

aunque éramos las únicas personas en el sótano. Con dedos cuidadosos, separó cada cuadro para que pudiéramos ver las imágenes.

Los cuadros de mamá me impactaron. No eran reproducciones elegantes y meticulosas de los grandes maestros, ni paisajes bucólicos de la campiña checa. Eran oscuros y sensuales, con paletas guinda y ámbar profundo. Había uno que mostraba a una mujer reclinada en un diván, su pálido brazo sosteniendo su cabeza y el torso desnudo con dos rosados pezones y una cobija cuidadosamente colocada sobre las piernas.

Tiempo después, pensé en esos cuadros. La mujer bohemia que los había pintado antes de convertirse en esposa y madre no era mi mamá, quien administraba su hogar en un piso superior. Traté de replantearme la imagen que tenía de ella, de imaginarla como joven estudiante de Arte y entre los brazos de papá cuando se conocieron, y me pregunté si esa parte de ella había desaparecido por completo o si en ocasiones resurgía cuando Marta y yo estábamos dormidas.

Lucie nunca volvió a mencionar los cuadros, pero años después —cuando traté desesperadamente de crear una imagen completa y precisa de mi madre— mi mente regresó a ellos. El contraste entre la mujer y sus cuadros fue imposible de borrar de mi mente.

ഗ

En 1936, a los diecisiete años, me aceptaron en la Academia de Arte de Praga. Caminaba a clases cada mañana con mi cuaderno de dibujo bajo el brazo y una caja llena de óleos y pinceles de pelo de marta. Había quince alumnos en mi clase y, aunque había un total de cinco chicas, pronto me hice amiga de dos de ellas, Věruška y Elsa. Ambas eran judías y compartíamos muchas de las mismas amistades de nuestros años de escuela primaria. Unas semanas después del inicio del primer semestre, Věruška me invitó a su casa para celebrar el *Shabat*. Sabía poco acerca de su familia, excepto que tanto su padre como su abuelo eran médicos, y que su hermano mayor, Josef, estaba estudiando en la universidad.

Josef... Aún puedo verlo claramente. Esa noche llegó a casa empapado, con su ensortijado cabello negro mojado por la lluvia y sus grandes ojos verdes del color del cobre avejentado. Cuando apenas llegó, yo me encontraba en el pasillo de entrada y la sirvienta estaba tomando el abrigo de mis hombros. Él había entrado por la puerta delantera justo cuando yo me dirigía hacia la sala.

—Josef —dijo sonriente mientras bajaba su bolso de libros y le entregaba su abrigo a la sirvienta. Después, extendió su mano hacia mí, la tomé, sus anchos dedos envolvieron los míos.

Logré balbucear mi nombre y sonreírle, pero estaba enfrascada en una batalla contra mi timidez perenne, y su confianza en sí mismo y su físico me dejaron muda.

—¡Lenka, allí estás! —exclamó Věruška mientras se apresuraba hacia el pasillo. Se había cambiado la ropa que llevaba puesta en clase esa tarde y lucía un precioso vestido color vino. Arrojó sus brazos a mi alrededor y me besó.

—Veo que ya conociste a mi hermano —se acercó a Josef y le pellizcó la mejilla.

Yo me sonrojé.

—Věruška —rio él mientras apartaba su mano —.Ve y diles a mamá y papá que estaré allí en un momento.

Věruška asintió y la seguí por el pasillo hasta una enorme sala donde sus padres estaban enfrascados en una conversación.

El departamento de los Kohn no era muy distinto al nuestro, con sus anticuadas paredes tapizadas de terciopelo rojo, las oscuras vigas de madera y las grandes puertas francesas, pero la casa guardaba una cualidad sombría que me inquietaba.

Mis ojos recorrieron el recibidor. A lo largo y ancho de la habitación se adivinaba la evidencia de la docta vida de la familia. Grandes revistas médicas encuadernadas se apilaban sobre los estantes, junto con otros libros empastados en cuero. Sobre las paredes colgaban diplomas enmarcados de la Universidad Carolina, junto con reconocimientos de la Asociación Médica Checa. Un imponente reloj de pie hacía sonar la hora con sus campanadas y un piano de cuarto de cola se erguía en una de las esquinas de la habitación. En el sofá estaba sentada la madre de Věruška con un trabajo de bordado sobre el regazo. Bajita y regordeta, la señora Kohn lucía un sencillo vestido que disimulaba su suave y rolliza complexión. Un par de lentes para leer pendía sobre su amplio busto y su cabello estaba recogido de manera simple en un chongo a la altura de la nuca.

El padre de Věruška también parecía contrastar por completo con el mío. Mientras que los ojos de mi padre emanaban calidez, los del doctor Jacob Kohn tenían una penetrante mirada clínica. Cuando levantó la vista de su libro, me quedó claro que evaluaban a quienquiera que estuviera frente a él.

—Lenka Maizel —me presenté. Mis ojos cayeron hacia las manos perfectamente blancas del doctor Kohn, con sus uñas meticulosamente limadas y limpias, que estiró hacia mí cuando se levantó a saludarme.

—Gracias por acompañarnos esta noche —dijo, con voz tensa y mesurada. Sabía, por lo que me había contado mi madre, que el doctor Kohn era un distinguido obstetra dentro de la comunidad—. Mi esposa Anna… —Tocó su hombro suavemente con una mano.

La madre de Věruška sonrió y me tendió la mano.

—Nos da un enorme gusto compartir el *Shabat* contigo, Lenka. —Su voz era formal y precisa.

—Muchas gracias; les agradezco que me hayan invitado.

El doctor Kohn asintió con la cabeza y me indicó que me sentara.

Věruška se mostraba tan efusiva como siempre y se dejó caer sobre uno de los mullidos sillones rojos. Alisé mi vestido sobre mis piernas y me senté junto a ella.

—De modo que estudias pintura con nuestra Ruška —indicó su madre.

—Así es, y estoy en excelente compañía: su hija es el gran talento de la clase.

Tanto el doctor Kohn como su esposa sonrieron.

—Estoy seguro de que estás siendo más que modesta, Lenka —escuché que dijo una voz baja y suave detrás de mí. Era Josef, quien había entrado y ahora se encontraba de pie detrás de su hermana y de mí.

—Es una noble característica, la modestia —añadió el doctor Kohn mientras entrelazaba sus manos.

—No, es cierto. Věruška tiene el mejor ojo de la clase. —Le di una palmadita en la pierna—. Todos le tenemos mucha envidia.

—¿Y cómo puede ser eso? —preguntó Josef, divertido.

—¡Mamá, haz que se detenga! —protestó Věruška—. ¡Tiene veinte años y sigue fastidiándome!

Josef y yo cruzamos una mirada. Él sonrió y yo me sonrojé. Y, por primera vez en toda mi vida, sentí que casi no podía respirar.

☓

Esa noche, durante la cena, casi no pude probar bocado. Mi apetito se había desvanecido por completo y me sentí totalmente cohibida con cada movimiento que hacía en la mesa. Josef se sentó a la izquierda de su padre, sus anchos hombros se extendían más allá del respaldo de su silla. Me sentí demasiado tímida como para encontrar su mirada. Mis ojos se enfocaron en sus manos. Las manos de mi madre eran suaves pero fuertes; las de mi padre eran grandes y estaban cubiertas por una ligera capa de vello. Las manos de Josef eran distintas a las pequeñas y blancas manos del doctor Kohn. Tenían la musculatura que se puede observar en una estatua: el amplio dorso, los listones de sus pronunciadas venas y los dedos gruesos y poderosos.

Observé las manos de la familia Kohn con detenimiento, como si cada par reflejara las emociones que cursaban por la habitación. La tensión que se experimentó durante la cena era indudable. Cuando el doctor Kohn le preguntó a su hijo acerca de sus clases, Josef aferró su cuchillo y tenedor con todavía más fuerza. Sus nudillos se tensaron y sus venas se pronunciaron aún más. Le respondió a su padre de manera sucinta, sin detalle alguno, y jamás levantó su vista del plato.

Věruška era la única que estuvo animada durante la cena. Gesticulaba con las manos como si fuese una ágil bailarina. Salpicaba la conversación con pequeños chismes: la hija del vecino que había aumentado tanto de peso que parecía un pastelillo relleno de crema; se había enterado de que el cartero estaba teniendo un amorío con una de las sirvientas. A diferencia de sus reservados padres, gozaba de cada detalle. Sus descripciones eran grandilocuentes y adornadas. Cuando hablaba Věruška, uno no podía más que pensar en un cuadro rococó: todos sus personajes envueltos en actos clandestinos de amor, y sus devaneos representados en grandes y voluminosos trazos de colores vibrantes.

Me senté allí, observando a la familia, cada uno de sus contrastes más que evidentes ante mi mirada. El elegante mantel blanco con las velas para el *Shabat*, los platillos llenos de carne y papas, los espárragos dispuestos como las teclas de un piano sobre un largo plato de porcelana. El doctor Kohn, serio tras sus gafas; su voz, cuidada y medida. Sus manos, que nunca gesticulaban, sino que permanecían quietas a la orilla de la mesa. Josef, el agradable gigante cuyos ojos traviesos chispeaban cada vez que me veía; su hermana, burbujeante y efervescente como una alta copa de champán. Y la señora Kohn, que permanecía en silencio al otro extremo de la mesa, con las manos entrecruzadas, redonda y gordita como un capón relleno.

Por último, se sirvió el postre. Un seco pastel de manzana con un dejo de miel. Pensé en mamá y papá en casa, en cómo les gustaba la crema batida. Pastel de chocolate, tarta de frambuesa, *palačinka*; cualquier postre era la excusa perfecta para acompañarlo con una gran cucharada de crema.

—Casi no tienes apetito, Lenka —comentó el doctor Kohn al mirar hacia mi plato casi sin tocar.

Tomé mi tenedor y traté de obligarme a comer otro bocado.

—Creo que comí demasiado —respondí, con una risa nerviosa.

—¿Y estás disfrutando la Academia tanto como mi hija?

Volteó a mirar a Věruška y sonrió. Fue la primera vez que lo vi sonreír en toda la velada.

—Sí, es todo un reto. No tengo el talento de Věruška, de modo que me tengo que esforzar más para estar a la altura.

—Espero que Věruška no sea una fuente de distracción para la clase. Como puedes ver, le es difícil estarse quieta...

—¡Papá! —interrumpió ella.

Volvió a sonreír.

—Está llena de vida esta hija mía. No me imagino cómo sería nuestra casa sin ella y sus historias...

—Sin duda, sería mucho más silenciosa... —murmuró Josef, con una sonrisa.

Yo también sonreí.

Me vio hacerlo y pareció divertirle el afecto que yo le tenía a su hermana.

—¡Deberíamos brindar por Věruška! —Volteó a mirarme y levantó su copa—. Y por su amiga, que claramente es demasiado modesta.

Todos levantaron sus copas y me miraron. Sentí cómo mi cara se enrojecía de la vergüenza.

Y, por supuesto, fue Věruška quien tuvo el enorme placer de hacerlo notar.

⋘

Se retiraron los platos del postre; tras las puertas de la cocina, podía escucharse el sonido de la porcelana y de los cubiertos mientras se lavaban y guardaban.

El doctor Kohn se puso de pie. Todos lo seguimos. Caminó hasta un pedestal donde había un gramófono.

—¿Mozart? —preguntó mientras levantaba una ceja. Estaba sosteniendo un disco en una mano perfectamente blanca—. Sí. Algo de Mozart, creo yo.

Sacó el disco de su envoltorio y colocó la aguja sobre él; el cuarto se vio inundado de una lluvia de notas.

 C3

Bebí una pequeña copa de jerez. Věruška tomó dos.

Después, cuando la música se desvaneció y la sirvienta se llevó la licorera, Josef pidió permiso para retirarse. Momentos después, estaba de pie en el pasillo como guardia comisionado. Era evidente que sería él quien me acompañaría a casa.

Insistí en que no era necesario, pero ni Josef ni sus padres hicieron caso. Me ayudaron con mi abrigo y Věruška besó mis mejillas. Cerré los ojos, momentáneamente distraída por el aroma del jerez que se mezclaba con el de su perfume.

—Te veo el lunes en clase —me dijo, antes de darle un apretón a mi mano.

Me di la vuelta para marcharme y entré en la jaula del ascensor con Josef. Traía puesto un abrigo color verde oscuro, su boca y nariz estaban cubiertos por una pesada bufanda de lana. Sus ojos, del mismo color que su abrigo, me miraban como los de un niño curioso.

Caminamos sin decir palabra durante algunos minutos. La noche era negra; el cielo como terciopelo, salpicado con sólo unas cuantas estrellas brillantes.

Percibimos el frío; era el frío que se siente justo antes de que nieve. Una humedad que traspasaba tela, piel y huesos.

Al fin, en la calle Prokopská, rompe el silencio. Me pregunta acerca de mis estudios, acerca de las materias que me gustan, ¿siempre me ha gustado dibujar?

Le cuento que batallo con la clase de anatomía; es algo que lo hace reír. Le cuento que lo que más me gusta es pintar.

Él me cuenta que está en su primer año de Medicina; que desde el día en que nació le han dicho que va a ser médico.

—¿Hay algo más que te interese? —inquiero. La pregunta es atrevida, pero el vino y el jerez me han dotado de confianza.

Considera mi pregunta brevemente, antes de detenerse a reflexionar más acerca del asunto. Estamos a unos pasos del puente de Carlos; las linternas de gas emiten largos haces de luz. Nuestras caras son mitad oro, mitad sombra.

—Amo la Medicina —me dice—. El cuerpo humano es parte ciencia, parte arte.

Asiento con la cabeza; le digo que concuerdo.

—Pero hay una parte que no se puede aprender en los libros, y esa es la parte que más me abruma.

—Lo mismo pasa con la pintura —le respondo—. A menudo me pregunto cómo puedo sentirme tan insegura acerca de algo que amo tanto.

Josef sonríe. Voltea la cabeza un momento antes de volver a verme.

—Tengo un recuerdo de mi infancia. Mi hermana y yo encontramos un ave herida. La colocamos con todo cuidado en un pañuelo y se la llevamos a mi padre.

—¿Qué es esto? —nos preguntó cuando la colocamos sobre su escritorio.

—Está enferma, papá —recuerdo que respondió Věruška. Su voz era mínima y suplicante. Le habíamos llevado a nuestro padre algo que estábamos seguros de que podía arreglar.

Miro fijamente a Josef; sus ojos están llenos del recuerdo.

—Mi padre tomó el pañuelo con el ave temblorosa y lo sostuvo entre sus manos. Pude ver cómo la pequeña criatura se relajaba al sentir el calor de las palmas de mi padre. La sostuvo por lo que pareció una eternidad hasta que se detuvieron los movimientos del ave.

Josef respira hondo.

—El ave había muerto entre sus manos.

—¡Qué terrible! —digo, cubriéndome la boca con una mano—. Tú y Věruška deben de haberse sentido desolados.

—Seguramente creíste que te iba a decir que quise convertirme en médico porque vi a mi padre regresar a la vida a algo tan frágil y herido, ¿no es así? —Niega con la cabeza—. Pero, la verdad, Lenka, es que vuelvo a pensar en ese incidente una y otra vez. Mi padre debe de haberse percatado de que no podía salvar al ave, de modo que la sostuvo suavemente entre sus manos hasta que su vida huyó de su cuerpo.

—Pero qué doloroso para ti y Věruška...

—Lo fue —responde—. Fue la primera vez que me di cuenta de que mi padre no podía sanar todo lo que estaba herido, que en ocasiones incluso él podía fracasar.

Vuelve a mirarme.

—Trato de recordarlo cuando siento que lo decepciono.

Cuando pronuncia estas palabras, tengo el deseo de tocarlo, pero mis manos permanecen a mi lado.

—¿Qué es lo que tienes, Lenka, que me haces desear contarte cada historia de mi infancia? —Voltea a mirarme, su rostro está transformado por una sonrisa. Suelta una risita y entiendo que está tratando de aligerar las cosas—. Tienes los ojos tan abiertos que siento que podría entrar en ellos y ponerme a mis anchas.

Ahora soy yo la que ríe.

—Bienvenido seas; incluso, te prepararé una taza de café.

—¿Y podrías poner el gramófono? Ponme algo de Duke Ellington.

—Como gustes —digo en broma.

—¿Y me permitirías bailar contigo, Lenka? —Ahora su voz está colmada de luz y alegría.

—¡Por supuesto! —le digo. No puedo contener mi deseo de reír.

Él suelta una carcajada y, en ella, escucho el sonido de la dicha. Escucho pies que bailan, el susurro de faldas en movimiento, la risa de niños.

¿Es esta la primera señal del amor?

En la persona a la que estás destinado a amar escuchas el sonido de los que aún no han nacido.

☙

Caminamos todavía más lejos, al otro lado del puente y por el Smetanovo hasta que nos encontramos frente a los grandes portones de madera del edificio en el que vivo.

—Espero volver a verte —dice.

Nos sonreímos uno al otro, como si ambos supiéramos algo que ninguno de los dos tiene el valor de decir.

En lugar de ello, simplemente nos despedimos.

No nos besamos; sólo hay el más leve roce de nuestras manos.

ങ

Věruška, Elsa y yo seguimos siendo amigas en la escuela durante el invierno de 1937. Vestidas con nuestros pesados abrigos de tela y sombreros de piel, subíamos por la larga escalinata de la Academia, nos despojábamos de las diversas capas de ropa y encontrábamos nuestros lugares frente a los caballetes. Los salones eran calientes y la condensación empañaba las ventanas mientras nuestra modelo se erguía desnuda frente a una silla cubierta por una tela.

En ocasiones, me recostaba en la cama y trataba de imaginar a Josef. Trataba de evocar cómo se verían sus hombros o la cavidad de su musculatura al centro de su pecho. Pero mi imaginación jamás pudo guiar mi mano. Mis dibujos eran torpes y casi todos ellos terminaban hechos una pelota en el cesto de la basura.

Descubrí que sí tenía un talento, que surgía cuando me concentraba en dibujar el rostro de mi sujeto. Quizá fueron todos esos años de timidez, mi tendencia natural a observar, pero encontré que podía ver cosas que mis demás compañeros de clase a menudo pasaban por alto. Al dibujar a una anciana, me encontraba mirando sus pálidos y acuosos ojos.

Mientras los demás se concentraban en capturar la forma exacta en que caía su piel, en la forma en que la carne colgaba pesadamente sobre un cuerpo antes robusto, yo me concentraba en sus párpados caídos. Pensaba en la manera en que podía plasmar esas delgadas membranas, como dos cortinas tan gruesas como la gasa, un velo sobre la vista ya agotada.

Difuminaba los contornos del rostro frotando mi pulgar sobre el carboncillo; los suavizaba, haciendo que su cutis pareciera más pergamino que satín. Pero al hacer esto, sus rasgos, tan cuidadosamente dibujados, se convertían en un friso que narraba una historia sobre una extensión de mármol blanco. Daban la apariencia de haberse cortado sobre piedra.

Otra habilidad que traté de desarrollar en mis clases de pintura fue intentar integrar cierta psicología en mis lienzos. Utilizaba colores que no eran típicos y en ocasiones mezclaba pigmentos azules y verdes a los tonos de la piel para comunicar cierta tristeza. O colocaba puntos de lavanda dentro del iris de los ojos para indicar melancolía, o puntos color escarlata para expresar pasión.

Me intrigaban las pinturas del grupo de los secesionistas, Schiele y Kokoschka, con sus trazos cinéticos y su mensaje emocional. Nuestro maestro, Joša Prokop, era estricto conmigo y no me elogiaba con tanta facilidad como a mis otros compañeros. Pero para el final del semestre, empezó a celebrar mis esfuerzos y los riesgos que tomaba con mis dibujos, y yo empecé a sentirme más confiada con el paso de los días. Aun así, seguía trabajando hasta las altas horas de la noche para compensar mis debilidades. En ocasiones, Marta me complacía y dejaba que la dibujara. Se desabotonaba el camisón de algodón y dejaba que hiciera bosquejos de sus clavículas y de su cuello. A veces, incluso, dejó que dibujara su espalda para que pudiera concentrarme en plasmar las delicadas alas de sus omóplatos.

Mientras más trabajaba, más lograba concebir al cuerpo humano como las piezas interconectadas de un rompecabezas. Al paso del tiempo, aprendí la manera en que cada vértebra se conectaba con otra para crear cierta postura. Estudiaba libros de anatomía para aprender cómo era que cada hueso se unía con los demás y aprendí a notar que la piel no era más que una tela estirada sobre una máquina extremadamente eficiente.

у

Cuando no estaba en casa o en la escuela, pasaba el tiempo en el departamento de Věruška. Aceptaba cada una de las invitaciones que se me hacían para ir, con la esperanza de poder atisbar a Josef. Por las noches, soñaba con poder pintar su oscuro y pensativo rostro, la espesa negrura de sus rizos, el verde de sus ojos.

Dejé de vestirme sin pensar en cómo me vería. Mientras estaba en la escuela, vestía de manera conservadora y en colores oscuros, a menudo con pantalones y suéteres. Pero cuando iba a casa de Věruška, elegía atuendos que creía acentuarían mi figura. Ahora estaba a punto de cumplir los dieciocho años y sentía todo el poder de mi deseo. Quería atraer la atención, algo que jamás antes había hecho.

Empecé a hurgar en los cajones del tocador de mi madre cuando estaba fuera de casa y comencé a polvearme el rostro y a aplicarme ligerísimos toques de rubor y lápiz labial. Cuidaba más de mi cabello, dejé de trenzármelo como colegiala a cada lado de mi cara, y lo levantaba y lo enredaba por encima del cuello.

A menudo he pensado si es imposible vestirse únicamente por gusto propio y sin esperar atraer la mirada de un hombre. A algunas mujeres les fascina el tacto de la seda entre sus propias manos, el peso del terciopelo sobre su piel. Creo que mi madre era así. Siempre nos dijo que había dos tipos de mujer. Aquellas que estaban iluminadas por fuera y aquellas iluminadas por dentro. Las primeras necesitaban el brillo de un diamante para hacerlas resplandecer, pero en el caso de las segundas su belleza reluce a causa de la intensa luz de sus almas.

Mi madre albergaba un fuego que ardía en sus ojos; su piel se sonrosaba no por el color del rubor, sino por el torrente de su sangre. Cuando se perdía en sus pensamientos, su tez se transformaba de leche en rosas; cuando se enfurecía, su piel se veteaba de escarlata; y cuando estaba triste, su rostro adquiría un tono azul ensombrecido. Mi madre era elegante, pero no se vestía para atraer las miradas de aprobación de su marido ni de ninguna multitud, sino para conformarse a un propio ideal secreto. Una fantasía tomada de una novela decimonónica, una imagen tanto intemporal como perenne. Una heroína romántica de su propia creación.

4

Josef

Mi nieto me dice que no soy romántico. No se lo discuto porque su impresión está basada en lo que ha observado a lo largo de los años. No sabe cómo era antes de la guerra, cuando mi corazón se reanimaba con una mujer cuyo nombre no reconocería, cuya imagen jamás ha visto.

Me casé con su abuela en 1947, en un departamento apenas iluminado a unos pasos del río East de Nueva York. Había ventisqueros de nieve apilados fuera de las escaleras de incendios y las ventanas estaban tan empañadas que parecían tener vidrios esmerilados.

Cuando le propuse matrimonio a Amalia no teníamos más de tres meses juntos. Era de Viena, otra refugiada de guerra más. La conocí en la biblioteca pública. Estaba inclinada sobre un montón de libros y no sé si fue la manera en que usaba el cabello o el delgado vestido de algodón totalmente inadecuado para el clima, pero de alguna manera supe que provenía de Europa.

Me dijo que era una huérfana de guerra y que había abandonado Austria justo antes del conflicto. No había tenido noticias de sus padres o de su hermana en meses.

—Sé que están muertos —me dijo con una voz monótona. De inmediato reconocí ese tono de voz: incapaz de experimentar emociones, un reflejo automático que servía únicamente para comunicarse. Aludía sólo a los puntos necesarios de una conversación como si fueran las cuentas de un ábaco que debían restarse de una en una sin más.

Estaba demacrada, con la piel pálida, cabello color miel y grandes ojos color café. Podía ver sus clavículas, que se levantaban por debajo de su piel como un arco en tensión, y un pequeño relicario circular que pendía entre sus pequeños senos.

Imaginé que dentro del mismo estaría la fotografía de un amor perdido, de otro chico alto y de cabello oscuro perdido en la guerra.

Pero más adelante, después de varias semanas de vernos en un pequeño café cerca de donde yo impartía clases, averigüé que no había ningún novio perdido en el fragor de la batalla en Austria.

Aunque se había visto obligada a portar la estrella amarilla en las semanas posteriores a la *Anschluss*, en un principio su familia había podido conservar su departamento en la Uchatius Strasse. Una tarde, mientras caminaba a casa después de clases por la Ringstrasse, sus ojos se quedaron fijos en el empedrado de la calle. Me dijo que se había acostumbrado a caminar con la cabeza baja porque quería evitar el contacto visual con todo el mundo. Ya no sabía en quién podía confiar, quién era un amigo o quién podía reportarla si miraba a alguien de manera inadecuada. Había escuchado demasiadas historias de vecinos falsamente acusados de robar o de uno al que habían arrestado por violar una ley recién aprobada en contra de los judíos. En este día en particular, sus ojos advirtieron un sobre que se agitaba debajo de la rueda de una bicicleta. Afirmaba que no sabía qué era lo que la había hecho tomarlo, pero al verlo había notado que el remitente provenía de Estados Unidos: un señor J. Abrams que vivía en la calle 65 Este de la ciudad de Nueva York.

De inmediato, reconoció que era un nombre judío. Me

contó que saber que existía un judío en algún lugar al otro lado del océano, en la seguridad de Estados Unidos, le dio una extraña sensación de consuelo. Esa noche le escribió en alemán, sin siquiera contárselo a sus padres ni a su hermana. Le dijo cómo había encontrado su nombre, que necesitaba arriesgarse y decirle a alguien fuera de Europa —quienquiera que fuera— lo que estaba sucediendo en Austria. Le contó de las estrellas amarillas que su madre se había visto obligada a coser en sus abrigos. Le dijo del toque de queda y de cómo su padre había perdido su negocio. Le contó cómo ahora las calles estaban plagadas de carteles que decían: «PROHIBIDA LA ENTRADA A JUDÍOS», de cómo habían hecho añicos las ventanas con odio y de cómo los jóvenes nazis en busca de diversión les cortaban las barbas a aquellos que observaban los preceptos del Talmud. Y, al final, por ninguna otra razón más que porque la fecha se estaba aproximando, le dijo que su cumpleaños era el 20 de mayo.

En realidad, no esperaba que el señor Abrams le contestara, pero, semanas después, había recibido una respuesta. Le escribió que haría de patrocinador para ella y su hermana a fin de que fueran a vivir a Nueva York. Le dio instrucciones de la persona con quien debía hablar en Viena, de quién le daría dinero y de quién les conseguiría las visas y el modo de transporte para salir de ese miserable país que había renegado de ellas. Le indicó que era una chica afortunada: dado que compartían el mismo cumpleaños, la ayudaría.

Le advirtió que no había tiempo para una larga correspondencia, que debía llevar a cabo las instrucciones que le había dado de manera inmediata y que no alterara el plan en lo más mínimo. No había discusión que valiera: no podía hacer arreglos para la salida de sus padres.

Cuando les contó de la carta que le había escrito al señor Abrams y de su respuesta, no se enojaron como había temido, sino que se sintieron orgullosos de su iniciativa y previsión.

—Al final de cuentas, ¿qué podrían hacer dos viejos en un nuevo país? —les dijo su padre a sus hijas mientras tomaban su bebida favorita: chocolate caliente. Era parte de su naturaleza restarle importancia a las cosas cuando la familia se encontraba en una situación difícil—. Cuando finalice este horror nazi, nos puedes mandar llamar y tu madre y yo iremos a tu nuevo país.

Su hermana y ella habían viajado por tren a Danzig, donde había de partir el buque de vapor. Pero al abordar la nave un oficial de las SS había examinado sus pasaportes estampados con la palabra «*Jude*» y les había bloqueado el acceso.

—Tú puedes abordar —había señalado a Amalia. Después, señaló a su hermana menor, Zora, con un dedo—. Tú te quedas.

Amalia lloró y le rogó al soldado, diciendo que no podía dejar atrás a su hermana. No era justo; ambas tenían sus papeles, sus boletos y sus pasaportes en orden.

—Yo decido quién aborda este barco. Ahora bien, puedes subirte a él tú sola, o ambas pueden quedarse.

Amalia volteó para desembarcar con su hermana. Jamás la dejaría: abandonar a una hermana sólo para salvarse a una misma era un acto de traición que no estaba dispuesta a cometer.

—Vete… Vete… —insistió su hermana, pero Amalia se negó. Y, entonces, su hermana hizo lo impensable: se dio a la fuga. Corrió por la plancha y se adentró en la muchedumbre. Su abrigo y sombrero negros se perdieron en lo que parecían ser miles de otros iguales. Era como tratar de localizar una sola gota de lluvia en un aguacero. Amalia se quedó allí, gritando el nombre de su hermana, buscándola enloquecida. Pero no tenía caso: su hermana había desaparecido.

La sirena del buque anunció su salida inminente y Amalia se encontró sobre la plancha a solas. No miró al oficial cuando volvió a examinar sus papeles. Estaba segura, por su falta de interés, que ni siquiera recordaba que ella y su hermana habían sido víctimas de su deliberada e incomprensible crueldad hacía menos de una hora. Se dirigió a las entrañas del buque, cargando su vieja maleta negra. Miró hacia atrás una vez más, esperando contra toda esperanza que Zora se hubiera escabullido a bordo de alguna manera, y después se quedó parada junto a la barandilla mientras levaban anclas y el buque se alejaba. Zora no estaba entre ninguno de los rostros que agitaban sus manos en despedida sobre el muelle. Se había desvanecido en la niebla.

Cuento la historia de Amalia porque ya falleció; serán quince años el próximo octubre. El señor Abrams le dio dinero cuando llegó a Nueva York. Ella se reunió con él en su oficina de la Quinta Avenida, una oficina con paneles de madera color caoba profundo y una silla giratoria que volteaba para ver hacia el parque.

Amalia me contó que cuando volteó a verla el señor Abrams le preguntó dónde estaba su hermana. Hizo un gesto de desaprobación con la cabeza cuando ella le dijo que no habían permitido que Zora se embarcara.

—Fue muy valiente al venir sola —la felicitó. Pero ella no se sentía valiente. Más bien, sentía el peso de su traición, como si hubiera dado por muerta a su única hermana. Él sacó dinero de un cajón y se lo entregó, junto con una hoja de papel en la que estaba anotado el nombre del rabí Stephen Wise. Le prometió que la ayudaría a conseguir un trabajo y un sitio donde quedarse.

El rabino la ayudó a establecerse y le consiguió un trabajo como costurera en la parte baja del East Side, donde empezó a coser flores sobre las alas de negros sombreros de fieltro por veinticinco centavos la hora. Ahorró lo que pudo después de pagarle a su casera el alquiler del cuarto que compartía con otras dos chicas de Austria, en una vana esperanza de poder mandar por sus padres y hermana algún día. Al principio recibía cartas de ellos, cartas que llegaban rayadas con gruesas líneas negras aplicadas por algún censor. Pero, al paso del tiempo, después de haber empezado la guerra en Europa, sus cartas empezaron a regresar sin abrirse. Escuchó a sus compañeras de cuarto repetir rumores vagos de campos de concentración y trenes de transporte, cosas horripilantes que simplemente no podía creer que fueran ciertas. «Gas y hornos», le dijo otra muchacha, pero ella, que era polaca, tendía a dramatizar las cosas. No podía haber mucho de verdad en esas historias. Amalia se dijo a sí misma que la chica estaba loca.

Adelgazó todavía más, tanto que su piel se volvió casi transparente. Sus manos empezaron a sangrar por trabajar con aguja e hilo durante tantas horas y su vista comenzó a verse afectada. Casi nunca salía, a excepción de la biblioteca, donde practicaba leyendo en inglés, todavía ahorrando cada centavo que ganaba para financiar el pasaje futuro de su familia. El primer día que la conocí, le pregunté si la podía llevar al Café Viena, un restaurantucho en la esquina de la calle 76 Oeste y la avenida Columbus. Cada noche se atestaba de cientos de judíos fragmentados; cada uno de nosotros tenía a alguien a quien buscar. Mostraban fotografías y escribían los nombres de los desaparecidos en la parte interna de las cajas de cerillos. Todos nos encontrábamos a la deriva, los perdidos vivientes, tratando de hacer alguna conexión en caso de que alguien hubiera escuchado algo de otra persona que acabara de llegar —que hubiera sobrevivido— o que tuviera alguna información. Y cuando no estábamos estrechando la mano de alguien que conocía al amigo de un amigo de un amigo, bebíamos whisky o vodka. Excepto mi Amalia: ella sólo bebía chocolate caliente.

∞

Así que, finalmente, averigüé de quiénes eran los rostros del relicario aunque nunca los vi sino hasta nuestra noche de bodas, cuando se quitó el collar y lo colocó en la mesa de noche. Regresé del baño mientras dormía mi nueva esposa, abrí el pequeño círculo de oro y miré en su interior silenciosamente.

¿Qué hace uno con rostros en blanco y negro que no pronuncian palabra, pero que persisten en acosarnos? ¿Qué se hace con las cartas que regresan a uno desde el otro lado del mar? Los muertos no responden su correspondencia, pero tu esposa sigue enviándoles cartas de todos modos.

Así que pienso en lo que dice mi nieto acerca de mí, que no soy romántico.

¿Acaso hubo alguna ocasión en la que Amalia y yo realmente habláramos de aquellos a quienes dejamos atrás? No. Porque, si lo hubiéramos hecho, nuestras voces se hubieran quebrado y las paredes que nos rodeaban nos hubieran aplastado con el recuerdo de nuestra pena. Vestíamos nuestra pena como quien usa ropa interior. Una piel invisible, oculta para los ojos curiosos, pero de todos modos ceñida a nuestros cuerpos. La vestíamos a diario; cuando nos besábamos, cuando nuestros cuerpos se unían y nuestras extremidades se entrelazaban.

¿Alguna vez hicimos el amor con una sensación de vitalidad o con pasión y deseo desenfrenados? A mí siempre me pareció que ambos éramos almas perdidas que se aferraban la una a la otra, buscando a tientas la sensación de peso y de piel entre las manos, tratando de convencernos de que no éramos simplemente dos fantasmas que se evaporarían para integrarse con la fría neutralidad de nuestras sábanas. Cada uno difícilmente toleraba pensar en nuestras vidas y nuestras familias de antes de la guerra, porque eso nos lastimaba como una herida que jamás termina de sanar. Apestaba a carne podrida y se aferraba como lana mojada.

Amalia y yo estábamos en lucha con nuestras rememoraciones. Eso es lo que más recuerdo de nuestro matrimonio. Temíamos que pudiéramos ahogarnos en todas esas voces perdidas y otros tesoros extraviados de nuestros terruños. Yo me convertí en médico y ella en la madre de nuestros dos hijos. Pero cada noche, en los treinta y ocho años que la tuve entre mis brazos, fue como si en realidad no estuviera allí.

5

Lenka

Josef se convirtió en mi secreto. Llevaba su imagen conmigo cada mañana al subir por las escaleras de la Academia. Cuando Věruška mencionaba a su hermano casualmente, no podía evitar que mis mejillas se tiñeran de rojo.

Por las noches, imaginaba su voz e intentaba rememorar la inflexión exacta de su hablar cuando me había preguntado si me gustaba bailar. Y, después, nos imaginaba bailando: el cuerpo de cada uno fundiéndose en el otro como si estuviéramos hechos de barro maleable.

Cuando Věruška y Elsa hablaban de sus enamoramientos, yo escuchaba atenta. Miraba cómo sus rostros se iluminaban ante el prospecto de una cita secreta y cómo se abrían sus ojos al describir el ardor de una cierta mirada o del roce de cierta mano. Yo les hacía preguntas y hacía un gran esfuerzo por mostrar mi entusiasmo acerca de los chicos cuyo afecto buscaban. Y en todo ese tiempo mantenía un secreto que en ocasiones sentía que me sofocaba.

Me cuestionaba si debía contarles a mis amigas la manera en que me sentía acerca de Josef. Hubo diversas oportunidades en las que pude haber confesado cómo me sentía. Pero cada vez que me encontraba a punto de desahogarme, me frenaba el temor de la desaprobación de Věruška. ¿Cuántas veces la había oído quejarse de que Josef fuera el centro de atención de sus padres, o de las tardes que detestaba regresar a casa porque su padre insistía en el silencio absoluto para que Josef pudiera estudiar?

—Vayamos a Dåum Obcenci a comer pastel —dijo, tratando de tentarnos a todas una tarde después de clases—. Josef está en exámenes finales, y si regreso a casa ahora, tendré que caminar de puntillas.

—¿Por qué no estudia en la biblioteca de Medicina? —preguntó Elsa mientras negaba con la cabeza.

—Creo que lo preferiría —respondió Věruška mientras guardaba sus materiales en su mochila—, pero mi padre quiere asegurarse de que realmente esté estudiando.

—Tu pobre…

—¡Ni se te ocurra decirlo! —Věruška levantó la palma de su mano frente al rostro de Elsa—. Pobre nada; es su diamante, su tesoro… Su único *hijo*—dejó escapar un suspiro burlesco.

Mis ojos parpadearon ante la imagen de Josef inclinado sobre la mesa del comedor, con sus dedos mesándose el cabello mientras luchaba por concentrarse.

De modo que, por el momento, guardé mi secreto. Cada una de las palabras que me había dicho de camino a casa estaba guardada en mi memoria. Cada uno de sus gestos pasaba por mi mente como una danza cuidadosamente coreografiada. Podía ver sus ojos que volteaban a verme, imaginar sus manos sobre mi rostro, sentir el vaho de su aliento sobre el aire invernal.

El primer amor: no hay nada que se le asemeje. Ahora, tantos años después, puedo recordar la primera vez que levanté la mirada para ver el rostro de Josef, ese destello de reconocimiento que resulta imposible de describir.

Fue en esas primeras miradas, en esos primeros intercambios, que percibí no la incertidumbre del amor entre los dos, sino más bien la apremiante inevitabilidad del mismo.

De modo que por las noches yo permitía que esos sentimientos recorrieran mi cuerpo. Cerraba los ojos y pintaba el lienzo de mi mente con pinceladas rojas y naranjas. Me imaginaba viajando hacia él, mi piel contra la suya, como una cálida cobija que lo envolvía en un sueño.

☙

Věruška, Elsa y yo pasamos gran parte del otoño de nuestro segundo año de estudios batallando con nuestras clases. Se nos estaba exigiendo mucho más que durante el primer año. La clase de dibujo en vivo, que en alguna ocasión se les había prohibido a las alumnas mujeres, ahora formaba parte de nuestro plan de estudios. Todavía no nos habían presentado a ningún modelo varón y sólo habían aparecido mujeres en la pequeña cama cubierta de nuestro salón, pero aún batallábamos por capturar cada extremidad, cada curva y cada ángulo con precisión.

A la hora del almuerzo, nos sentábamos en el patio de la Academia y comíamos nuestros emparedados de casa mientras disfrutábamos del sol y del aire fresco. En ocasiones, Elsa llevaba pequeñas muestras de cremas y perfumes de la botica de su padre. Todo venía en pequeñísimas ampollas de vidrio con elegantes etiquetas.

—Prueba este —me dijo Elsa—. Es aceite de rosas. Es mi favorito —agregó, mientras empujaba mi cabello detrás de mi oreja para colocar un poco sobre mi cuello.

—Ah, es una fragancia de lo más agradable —concordó Věruška—. ¿Cómo es que tú nunca nos cuentas de tus enamoramientos, Lenka? —Me dio un empujoncito—. Elsa y yo hablamos sin cesar, ¡y tú jamás mencionas a nadie!

—¿Y si te dijera que temo tu desaprobación?

—¡Jamás! —Soltó un chillido—. ¡Cuenta!

Me reí.

—No estoy segura de que puedas guardar un secreto, Věruška —le dije en tono de burla.

Emitió una risita y estiró la mano para tomar el frasquito de aceite de rosas de la mano de Elsa.

—No me lo tienes que decir —afirmó mientras frotaba un poco del aceite a ambos lados de su propio cuello—. Ya sé quién es.

—¡¿Quién?! —exclamó Elsa con gran emoción—. ¡¿Quién es?!

—Freddy Kline, ¡por supuesto! —cantó Věruška entre risas.

Freddy Kline era un compañero de clases extremadamente bajo. Era dulce y agradable, pero yo sospechaba que no tenía interés alguno por las chicas.

Reí.

—¡Věruška! ¡Has descubierto mi secreto!

℃

Esas tardes de risa pronto desaparecieron. El negocio de mi padre empezó a verse afectado poco después de que inicié el segundo año en la Academia. Para el invierno de 1938, sus clientes habían dejado de hacer pedidos nuevos. Sólo uno de ellos fue lo bastante franco como para decirle que se sentía nervioso de que se le asociara con un judío. Lucie era la única no judía que conocíamos que siguió siendo leal a nosotros. Seguía visitándonos con la bebé, un querubín regordete que ahora hablaba y hacía ruiditos, y traía consigo una muy necesitada vitalidad a nuestro hogar abrumado por las preocupaciones.

El contraste entre la bebé de Lucie sobre el regazo de mi madre revelaba cómo había empezado a avejentarse. La presión del fracaso del negocio de papá y el no mencionado temor al creciente antisemitismo habían empezado a causar estragos sobre su rostro. Como si se viera retocado por el punzón de un aguafuertista, el rostro de mi madre ahora mostraba un reguero de finísimas arrugas que la hacían parecer más triste y, posiblemente, más frágil que antes.

Tengo grabada en mi mente la imagen de mi madre con la bebé de Lucie, Eliška, sentada sobre su regazo, como una postal de alguna muy lejana celebración. Tengo la sensación de que alguna vez estuve de visita en el recibidor del departamento del *Smetanovo nábřeži*, sentada sobre la silla tapizada de rojo y con una taza de té entre ambas manos. Heme aquí, la hija que observa a su madre envejecer frente a sus ojos. Veo a la bebé de mi nana, su vida por delante, en oscuro contraste con la vida de mi madre. Jamás me atreví a plasmar esa imagen, aunque pienso en ella con frecuencia. Como un poema que se recita, pero que jamás se escribe, es más poderoso porque únicamente se retiene en el recuerdo.

೮೫

Durante ese segundo año en la Academia, seguí dedicándome de lleno a mis estudios. Mientras Věruška llevaba su cuaderno de dibujo todas las tardes al Café Artistes, yo regresaba a pie al departamento de la familia para hacer mis trabajos de casa y para estar al pendiente de mis padres.

Sabía que bastaba con la presencia de Marta, pero me preocupaba por ellos cada vez más. Mi vida aún no había cambiado. Seguía acudiendo a la escuela y socializaba de vez en vez cuando lo deseaba; pero la carga financiera de mantener a su familia bajo las condiciones en deterioro le estaba pesando a papá. Como lluvia que corre por una canaleta, sus inquietudes nos salpicaban a todos.

Ya habían despedido a la sirvienta y las visitas de mi madre a su costurera, Gizela, se habían interrumpido. Además, mamá había empezado a cocinar para la familia. Papá trataba de liquidar la totalidad de su inventario en un esfuerzo por recortar gastos y generar ingresos. Había rumores acerca de posiblemente emigrar a Palestina, pero ¿cómo podían volver a empezar en un país en el que no tenían familia y cuyo idioma y cultura les eran totalmente desconocidos?

Cada noche me recostaba sobre la cama y cerraba los ojos, con mis oídos captando pequeños trozos de sus acaloradas discusiones. Odio admitirlo ahora, pero en ese momento era una joven totalmente egocéntrica. No quería creer que mi familia estuviese sufriendo y que nuestra vida empezara a desmoronarse. Sólo quería distraerme. De modo que me encerraba en mi habitación y trataba de pensar en algo que me hiciera feliz. Pensaba en Josef.

ଓ

Durante ese mes de junio, las tensiones empezaron a elevarse en toda Europa y mis padres recibieron con agrado la noticia de que la familia de Věruška me había invitado a pasar dos semanas en su casa de verano en Karlovy Vary. Me sentí encantada al enterarme de que Josef nos acompañaría en el tren.

Aunque mis padres se sintieron felices de que hubiera encontrado esa distracción, a Marta no le agradó tanto.

—Marta —suspiré—, estarías de lo más aburrida. Lo más seguro es que nos dediquemos a llevar nuestros cuadernos al río y que nos la pasemos dibujando todo el día.

—Lo que pasa es que Josef va a estar allí. —Me mostró su lengua—. Esa es la razón por la que quieres ir, lo sé.

Cerré mi maleta de cuero de un golpe y caminé junto a ella, jalándole una de sus trenzas como juego.

—Sólo son dos semanas —le aseguré—. Cuida mucho a mamá y a papá, y no comas demasiados chocolates. —Inflé mis mejillas como si fuera un bebé regordete y le guiñé un ojo. Recuerdo cómo su pálida piel enrojeció de rabia al verme.

ଓ

En la estación, Věruška y su hermano me esperaban juntos. Josef traía puesto un traje color amarillo pálido; el vestido veraniego de Věruška era color rojo amapola. Cuando me vio, corrió a saludarme y enredó su brazo con el mío.

Josef se quedó mirándonos. Sus ojos estaban fijos sobre mí. Cuando levanté la mirada hacia él, volvió sus ojos a mi maleta.

Sin preguntármelo, la tomó de mis manos y la llevó hasta el maletero, que llevaba un diablito lleno con sus cosas.

El viaje a Karlovy Vary tomaría tres horas en tren. Los padres de Věruška tenían una casa en el campo a sólo una corta distancia del afamado balneario donde se tomaban las aguas curativas.

Era la primera vez que yo visitaba el lugar.

—Toma una cura por nosotros —había dicho papá dulcemente—. Regresarás todavía más bella.

Mamá había levantado la vista del bordado en el que estaba trabajando cuando papá dijo esto, y tuve la clara sensación de que estaba tratando de memorizar cómo me veía, como si su joven hija se estuviera transformando en una mujer ante sus propios ojos.

࠶

Había llevado conmigo un pequeño cuaderno de dibujo, un estuche de carboncillos de vid y algunos pasteles para que pudiera hacer bosquejos de la campiña durante mi estancia de dos semanas en la casa de campo.

Después de comer algunos emparedados de pescado ahumado y algo de té en el café de la estación, los tres regresamos al compartimento de primera donde ya nos esperaba el maletero con nuestras cosas.

Josef se quitó el saco y lo dobló cuidadosamente sobre nuestras maletas en el portaequipaje más alto.

Hacía un calor abrumador, aun para el mes de junio, y envidié la manera casual en que Josef se había desembarazado de su saco. Había poco que yo pudiera hacer respecto al calor y sentí envidia de no poder despojarme de al menos una capa de ropa. Cierto era que mi vestido no era demasiado grueso, pero con el fondo y las medias, y lo encerrado del compartimento, temí que empezara a transpirar. La idea de que aparecieran manchas que se extendieran por debajo de mis brazos me horrorizaba. Mi deseo era quedarme sentada allí, con mi vestido, como una madona medieval, no como una niña desaliñada de la calle con manchas de sudor en las axilas. Mi plan para atraer a Josef se estaba viniendo abajo.

Todavía faltaban otros veinte minutos antes de que el tren iniciara nuestro largo viaje y mi esperanza era que Josef abriera la ventana. En lugar de ello, se quedó sentado frente a Věruška y a mí, con las piernas cruzadas y pasándose los dedos distraídamente por el cabello.

—¡Josef! —dijo molesta Věruška— ¡¿Podrías hacer el favor de bajar la ventana?! —Josef se levantó y logró jalarla hacia abajo. El ruido de la estación inundó el compartimento: familias haciendo malabares con sus maletas, despedidas apresuradas y maleteros que gritaban que el tren se marcharía en quince minutos. Cerré los ojos y deseé que ya estuviésemos en nuestro destino, pero la brisa que ingresó por la ventana del tren me refrescó e intuí que Josef en realidad no se había olvidado de su acalorada compañera de viaje, ya que siguió levantando la vista de su libro para echar tímidas miradas en mi dirección.

Salimos de la estación a tiempo y Věruška platicó durante casi la totalidad de la travesía. Josef había sacado un libro de su maleta y envidié su capacidad para abstraerse de su hermana. Si el tren no se hubiese movido tanto, quizás hubiera sacado mi cuaderno de dibujo para bosquejar a los hermanos, pero sabía que mis manos no estarían firmes al sentir las ruedas del tren debajo de nosotros.

Al llegar a Karlovy Vary, tomamos un carruaje jalado por caballos y pasamos el pueblo con sus fachadas de varios colores y tejados en pico. Josef le habló al carretero para darle instrucciones y, cuando me pescó observándolo, me devolvió la mirada con una ligera sonrisa. En realidad, no habíamos hablado durante el viaje en tren. Yo había atendido la charla de Věruška de manera cordial y diligente, y Josef había logrado leer su libro hasta su conclusión.

Al llegar a la casa de los Kohn, oculta entre las montañas, supe casi de inmediato que tendría una gran oportunidad de dibujar. Los paisajes eran exuberantes y majestuosos, con grandes tramos de espesura verde que me recordaban las ilustraciones de hadas y reinos boscosos de mis libros infantiles. El aroma de las flores silvestres, largos racimos de lupino y ásteres adornaban el panorama. La casa en sí era antigua y bella, con una amplia veranda y una torreta bohemia que parecía que podía atravesar el firmamento.

Nos recibió calurosamente una anciana llamada Pavla, que después supe había sido la nana de Věruška y Josef cuando eran pequeños. Josef se inclinó para besarla en ambas mejillas, sus enormes manos rodearon casi por completo su pequeña cabeza.

—Sus padres llegaron anoche y decidieron quedarse en el balneario hasta la tarde de hoy —les informó Pavla—. Les hice sus galletas favoritas con jalea en el centro. ¿Les gustarían algunas ahora con algo de té? —Tuve que aguantarme la risa, ya que les hablaba como si todavía tuvieran tres años.

Josef hizo un ademán de negativa con la cabeza, pero Věruška, que siempre tenía hambre, accedió ansiosa a la invitación.

—¡Sí, por favor, Pavla! ¡Eso sería maravilloso! —Volteó hacia mí—. Después de un par de semanas de la cocina de Pavla, necesitarás una cura en el balneario. Todos estaremos gordos como gansos rellenos cuando regresemos a Praga.

—Sólo permíteme que me refresque y estaré contigo en un momento —prometí. No podía esperar a desempacar y a cambiarme de ropa.

—Déjame que lleve tu maleta, Lenka —ofreció Josef. Su mano ya rodeaba la manija.

Quise detenerlo, pero ya estaba caminando hacia las escaleras.

—Es por aquí —dijo.

Caminé tras él y subimos por las escaleras; su sombra y la mía, dos siluetas moviéndose contra las paredes blancas. Al llegar al cuarto de huéspedes, colocó mi maleta sobre el piso y caminó hacia la ventana que miraba hacia las montañas. Debajo de la misma, había un jardín lleno de rosas y un área grande de descanso con una vieja mesa de madera y unas sillas de hierro forjado pintadas de blanco.

—Listo —dijo mientras abría las puertas de vidrio—. Ahora puedes respirar todo el aire fresco que necesites. Y esperemos que no haya ningún ave moribunda en el jardín; me apenaría horriblemente que no la pudiese traer de vuelta a la vida para ti.

Reí.

—¡Espero que tus habilidades médicas no se necesiten para ninguna ave ni para Věruška o para mí!

—Entonces, te dejo descansar antes de la cena. Debes de estar agotada por el viaje.

Lo miré y asentí con la cabeza.

—Un poco de descanso me caería de maravilla.

Mientras lo acompañaba a la puerta, podía sentir el rubor que se apoderaba de mi rostro. No fue sino hasta que hubo abandonado la habitación y que cerró la puerta completamente tras de sí que pude relajarme. Sólo entonces, mientras se disipaba el sonrojo de mi piel, fue que pude quitarme las sandalias, estirar mis piernas sobre la cama y cerrar los ojos. Mi cabeza se llenó con pensamientos de Josef mientras la brisa acariciaba mi piel.

℗

Esa tarde, me quedé sin aliento al recorrer la casa. Las arañas de cristal relucían en el sol. Había grandes muebles tallados estilo bohemio y una bellísima vajilla de porcelana ya colocada sobre la mesa del comedor, acompañada de altas copas de vidrio soplado color azul cobalto. Al centro de la mesa, Pavla había puesto un arreglo de margaritas en un florero pañuelo.

℗

Para esa noche, el mismo florero pañuelo estaba atestado de rosas. El comedor, que horas antes había estado inundado de la luz del sol, ahora estaba a oscuras excepto por la trémula luz de las velas. Había copas de cristal cortado llenas de vino tinto. Platos de porcelana blanca se alineaban a lo largo de la mesa y una alta jarra de plata arrojaba su sinuoso reflejo.

Se me había olvidado lo diferentes que eran los padres de Věruška y Josef a los míos. Después de intercambiar los cumplidos de rigor conmigo, el doctor Kohn interrogó a Josef acerca de sus estudios durante el resto de la cena.

—¿Qué libros trajiste contigo, Josef?

Josef, que cortaba un trozo de carne, se detuvo brevemente.

—*El amante de Lady Chatterley*, padre.

—Vamos, Josef.

—Es cierto, padre. Las descripciones anatómicas están sirviéndome enormemente para mis estudios, entre otras cosas.

Josef miró por encima de su copa en mi dirección. Sonreía y la parte superior de su labio lucía oscura a causa del vino. Parecía un pequeño diablillo; un niño travieso que esperaba hacerme sonreír.

Entre risas, Věruška y yo casi nos atragantamos con nuestro propio vino, pero al doctor Kohn no parecieron causarle ninguna gracia las travesuras de su hijo. Mientras las pequeñas anécdotas de Věruška despertaban sus sonrisas, el patriarca de la familia poco toleraba la frivolidad de su hijo.

—Tus estudios son *importantes*, Josef.

La cara de Josef enrojeció.

—Por supuesto que lo son.

—Ser médico no se reduce a una profesión: es todo un honor.

—Me doy cuenta de ello.

—¿Realmente es así? —El doctor Kohn se llevó una servilleta a los labios—. A menudo me pregunto si de veras lo sabes. He perdido la cuenta del número exacto de criaturas que he traído a este mundo —siguió el doctor Kohn—, pero nada era más importante para sus padres y considero que es una bendición de Dios que los haya podido ayudar.

—Sí, padre.

—La práctica de la Medicina no es algo que se tome a la ligera.

Mientras el doctor Kohn le hablaba en ese tono a Josef, traté de imaginar el ave herida entre sus manos. Deseé que pudiera ser así de gentil con Josef, que se permitiera sonreír en su compañía y que no lo cuestionara de manera tan inmisericorde. Este hombre, que había sabido exactamente qué hacer con un ave frágil y herida, carecía de los mismos instintos con su hijo.

Podía ver a Josef soportando la enorme carga de la furiosa mirada de su padre; su quijada estaba apretada y su rostro se encontraba ensombrecido.

Cuando volteé a ver a Věruška fue la primera vez en que la vi parecerse a su madre. Eran como dos muñecas de porcelana: sus cabezas sumidas entre los hombros, sus ojos fijos en sus platos.

En el reflejo de la jarra de plata pude ver mi propio rostro. Una sonrisa forzada que ocultaba mi desagrado.

6

Josef

Algo que le molestaba a Amalia era que cada noche, después de regresar del hospital en el que trabajaba, me encerrara en mi estudio durante media hora. Siempre me tenía lista la cena cuando llegaba. La comida de siempre: carne a la cacerola, una canasta de pan de centeno y alguna verdura cocida de más. Las únicas ocasiones en que comía la cena todavía caliente eran aquellas noches en que no había algún parto; algo que rara vez sucedía.

La puerta de mi estudio no tenía cerrojo, pero Amalia y los niños sabían que no debían molestarme si me encontraba allí. Mis días en el hospital eran largos y ajetreados, y yo necesitaba tomarme algunos minutos de privacidad para despejar la cabeza.

Me había convertido en obstetra porque estaba cansado de sentirme acosado por la muerte. Había algo que me reconfortaba en el hecho de que mis manos fueran las primeras en tocar a un nuevo ser humano en el momento de su ingreso a nuestro mundo. Déjenme decirles que darle la bienvenida a una nueva vida es un regalo; es un milagro cada vez que sucede.

Tengo una lista de cada niño al que ayudé a nacer, desde el primero en 1946 hasta el último al que asistí antes de jubilarme. En un libro de contabilidad empastado en cuero rojo, tenía columnas en que anotaba el nombre del bebé, su sexo y su peso de nacimiento, y si el parto había sido vaginal o, menos comúnmente, por cesárea.

Me pregunto si mis hijos encontrarán mi libro después de mi muerte. Espero que entiendan que no fue un acto de vanidad de mi parte. Para el día de mi retiro, había ayudado a nacer a 2 838 niños. Cada nombre que registré fue tan importante para mí como el primero. Cada vez que colocaba la punta de mi pluma sobre el espacio en el papel a rayas, me detenía y pensaba en el millón y medio de niños que fenecieron en el Holocausto. Imaginé que después de tantos años en la profesión, disminuirían mis sentimientos de hacer honor a los muertos, pero nunca fue así. Si acaso, a medida que pasaban los años, cuando me convertí en padre y en abuelo, esos sentimientos sólo se intensificaron. Cuando miraba a mis hijos, podía finalmente comprender lo que mi padre debió experimentar ante la amenaza de la extinción de su familia. ¡Cuántas veces los tuve entre mis brazos cuando eran bebés y me pregunté qué maldad pudo haber querido extinguir esta dicha, esta creación extraordinariamente perfecta!

Mi amor por mis hijos era tan intenso que en ocasiones despertaba algo que se asemejaba al pánico. Me empecé a obsesionar con cada aspecto de su bienestar. Acompañé a Amalia en sus paroxismos de preocupación durante los episodios dolorosos de su dentición y durante su primera fiebre o gripe. Observaba al pediatra de los niños con desconfianza. Había vivido en la comodidad de Forrest Hills y no tenía experiencia alguna con la amenaza de la tifoidea o la difteria. Una parte de mí se dio cuenta de que me estaba comportando de manera irracional, al mismo tiempo que otra parte pensaba que este nivel de diligencia era algo que simplemente venía con el hecho de ser padre.

En mi corazón albergaba un dolor, una sensación agridulce, por el hecho de que mi padre no hubiera vivido para verme asumir mi papel como padre y como médico. ¿Por qué había sido ahora, tantos años después de la muerte de mi padre, que finalmente pude comprender todas esas arrugas que tenía en el rostro? ¿Me había tomado todo este tiempo darme cuenta de que ahora me veía exactamente como él? Ahora, al imaginar sus ojos, podía comprender la mirada que tenía ante la angustia de un paciente o la silenciosa devastación —tan personal que desafiaba cualquier tipo de descripción— que lo sobrecogía cuando moría una criatura a la que había tratado de ayudar a nacer.

Finalmente pude retirar, una a una, las capas de su formalidad, su rigidez, para ver al ser humano que se ocultaba debajo. Pude ver cómo había batallado con mis propias expectativas en relación con mi hijo —aquellas que probablemente jamás se cumplirían— y comprendí lo frustrado que se debe de haber sentido conmigo en esa época.

Hubo noches en las que deseé traerlo de vuelta y tenerlo sentado frente a mí. Le podría decir que ahora comprendía lo que siempre me había tratado de comunicar, que existía una santidad en nuestra profesión; que finalmente comprendí que mis manos estaban bendecidas por poder sostener algo tan sagrado como un recién nacido que se retorcía y lloraba al experimentar sus primeros momentos de vida.

Pero estos son sólo algunos de mis muchos remordimientos. Guardo estos pensamientos ocultos entre tantas otras cosas. De la misma manera en que el relicario de Amalia permaneció por siempre cerrado, las cartas devueltas que le escribí a Lenka quedaron escondidas entre viejas cajas de zapatos de Alexander y Orbach. Me encuentro a solas en mi estudio, con la puerta cerrada, buscando el consuelo en un libro de contabilidad que contiene 2 838 nombres.

7

Lenka

Aquellas dos semanas en Karlovy Vary fueron mágicas. Cada mañana me despertaba con los aromas del pan recién horneado de Pavla y del pasto mojado flotando en la brisa. Tomábamos el desayuno afuera, entre el canto de las aves y la vista ocasional de algún conejo que pasaba corriendo. Pavla nos traía fresas silvestres, un tazón lleno de conservas caseras, canastos llenos de panes dulces calientes y café recién hecho en una bandeja de plata. Věruška no tuvo deseo alguno de dibujar o pintar mientras estuvimos allí y le dejaba claro a quienquiera que preguntara que sólo tenía intenciones de descansar y comer durante nuestra estancia.

Durante el desayuno, generalmente trataba de mirar a Josef por el rabillo del ojo. Normalmente bajaba después que yo, con su cabello negro enmarañado de sueño. En las mañanas, hablaba poco y se concentraba más en comer que en conversar. Cuando llegaba Věruška, con su camisón asomándose por debajo de su bata de lino, siempre me sentía algo aliviada por su alegre charla.

Después del desayuno, empacaba una pequeña mochila con mi cuaderno de dibujo y mi estuche de pasteles y salía a dibujar.

No sabía cuándo iba a volver a tener la oportunidad de salir al campo y quería hacer el mayor número de dibujos de la naturaleza que pudiera.

Para cuando me alejaba de la casa por las mañanas, Josef habitualmente se encontraba tumbado sobre uno de los divanes de hierro forjado con un libro sobre su regazo, las piernas estiradas y los pies cruzados. En ocasiones, levantaba la vista de alguno de sus libros, pero en otras ni siquiera volteaba de la página que estaba leyendo.

—¿Vas a salir a dibujar? —me preguntó la primera tarde en que estuvimos allí. La segunda y tercera vez que me alejé de la casa, inclinó su cabeza en mi dirección sin mayor comentario. Después de cuatro días, levantó la mirada de su texto de Medicina y me preguntó si podía acompañarme.

Yo había soñado con que me hiciera esa pregunta casi todas las noches. En mi mente, siempre respondía con gran confianza para decirle: «Por supuesto». Pero ahora, con la pregunta pendiendo en el aire, me quedé muda, como una niña torpe, mi cabeza era un torbellino.

Bajé la mirada a mi vestido veraniego como si pudiera contestar por mí. El algodón de la falda estaba arrugado y mis zapatos rayados por mis días de caminata sobre el terreno más allá del jardín.

—Si prefieres estar a solas, lo entiendo —dijo calladamente—. Es sólo que me pregunto adónde vas todas las tardes.

Finalmente logré mirarlo y sonreí.

—Todos los días es un poco distinto. Me encantaría que vinieras conmigo.

La primera mitad del recorrido la hicimos en silencio; nuestras pisadas, mudas sobre la tierra suave y silenciosa. Sin un camino definido, había aprendido a ignorar las ramas que se me atravesaban o las espinas de los arbustos silvestres. Podía escuchar la respiración de Josef detrás de mí y cómo se aceleraba mientras subíamos por una colina. Empecé a preocuparme porque no encontraba el sitio al que había ido tan sólo el día anterior. Pero justo cuando comenzaba a perder las esperanzas, el pequeño valle se abrió ante mí y volteé para mirar a Josef.

—Aquí es —le dije, y señalé hacia abajo. Se acercó a mí, a punto de rozar mi hombro al dar un paso para ver mejor. Estaba tan cerca que podía oler el leve aroma a jabón que se desprendía de su piel.

—Yo solía pasear por estos bosques con Věruška —dijo mientras volteaba hacia mí—. Buscábamos fresas durante el verano y hongos durante el otoño. Le llevábamos canastos llenos de todo lo que nos encontrábamos a Pavla. Ella nos enseñaba cómo se debían lavar; con ese tipo de cosas tan delicadas uno tiene que tener cuidado.

Sonrió y me miró.

—Pero jamás había visto el valle desde este ángulo. Es increíble, pero me estás mostrando algo totalmente nuevo. Pensé que conocía cada rincón de este bosque.

Me reí nerviosamente.

—Lo encontré casi por accidente… Estaba caminando y vi ese árbol caído de por allá —señalé un viejo tronco ahuecado. La frágil corteza me había intrigado y el centro oscuro hacía un interesante contraste con el brillante musgo verde—, pero después de que terminé mi bosquejo, caminé un poco más y descubrí este sitio.

Josef señaló al lado izquierdo del valle, donde la cúpula de la iglesia del pueblo parecía rasgar las bajas nubes.

—Desde aquí se tiene una vista de pájaro, ¿verdad?

—Me gustaría tener el talento para hacerle justicia —suspiré mientras dejaba caer la mochila de mi hombro.

Josef negó con la cabeza.

—Estoy seguro de que tu talento es tan grande como tu modestia.

Me estaba mirando fijamente sin moverse. Estábamos a solas por primera vez y sentí que el temor recorría mi cuerpo.

Mis dedos se aferraron a las asas de mi mochila y me congelé; los dos, incómodos en el silencio del bosque.

Su brazo se estiró hacia mí y me sentí desvanecer al ver que se acercaba.

—¿Puedo ver lo que has hecho hasta ahora? —Josef dejó su brazo estirado, no hacia mí, sino hacia mi mochila.

Vi que sus manos hacían un gesto hacia el cuaderno de dibujo.

Me hinqué y lo saqué de la mochila. El grueso papel estaba lleno de los bosquejos que había hecho durante la semana. Algunos eran mejores que otros y mi favorito era el que había hecho del tronco caído.

Le di vuelta a la página y se lo mostré; podía sentir su respiración sobre mi cuello. Tuve frío y todo mi cuerpo se estremeció al sentirlo tan cerca. Pero aún no nos tocábamos.

—Todavía no está acabado —susurré.

Josef tomó su dedo y lo pasó ligeramente sobre los manchones cafés y verdes en la parte inferior de la página.

—Es bellísimo. Tan delicado… Es casi como si se estuviera moviendo.

—Tiene un defecto —dije, señalando a la imagen del árbol—. La perspectiva está mal.

—Yo creo que es perfecto —respondió.

Cerré el cuaderno y lo coloqué sobre la hierba. Trató de tomarlo de nuevo e intenté detenerlo.

—Lenka… —Suspiró mientras nuestras manos se rozaban por vez primera.

Ese primer contacto: una pluma contra mi piel.

Encuentra la pequeña marca de nacimiento en la parte interna de mi antebrazo y pasa su dedo sobre ella. Siento una ligerísima gravedad que emana de él, como si me estuviera impulsando a voltear hacia donde se encuentra.

—Lenka —vuelve a repetir.

Al escuchar mi nombre, levanto mi rostro hacia él.

Dudamos antes de que yo sienta que sus manos viajan de mis brazos hasta mis hombros. Respira profundo, como si estuviera tomando el aire de mis pulmones para él.

Las palmas de sus manos rozan mi cuello antes de detenerse sobre mis mejillas.

Sus labios sobre los míos.

Su beso es como un relámpago en mi pecho. Las alas de una luciérnaga que revolotean contra las paredes de un frasco de vidrio.

Cierro los ojos. Josef Kohn me está tocando, sus manos trazando levemente las superficies ocultas de mi cuerpo, su boca viajando sobre mi piel desnuda.

ᙍ

Esa noche nos miramos por encima de las velas; la serenata de las voces de sus padres y de Věruška, una melodía confusa en nuestros oídos. Ninguno de los dos tiene ganas de comer o probar el vino.

El comedor es blanco; paredes blancas, cortinas blancas. Una araña de cristal pende sobre el centro de la mesa redonda, con su luz perfecta y sedosa.

Pero por dentro estoy ardiendo. Carmesí. Escarlata. Rojo rubí. El calor de mi cuerpo abrasador contra el algodón de mi vestido.

—¿Estás bien, Lenka? —me susurra Věruška durante la cena—. Tus mejillas están enrojecidas.

Golpeo mi dedo levemente contra mi copa y trato de sonreír.

—Debe de ser el vino…

—Pero no le has dado ni siquiera un sorbo. Te he estado mirando.

Niego con la cabeza.

—Estoy bien.

Věruška levanta una ceja y me mira desconcertada.

Trato de no levantar la cabeza. Sé que si mis ojos encuentran los de Josef me delataré ante todos.

De modo que mantengo la cabeza inclinada, como monja enfrascada en sus oraciones.

Pero mis pensamientos distan de ser puros.

Viene a mí en mitad de la noche. Abre mi puerta con un movimiento lento y cuidadoso de la mano.

Su cabello negro está revuelto; sus rasgos fuertes y sensuales. Sostiene un candelabro que coloca sobre un mueble.

—Lenka —murmura—, ¿estás dormida?

Me apoyo sobre un codo. La oscuridad envuelve la habitación. Un parpadeo de luz de vela; un trazo de luz de luna. Jala la ropa de cama y me inclino hacia delante, levantándome sobre mis rodillas.

Envuelvo mis brazos en torno a su cuello. Él toca mi camisón, las yemas de sus dedos como fósforos.

¿Así es como se sienten los besos del hombre al que amas? Todo fuego y calor. De tonos púrpura. Índigo. El rojo azulado que corre por nuestras venas antes de tocar el aire.

Quiero besarlo por siempre. Mi cuerpo, como arena debajo de él, se amolda a su forma, la presión de su peso contra el mío.

—Dame tus manos —susurra.

Levanto las palmas de mis manos frente a mí. Él las toma, entrelazando sus dedos con los míos.

Y después cae sobre mí, besa mi cuello y mueve sus manos de arriba abajo por todo mi cuerpo, por encima de mi camisón y después por debajo del mismo.

Es tierno y curioso a un mismo tiempo, como un niño pequeño al que finalmente le han dado la oportunidad de explorar algo que le tenían prohibido. Pero también está la fuerza de alguien que ya ha crecido, en armonía consigo mismo, de alguien que sabe exactamente lo que ansía.

Esa hambre. Ese deseo de ingerir tanto la carne como el centro de la fruta. Querer lamer cada gota de jugo de mis dedos, tragarme cada semilla, conocer un sabor en plenitud.

¿Cómo es que me he vuelto así de hambrienta?

Josef gime suavemente y vuelve a besarme. Siento su respiración y su corazón acelerado contra mi pecho.

—Podría besarte eternamente, Lenka —me dice.

Lo envuelvo entre mis brazos con mayor fuerza.

Aprieta una de mis manos contra su pecho.

—Creo que debería marcharme antes de que haga algo de lo que me pueda arrepentir.

Besa cada yema de mis dedos y después las presiona contra su corazón.

Se levanta de la cama y se pone la camisa de dormir. Observo sus piernas caminar sobre los tablones del piso, su reflejo atrapado en el espejo de pie. Llega a la puerta, toca la perilla y voltea a verme una vez más.

—Josef —murmuro—, ya te extraño.

CS

¿Cómo es posible que esas dos semanas hayan pasado con tanta rapidez? Desperté la mañana siguiente como si estuviera en un trance. Había dormido una hora a lo mucho. El espejo de mi habitación ya no está colmado con el reflejo de Josef, sino del mío. Mis trenzas están a medio deshacer, mi camisón desabotonado al tope; pero mi rostro está sonrosado y mis ojos brillantes aun a pesar de la falta de sueño.

Puedo oler el aroma de Josef sobre mí. Imagino que ha dejado un rastro de huellas dactilares por todo mi cuerpo, que ha grabado el camino de su lengua al viajar por mi cuello, mis mejillas, mis hombros y mi vientre. No quiero pensar en la horrible realidad de que el día siguiente será el último en Karlovy Vary. Pronto estaremos en el compartimento del tren, nuestros ojos apartados y Věruška parloteando alegremente mientras cada uno asiente con la cabeza para fingir que la estamos escuchando cuando nuestros pensamientos están llenos únicamente del otro.

La noche anterior, habíamos acordado alejarnos de la casa temprano y por separado para reunirnos en el valle en el que habíamos compartido nuestro primer beso. De allí, Josef me llevaría a su sitio favorito.

Llegué antes que él, con un vestido veraniego del color del cielo. Llevaba una canasta llena de las fresas que había recogido en el camino.

Las fresas parecían estar madurando con cada minuto que pasaba. Podía adivinar su perfume y, sin embargo, su aroma despertaba en mí un apetito por algo completamente alejado de la fruta. Lo único en que podía pensar era en Josef entre mis brazos. Su peso sobre mí, la sal de su piel, el sabor a duraznos de su lengua.

Miré mi reloj. Estaba retrasado y mi corazón latía nervioso. ¿Y si no venía? En mi cabeza se agolpaban pensamientos que me eran intolerables.

—¡Lenka! —exclamó su voz finalmente, mientras su sonido hacía que mi piel recobrara vida.

—Me estaba empezando a preocupar —le dije, apresurándome hacia él.

—Me tomó un rato escaparme de Pavla —dijo—. ¡Insistía en darme más salchichas!

Reí y debo haber parecido loca, porque mi risa era más bien un escape por todo lo que había tenido dentro de mí y no un reflejo de gracia ante los mimos de Pavla.

—En el último minuto, mamá y papá decidieron no ir al balneario, sino quedarse en casa a descansar, y eso también me demoró.

—Pero ya estás aquí —dije suavemente. Sus manos se movieron hacia las mías y dejé que tomara la canasta que llevaba—, y eso es lo que importa.

Me besó y ahora no hubo el menor asomo de duda.

❧

Caminamos hasta que llegamos a un claro donde había un precioso lago natural. Oculto por piedras y grandes árboles, era un oasis en medio del bosque.

—Solía venir aquí con Věruška. Un verano le enseñé a nadar.

—¡No me dijiste que íbamos a nadar! —dije consternada—. No tengo mi traje de baño conmigo.

—Ese era mi plan... ¡El día es tan caluroso, Lenka, que sería cruel no sugerir una zambullida!

Lo miré mientras sus ágiles dedos se desabotonaban la camisa.

—No es ninguna indecencia nadar en nuestra ropa interior. —Sonrió pícaramente.

Lo vi despojarse de su ropa hasta quedar en calzoncillos y camiseta. La noche anterior había recorrido su cuerpo a tientas como una ciega, adivinando los planos de su cuerpo, sólo capaz de ver atisbos del mismo en el parpadeo de la vela. Pero ahora podía ver cada contorno y detalle de su cuerpo.

Estaba bronceado por haber tomado el sol los últimos días. La musculatura de sus hombros y espalda parecía hecha de barro.

—¡Vamos! —dijo juguetón, haciendo un ademán para que lo siguiera. Corrió por la tierra cubierta de hojas y saltó desde una de las altas rocas.

Súbitamente, una enorme explosión de agua me salpicó, haciéndome chillar.

—¡Me empapaste! —reí cuando subió a la superficie.

—¿Estás segura de que no me quieres acompañar? Ya estás mojada.

Parte de mí quería hacerlo, pero la luz del día me hizo sentir más modesta y menos atrevida que anoche.

—¡Cuando tenga mi traje, tonto! —respondí.

—Nos vamos mañana... —respondió a gritos—. ¿Cuándo vas a volver a tener otra oportunidad?

Lo pensé y decidí ir en contra de mi naturaleza.

—No me mires, Josef —le dije mientras me despojaba de casi toda mi ropa.

Volvió la espalda hacia mí, aunque jamás sabré si hizo trampa para mirarme. Salté desde la piedra más cercana y me zambullí de cabeza en el agua. La sensación del agua fría en mi piel, cubierta como lo estaba en nada más que mis calzones y camisola empapados, fue electrizante.

Al nadar hacia Josef, tomó mis resbaladizos brazos para acercarme a él, recompensando mi valentía con un perfecto beso más.

8

Josef

Amalia pintó las paredes de nuestro departamento color grasa de pollo. Compró una alfombra color tierra y pesados muebles cafés forrados con una gruesa tela con dos hermanos judíos que tenían una tienda en la parte baja del East Side. Usaba sencillos vestidos de algodón, un listón atado a su pequeñísima cintura, el cabello recogido y su rostro libre de maquillaje excepto por unas gotas de jugo de betabel que frotaba sobre sus labios.

Siempre bebía su café sin leche y su té sin azúcar. El radio que teníamos en la sala tocaba melodías de Benny Goodman o de Artie Shaw, pero ella nunca bailaba. En lugar de ello, daba golpecitos con el pie contra la silla cuando creía que no la veía. Su rostro cambiaba cuando yo bajaba la aguja del tocadiscos para tocar la música de Billie Holiday. Sus canciones, pesarosas y desoladas, transportaban a Amalia a algún lugar lejano; a algún sitio dentro de su cabeza al que yo no estaba invitado a seguirla.

Cuerpos negros que se mecen en la brisa sureña,
fruta extraña que cuelga de los álamos.

A veces, la veía morderse el borde del labio, como si estuviera intentando reprimir el deseo de llorar. En otras ocasiones, la miraba asentir con la cabeza, como si estuviese en un silencioso diálogo con la cantante. Aunque jamás oí que Amalia pronunciara palabra alguna de la letra de cualquiera de estas canciones, cuando el disco llegaba a su fin, se levantaba y caminaba hasta el aparato para volver a colocar la aguja, y la voz de Holiday llenaba la habitación una vez más.

Juguetes y ositos de peluche llenaban el corral en el que jugaba nuestro hijo; muñecas, ollitas y juegos de té llenarían el mismo espacio ante la llegada de nuestra hija, tres años después. Nuestros vecinos de la calle 67 Este siguieron siendo desconocidos. Todos los días, Amalia llegaba con su carrito de compras lleno de fruta, hogazas de la panadería alemana y productos de la carnicería, y saludaba con una somera inclinación de su cabeza al conserje, Tom. Se obligaba a sonreírles a las demás personas que estuvieran en el elevador. Si los niños estaban con ella, sus brazos se estiraban hacia ellos como si fuera un marinero a punto de ahogarse en busca de un salvavidas. Quizá lo que la perturbaba era el espacio reducido del elevador, o era simplemente que a Amalia no le gustaba la charla vana.

—¿Hambrienta? —le preguntaba a nuestra hija—. Ten, pan tostado y mantequilla.

Por las noches:

—¿Estás alterado? ¿Problemas en el hospital? —me preguntaba. Yo asentía con la cabeza mientras me ponía la vieja piyama.

En nuestra habitación no había fotografías, ni cuadros, ni espejos. El único sonido familiar era el golpecito de su relicario cuando lo dejaba caer dentro del cajón.

Se desabotonaba su vestido de casa sin hablar jamás. Su cuerpo desnudo perennemente infantil, aun después de tener dos hijos. Extremidades delgadas y pálidas y dos pequeños pezones sobre un pecho que siempre latía en silencio.

La sostenía en mis brazos y soñaba con otras personas.

Ella me soltaba y hacía lo mismo.

9

Lenka

Todavía en Karlovy Vary, empacamos nuestras maletas como dolientes que se visten para un funeral. Ninguno de nosotros deseaba regresar a la ciudad. Pavla dispuso una canasta llena de emparedados y pequeños pastelitos, junto con un termo lleno de té.

La noche anterior, no pude comer un solo bocado de la cena. Me sentí cambiada por esa primera vez que habíamos nadado, por la sensación del beso de Josef, por el recuerdo de su piel, mojada y resbaladiza junto a la mía. ¿Cómo podría tolerar el viaje en tren con él y con Věruška en el mismo compartimento? Todo esto me preocupaba mientras bajaba las escaleras para encontrarlos esperándome en el pasillo y estuve a punto de tropezarme con mis propios pies.

—Puedes ser de lo más torpe, Lenka, pero de alguna manera siempre logras verte bella —dijo Věruška entre risas.

Lo consideré un comentario inusual porque Věruška era la que siempre se veía bella. Sus mejillas siempre estaban sonrosadas por causa de alguna travesura y jamás padeció timidez.

Nadie podía iluminar una habitación como Věruška, en especial si traía puesto alguno de sus vestidos rojos favoritos.

Cuando miré a Josef, pude percibir el peso de su preocupación. Sería difícil no mirarnos, no tocarnos.

Una vez dentro del convoy, sacó su libro, aunque jamás vi que le diera vuelta a más de un par de hojas. De vez en vez, sentía sus ojos tratando de mirarme disimuladamente. Hice un débil intento por dibujar, pero fracasé. Traté de no mover la mano mientras mi lápiz se bamboleaba por el traqueteo del tren.

Ambos acogimos el parloteo de Věruška. La escuchamos chismorrear incansablemente acerca de los chicos de nuestro salón. Tomáš, que era escandaloso y maleducado, pero que tenía un rostro que podía derretir piedras; o Karl, el más callado, que aun así parecía inteligente y sincero. Yo no contaba con tales expedientes en mi cabeza. Estaba Josef y nadie más.

Cʕ

Sólo había estado ausente un par de semanas, pero cuando regresé a casa todo parecía diferente. Entré a un departamento en silencio. Mi madre estaba sentada en una de las sillas de terciopelo rojo, con su cara empolvada manchada de lágrimas. Mi padre, con la cabeza entre las manos, estaba parado con los codos sobre la repisa de la chimenea.

Mi hermana me susurró que había sucedido un incidente en la bodega de papá. Alguien había lanzado una botella llena de alcohol con una mecha empapada en gasolina por la ventana, prendiéndole fuego al almacén. Todo estaba destruido. Papá, me dijo casi en silencio, había encontrado todo reducido a cenizas. Sólo había quedado una pared y, sobre ella, alguien había pintarrajeado la palabra *ŽID*, «judío».

Corrí hacia mi madre y la abracé. Se aferró a mí con tal fuerza que pensé que sus uñas rasgarían la blusa que cubría mi espalda.

—Tengo tanto miedo, Lenka. —Lloró. Jamás había escuchado su voz tan llena de temor. Eso me aterró.

Ahora, las manos de mi padre estaban enredadas en su cabello, con sus nudillos blancos como mármol, las venas de su cuello pulsando fuertemente.

—¡Somos checos! —espetó con furia—. Quienquiera que nos llame *žid* y no checos está mintiendo.

—¿Qué dijo la policía? —pregunté. Mi maleta seguía junto a la puerta de entrada y mi cabeza era una confusión de imágenes e ideas que no podía calmar.

—¿Policía? —mi padre volvió su rostro hacia mí, cegado de rabia—. ¿La policía, Lenka?

Y entonces, de la misma manera en que me había sorprendido mi madre, lo hizo ahora mi padre, pero esta vez por la demencia que se percibía en su risa.

10

Josef

En enero de 1956, le compré un televisor a Amalia como regalo por nuestro décimo aniversario. El hombre de la tienda de aparatos eléctricos lo había envuelto con un gran moño rojo y me sentí feliz de haber encontrado el regalo perfecto. Cuando entré por la puerta esa noche, Rebekkah exclamó: «¡Oh, papi!» y corrió hacia mí con tal emoción que temí que dejaría caer la maldita cosa antes siquiera de tener oportunidad de conectarla.

La caja parlante, la caja que mostraba cientos de rostros felices sonriéndonos noche tras noche. Amalia sonrió; percibí un leve movimiento pasar por su rostro, como una línea que se dibuja en la arena antes de que el agua vuelva a borrarla.

Esa noche, comimos en charolas frente al televisor. Platos con milanesas de pollo, espárragos marchitos en un lago de mantequilla y papas al horno sin crema.

Me fascinaba nuestro nuevo televisor, pero no particularmente porque disfrutara de la programación (no podía creer que Milton Berle fuera lo mejor que podía ocurrírseles a los estadounidenses), sino porque trajo una bienvenida distracción a nuestro hogar.

Con los niños encaramados en el sofá, sus pequeñas barbillas sostenidas en sus manos y sus cabezas levantadas hacia la pantalla, podía observarlos sin interrupción. Jamás he sido bueno para la charla insustancial. Mis libros siempre han sido mis principales compañeros.

Incluso a mis pacientes, a las que les tengo un gran afecto y cuyos embarazos superviso de la manera más diligente y compasiva que me es posible, no las acribillo con preguntas personales.

Veo a mi hija frente al televisor y observo que su perfil es idéntico al de mi esposa. Tiene el mismo rostro delgado, la piel del color de los frijoles blancos, el cabello del color del trigo quemado por el sol. Su madre le ha hecho dos trenzas apretadas con las que siempre juguetea cuando ve algún programa. Recargada sobre sus codos, con las piernas estiradas tras ella como dos palos rectos, veo que su cuerpo es todo líneas y ángulos rectos, como el de su madre. El óvalo de sus clavículas, tan pronunciado como un collar, y el filo de navaja de su quijada. Veo el relucir de su sonrisa, con esos grandes dientes que heredó de mí.

Mi hijo es suave y redondo. Sus extremidades regordetas me recuerdan a mí mismo a su edad. Su piel es de un tono más oscuro y profundo que el de mi esposa e hija. Sus ojos parecen tristes incluso cuando está feliz. Su maestra del jardín de niños nos informó que, al parecer, no tiene interés alguno en jugar con los demás niños y que puede pasarse horas frente a un rompecabezas, pero que no tiene paciencia alguna para aprender a atarse los zapatos. No puedo oír que lo critiquen. Amo a mis hijos como un tigre. Amo a mi mujer como un cordero.

Amalia. Sentada allí con las rodillas apretadas, tus dedos inquietos sobre tu regazo. La imagen de la pantalla, en blanco y negro, te pinta de color azul. Te veo y me pregunto cómo eras de niña. ¿Eras animosa e independiente como nuestra hija, toda llena de palabras y fuego? ¿O callada y pensativa como nuestro hijo?

Te imagino corriendo a casa antes de la guerra, con esa decisiva carta de Estados Unidos entre tus manos, tu rostro brillante como la luna llena. Con esos grandes ojos cafés y esos pómulos que podrían rebanar pan. Cuando tus padres empacaron tus maletas para enviarte a un lugar seguro, ¿hubo algo más que también quedó encerrado en tu maleta?

Bajo el rumor indulgente del televisor, desempaco mis propios recuerdos.

Se abren mis propias maletas mentales. Los lentes de mi padre —quevedos redondos de plata— ya no sobre su estrecho rostro, sino flotando en un mar verde botella. Veo el osito de felpa de la infancia de mi hermana con su pelo café apelmazado. Su patita rota, sus ojos de vidrio y su boca de listón. Veo a mi madre, apresurándose por empacar aquello que le es preciado: su pañuelo de bodas, los retratos de sus hijos y todas sus joyas, que esconde en el forro de seda de su abrigo, que descose y vuelve a coser como el más hábil cirujano. Y todos los libros que yo dejé atrás. Aquellos que abarrotaban mi habitación, los que estaban apilados sobre mi mesa de noche, los que cargaba a espaldas en mi mochila. Mi novela favorita acerca del Gólem. Lo que daría por tener ese libro ahora para podérselo leer a mi hijo.

11

Lenka

En Mala Strana, en un café con paredes color hielo, pido un chocolate caliente para Marta.

—Cuéntame la historia del Gólem —me dice de nuevo.

Le narro la leyenda que primero me contaron cuando era apenas una niña. Cómo, según el folclore checo, el rabí Loew ben Bezalel, principal rabino de Praga, creó un espíritu protector mezclando arcilla y agua del río Moldava con sus propias manos.

Las mías, blancas como el talco, tiemblan mientras trato de recordar los detalles del mito.

—El rabino creó al Gólem para proteger a los judíos —le cuento—. Rodolfo Segundo, sacro emperador romano de ese tiempo, había ordenado que se asesinara o expulsara a todos los judíos de la época, pero el Gólem surgió de la tierra y el polvo y se transformó en guerrero vivo. Mató a quien quisiera hacerles daño a los judíos.

El vapor se levanta de la taza de chocolate caliente de Marta, que no lo ha probado siquiera. Sus ojos están llenos de llanto, su cabello rojo cae sin vida tras sus orejas. Bebo mi café negro, sin azúcar.

El emperador, al ver la destrucción que había devastado a su ciudad y a su pueblo, le rogó al rabino que detuviera al Gólem. A cambio, prometió cesar la persecución contra los judíos.

—Para detener la obra de muerte y destrucción del Gólem —le expliqué—, el rabino sólo necesitaba borrar la primera letra en hebreo de la palabra *emet* o «verdad» de la frente de la criatura. Así, la nueva palabra que quedaría sería *met*, que significa «muerte».

Este acto para finalizar la vida del Gólem se hizo bajo el entendido de que si el pueblo judío alguna vez volvía a verse amenazado dentro de las paredes de Praga, el Gólem volvería a levantarse.

Respiré profundo y miré a mi hermana. Su llanto había cesado y se veía menos pálida. Aun así, era evidente que seguía alterada por el incendio del almacén de papá y por el motivo del ataque.

Para tranquilizarla, añadí la que siempre había sido mi parte favorita de la historia. La leyenda reza que el cuerpo del Gólem está resguardado en el ático de la sinagoga del Centro Histórico. Allí espera a que se vuelva a grabar la letra faltante sobre su ceño para vengarse de cualquiera que busque hacerles daño a los judíos.

Puedo ver los ojos de mi hermana de doce años al final de esta historia, como niña que aún desea creer que la magia puede existir.

—¿Despertará ahora el Gólem para protegernos? —me pregunta, bajando la mirada a su chocolate ya frío.

Le digo que sí, y que si no se levanta el Gólem del rabino Loew, tomaré arcilla de mi clase de modelado para hacer uno propio.

12

Josef

Siempre he creído en lo místico. Uno no puede dedicarse al estudio de la concepción y a la práctica de la obstetricia sin maravillarse ante la manera en que el cuerpo humano puede crear una vida nueva. En la escuela de Medicina aprendemos que todo lo que es esencial para la vida reside en la línea media del cuerpo. Lo mismo puede decirse acerca del amor.

La mente, el corazón, el vientre. Los tres están enfrascados en un baile sagrado.

La pelvis de una mujer es como un reloj de arena capaz de medir el tiempo. Crea y alberga la vida a un mismo tiempo. Cuando la dieta de la madre es insuficiente, se extraen los nutrientes de sus propios dientes y huesos. Las mujeres están hechas para ser altruistas.

Cuando fui joven, me enamoré de una joven que me amaba. Su sonrisa era una cuerda de oro alrededor de mi corazón. Donde fuera que me jalara, yo la seguía.

Pero, en ocasiones, incluso la cuerda más fuerte se desgasta y uno queda perdido.

Aún sueño con ella. La primera chica cuya mano se entrelazó con la mía. Incluso cuando hubo otra mujer en mi cama, sólo soñaba con ella. Trataba de evocar su rostro a los veinte y después a los treinta y cuarenta años. Pero a medida que pasaron los años y me volví más viejo, dejé de imaginarla con un rostro arrugado o con el pelo color plata.

Cada persona tiene una imagen o memoria que guarda en secreto. Una que tiene que desenvolver, como un trozo de caramelo, por las noches. Si uno pasa por allí, cae en el valle de la ensoñación.

En mis sueños, la imagino desnuda. Largos brazos blancos que se levantan para enredarse con los míos. Manos que se esmeran por deshacer trenzas húmedas y fragantes. Cabello color chocolate que cae sobre clavículas prominentes como un arco en tensión.

Cruza los brazos sobre sus senos.

Beso sus manos, las puntas de sus dedos. Volteo sus palmas y las levanto de sus senos a mis mejillas. Encuentra mis sienes, después mi cabello, me jala hacia sus labios y me besa.

El beso. El beso. Ese beso me persigue.

Dormir.

Si tan sólo no tuviera que despertar tan pronto. El sonido del localizador que indica que se me necesita. El número del hospital que me dice que tengo que irme.

Dormir, donde vuelvo a ser joven. Despertar, donde soy un viejo con el cuerpo cansado. El sonido del localizador que me dice adónde tengo que ir.

13

Josef

Después de que llegué a Estados Unidos, ya no pude tolerar el sabor de las fresas. No era que su dulzura no se comparara con las que comimos ese verano, sino que me recordaban a Lenka.

Lenka, sentada bajo la sombra de nuestro jardín en Karlovy Vary, sus hombros desnudos con su vestido veraniego de algodón. Sus ojos azules. Sus clavículas, la forma de un corazón al que anhelo besar.

Estoy sentado frente a ella. La miro mientras recorre con la vista la larga mesa de madera que Pavla ha atestado de fiambres ahumados, botes de jalea casera y una canasta de panes dulces calientes. Pero es el tazón lleno de fresas recogidas a mano lo que la deleita. Estira la mano hasta el tazón y lleva una sola fresa a su boca perfecta.

Su boca, su boca. ¿Acaso soy una bestia porque no pude reprimir mis ansias de morderla? Mordisquear la tierna carne, sentir la suavidad de su cara interna. Correr mi lengua sobre sus dientes, sentir el terciopelo de su lengua.

Sentado allí, la miro. Todo lo que puedo hacer para calmar mis ansias es verla fijamente. Qué idiota debo de parecer en ese recuerdo. Torpe y haciendo el intento por atraparla a un mismo tiempo.

Al caminar junto a ella, casi no puedo respirar. No puedo hablar. Cuatro años mayor que ella y me siento totalmente carente de experiencia. Ha habido otras chicas, pero sus rostros y su toque se han desvanecido de mi memoria.

Camino atrás de ella. Los firmes músculos de sus pantorrillas, la suave curva de su trasero, el asomo de su cuello, cada uno es una seducción en sí misma.

Cuando baja su cuaderno de dibujo, puedo sentir el calor de su cuerpo junto al mío. Puedo olerla. Quiero respirarla como si fuera el primer aliento de un niño. Quiero envolverla en mis brazos y derretir su corazón junto al mío.

Quiero saborearla; quiero el dulce almíbar de su boca. Deseo la carnosidad de su lengua. Quiero besarla más que a ninguna otra cosa en el mundo entero.

El beso. ¿Soy demasiado agresivo? ¿Demasiado ansioso? Esa boca sellada contra la mía… El sabor de fresas recién cortadas.

Estoy jadeando. Tengo la boca abierta. Mi corazón está destrozado como una granada en pedazos. Semillas como rubíes se amontonan en mis manos.

Pero entonces despierto.

Abro los ojos y Amalia está estirando el brazo para apagar el radiodespertador.

Me besa.

De manera seca, distraída; con sabor a agua.

Mi Amalia me besa.

No hay el menor gusto de fresas en su beso.

Es del sabor de un raspado sin jarabe.

Hielo sin el color azul.

14

Lenka

Como una raya dibujada en la arena, el momento en que regresé a Praga marcó el instante en que empezó a desmoronarse mi vida. Esas dos semanas en Karlovy Vary fueron los últimos momentos de calma. Me había alejado de una Praga libre de la sombra de Hitler, pero a mi retorno su presencia amenazaba cada rincón de la ciudad.

De un momento a otro, parecía que no podía evitar escuchar su nombre por todas partes. ¿Invadiría Checoslovaquia o no?

Empezamos a ver desfiles por la ventana de nuestro departamento; hombres en *lederhosen* y mujeres en faldas tradicionales que marchaban y cantaban canciones nacionalistas alemanas. Aparecieron esvásticas en los aparadores de las tiendas. Trazos grotescos y coléricos, encarnizados como una cicatriz.

Regresé a la Academia, pero sin el mismo entusiasmo de antes. Věruška también parecía cambiada. Esa viveza de sus ojos y la plenitud de su figura, todas esas cosas que antes la hacían parecer animada, se habían apagado.

No hablamos acerca del temor que crecía dentro de nuestras familias. Había más pausas en nuestras conversaciones. Más bien, había un silencioso intercambio entre nuestros ojos cuando nos mirábamos. Nos reíamos con mucha menos frecuencia.

Ahora, por el radio, escuchábamos acerca de la presencia alemana que se cernía sobre los Sudetes, la cadena montañosa en la frontera checo-alemana. Nuestro ministro de Asuntos Exteriores, el doctor Basel, había enviado tropas checas para que patrullaran esta línea divisoria, pero todo el mundo dudaba de que pudieran mantener fuera a los alemanes por mucho tiempo.

No me había enterado de ninguna dificultad específica que afectara a los Kohn de manera similar a lo que nosotros habíamos padecido. No me imaginaba cómo podía verse afectada la consulta del doctor Kohn. Sus pacientes eran casi exclusivamente judíos. Los judíos seguirían siendo leales a otros judíos. Los bebés no eran como juegos de copas que realmente no eran indispensables para la gente. Pero, de todos modos, ¿cómo se puede saber la realidad de las preocupaciones de otros?

Ahora, los bellos labios de Elsa se crispaban al hablar. Lo advertí casi de inmediato al regresar a clases.

No le pregunté acerca de la botica de su padre. Aún olía a gardenias y nardos, pero sospechaba que, al igual que con el negocio de mi padre, el creciente antisemitismo también estaba afectando su modo de vida.

La Botica Roth, con su florido cartel *art nouveau*, prácticamente era la encarnación del mercantilismo judío. Se encontraba en un local inmejorable, en una de las calles aledañas a la Plaza de la Ciudad Vieja de Praga. Antes, cada vez que pasaba frente a ella, había gente que entraba y salía, con sus compras envueltas en el papel de estraza y reconocible listón morado que caracterizaban a la Botica Roth. El anuncio exterior decía que se había inaugurado en 1860; la familia había tenido ese negocio por décadas.

No había oído que rompieran ninguna de sus vidrieras, ni que hubieran aparecido consignas nazis pintarrajeadas en las paredes, pero ¿quién podía decirlo? En tan poco tiempo todo había cambiado.

A la hora del descanso, mis dos amigas y yo llevamos nuestros almuerzos al exterior. El cálido sol acarició nuestras piernas y rostros con rayos de luz color miel.

Este era nuestro tercer año en la Academia y siempre habíamos imaginado, durante nuestro primer año de estudios, que para este momento nos sentiríamos como poseedoras de sus amplios pasillos. En lugar de ello, ahora nos agobiaban las preocupaciones por nuestros padres y nuestras vidas como las habíamos conocido en Praga.

—Me pregunto si lograremos concluir nuestros estudios —dijo Elsa. Su voz atravesó el aire como una espada—. Papá dice que no está muy seguro de ello.

Věruška frunció el ceño.

—¡Por supuesto que sí! Las tropas checas no permitirán que los alemanes crucen nuestras fronteras.

No dije nada porque no sabía qué creer. Todo lo que sabía acerca de la situación política era lo que podía dilucidar a partir de las discusiones de mis padres por las noches. Y una cosa era segura: con cada día que pasaba se sentían menos seguros de la situación. Estaba surgiendo una Lenka diferente, una que existía como partida en dos mitades: una mitad quería sentirse viva y feliz, y saturarse con los sentimientos del primer amor, pero la otra mitad estaba llena de horror. Todo lo que tenía que hacer era contemplar el rostro de mi padre cuando regresaba del trabajo para ver lo que se avecinaba. Odio admitirlo ahora, pero hubo varias noches en las que, cuando atravesó la puerta, no quise levantar la mirada.

ൟ

Las cosas sucedieron a un ritmo vertiginoso ese otoño de 1938. El 5 de octubre, nuestro presidente, Edvard Benes, dimitió al darse cuenta que la ocupación nazi era inminente. Nos habían derrotado sin que se levantara una sola arma. Nuestro Gobierno no opondría resistencia y no habría protección alguna en contra de la ola gigantesca de antisemitismo que pronto desatarían los nazis.

Empezamos a escuchar insultos en las calles: «Pedazo de mierda judía, estarás muerta para la Navidad». Elsa informó que su hermano y algunos de sus amigos habían ido a un café después de clases y que les habían dicho: «¡Fuera, judíos!». Repentinamente, el temor que veíamos en los rostros de nuestros padres también nos pertenecía.

Empezamos a oír a vecinos que estaban tratando de conseguir visas, aunque ni Elsa ni Věruška mencionaron que sus familias estuvieran intentando hacer lo mismo. Personas a las que habíamos conocido por años se marcharon de repente sin decir adiós. Nos volvimos vigilantes y cautelosos.

Ese año, empecé a aprender un nuevo arte.

El arte de ser invisible.

Mamá, también, ya no se vestía para llamar la atención; se vestía para desaparecer.

Abrigo negro. Bufandas color gris oscuro sobre un vestido del color del grafito.

Ya no bebíamos de copas de cristal de colores. En lugar de ello, las copas de vino color rubí y las copas de agua color cobalto se vendieron por mucho menos de lo que valían.

Cuando abría mi estuche de pasteles durante mis clases de dibujo, sostenía los de color naranja y verde hoja y sentía el agudo dolor que normalmente se asocia con el hambre.

Uno de nuestros profesores empezó a molestar a los muchachos judíos de nuestro salón. Criticaba sus dibujos más severamente de lo que se merecían. Rompió el bosquejo de naturaleza muerta de Arohn Gottlieb por la mitad y le dijo que se largara de su clase.

Empezamos a oír rumores de estudiantes a las que habían atacado en Polonia. Chicas atacadas por sus propios compañeros de salón después de clase, con sus caras marcadas por muchachos que las sostenían y arañaban sus rostros.

Ahora, Věruška, Elsa y yo agachábamos la cabeza cuando estábamos en clase. Aunque parecía una postura de vergüenza, lo hacíamos impulsadas por el miedo.

Una tarde, durante el almuerzo, Elsa se deshizo en llanto.

—¡Ya no aguanto más! —dijo. Había adelgazado en las últimas dos semanas. Su blanca piel parecía traslúcida y tan delgada como los pétalos de un tulipán; su cabello rubio, delgado como paja—. No puedo dibujar. Ni siquiera puedo ver lo que se supone que estamos estudiando.

Sus manos temblaban cuando las tomé en las mías.

—Elsa, todo va a estar bien.

—No, no es cierto —respondió. Al levantar la cabeza para verme, había una mirada enloquecida en sus ojos, y sus labios tenían un color rojo intenso, pero no a causa de un labial: estaban en carne viva.

ঙ

Ahora, veía a Josef siempre que podía. Nos veíamos en un pequeño y apartado café en la calle Klimenetska casi cada tercer día. Aún no les habíamos dicho nada a nuestros padres. Me gustaría decir que manteníamos nuestro romance en secreto porque no queríamos añadirles otra carga, por la presión a que le dieran demasiada importancia a nuestra relación, pero eso sería mentir. Lo mantuvimos en secreto porque éramos jóvenes, enamorados y egoístas. Era nuestro pequeño y perfecto secreto y no queríamos compartirlo con nadie más.

ঙ

Sentía que subsistía de aire. Casi no comía y no podía descansar por las noches, tenía la cabeza llena de pensamientos de Josef y de la siguiente vez en que nos reuniríamos. Y aunque no tenía apetito y no podía dormir, me sentía más llena de energía que nunca antes. Incluso cambió mi manera de pintar. Mis trazos eran más libres; era más generosa en mi uso de colores y texturas. También cambió mi sentido de línea. Mi mano se relajó, como si finalmente hubiera adquirido confianza, y mis dibujos adquirieron vida como jamás antes.

Ese noviembre, mientras los dos tratábamos de equilibrar nuestros estudios y nuestra relación, la amenaza de la guerra empezó a retumbar como una tormenta fuera de nuestra ventana. La escuchamos, pero tratamos de mantener esa ventana cerrada un breve tiempo más. Cada momento era más intenso que el anterior. Entre aprender que su color favorito era el verde, su autor favorito era Dostoievski y su compositor favorito era Dvořák, supimos cómo alargar nuestros besos o cómo era que al otro le agradaba que lo tocaran. Se percibía nuestro ardor aun cuando había pausas de silencio entre los dos. Ahora que lo recuerdo, fue durante esos periodos de calma, cuando caminábamos por la calle y no se posaba la mirada de nadie sobre nosotros, que me sentí más feliz. Tan sincronizados estaban nuestros pensamientos que no necesitábamos hablar. Tomaba mi mano entre la suya y nada más parecía importar. Por unos momentos, me permití sentirme segura.

Esta era una fantasía que deseaba prolongar el mayor tiempo posible, pero distaba de ser realista. A medida que aumentaron las tensiones en Praga, nos encontramos comportándonos como todos los demás judíos a nuestro alrededor. Ahora, manteníamos la cabeza baja cuando caminábamos a casa y evitábamos el contacto visual con toda persona. Era como si todos los judíos de Praga desearan poder desaparecer. Oímos de judíos que vivían cerca de los Sudetes en Alemania a los que se había obligado a abandonar sus hogares y a arrastrarse hasta la frontera checa para besar el piso. Los guardias checos los obligaban a regresar, de modo que se veían acorralados en una tierra de nadie entre los dos países, ninguno de los cuales quería darles entrada. Cada vez que llovía y que la temperatura bajaba casi a cero, pensaba en estos hombres, mujeres y niños que vivían como animales perseguidos, rodeados de lobos al acecho.

Para enero de 1939, sentimos que todo estaba perdido. Nuestro Gobierno, ahora liderado por Hachá, ordenó a la policía que se coordinara con los alemanes para suprimir la supuesta amenaza del comunismo dentro de Checoslovaquia. Fue difícil para mí comprender del todo lo que esto significaba para nosotros, pero la reacción de mi padre ante la noticia aclaró las cosas sin lugar a dudas. Esa noche, levantó sus manos al cielo y declaró que esta era una sentencia de muerte para todos los judíos checos.

Mi madre le pidió que se callara, que no hablara así enfrente de Marta y de mí.

Le sonreí a Marta, que estaba tratando de contener sus lágrimas.

—Necesitamos conseguir visas —le dijo mamá.

—¿Quién en Estados Unidos firmaría para patrocinarnos?

—¡Podemos conseguir papeles falsos! —exclamó ella.

—¡¿Con qué?! ¡¿Con qué, Eli?! —Y su respuesta agonizante me recordó el sonido del vidrio quebrándose—. Es demasiado tarde ahora. Nos debimos haber ido cuando se marcharon los Gottlieb y los Rosenthal. Ya no nos queda dinero para comprar los papeles y el pasaje —dijo desesperado, con las palmas de sus manos volteadas al cielo.

CȜ

Un día de la primera semana de noviembre, Elsa no acudió a clases. Věruška y yo intercambiamos una mirada de preocupación.

—Quizá lograron marcharse de algún modo —dijo Věruška de manera terminante. De inmediato me pregunté si ahora la botica se encontraba vacía, sus estantes desnudos y el aroma de gardenias y rosas reemplazado por aire viciado. Quizás Elsa y su familia se habían embarcado sin tiempo de decir adiós.

Pero ¿y si algo terrible hubiera sucedido? Me sentí preocupada.

Decidí pasar por la botica del padre de Elsa de camino a reunirme con Josef. A través de los vidrios rotos, la pude ver sentada junto al mostrador, con su rostro oculto en las sombras.

Me quedé parada allí, mirándola fijamente. Si entraba, llegaría tarde a la reunión con Josef y haría que se preocupara. Si no lo hacía, al verlo me sentiría acosada por la imagen de mi amiga y su rostro destrozado como el de la vidriera de la botica.

Entré. Mis pisadas sobre las baldosas eran el único sonido. Elsa levantó la vista para mirarme, con sus ojos azules levantándose como los de una muñeca de porcelana y su boca tratando de torcerse en una sonrisa.

—Nos hiciste falta en clase el día de hoy —dije suavemente mientras me acerqué a ella.

—Ya no voy a regresar —respondió—. No me puedo concentrar y, de todos modos, papá me necesita aquí para hacerme cargo del mostrador. Tuvo que despedir a Fredrich, de modo que ahora papá es el que está encargándose de la trastienda.

—Pensé que quizá se habían marchado tú y tu familia —dije.

Me miró a la cara como si estuviese tratando de leerme el pensamiento.

—Eso estamos tratando de hacer, Lenka, pero ahora se necesita dinero para todo y ya casi no nos queda nada.

Asentí con la cabeza. Sabía demasiado bien de lo que hablaba.

—¿Hay algo que pueda hacer?

Negó con la cabeza. Elsa ya no se veía indefensa; se veía resignada.

—A la siguiente vez que venga traeré a Věruška —dije, tratando de sonar entusiasmada.

Nos despedimos con un beso y me apresuré para llegar a mi cita con Josef, con mi corazón mucho más apesadumbrado de lo que había estado esa mañana.

CB

Me estaba esperando; su cuello, envuelto en una gruesa bufanda negra; sus manos, en torno a una taza de té hirviente.

—Estaba preocupado por ti —me dijo al levantarse para recibirme con un beso. Sus labios aún conservaban el calor del té.

—Lo siento —le dije—. Fui a ver qué pasaba con Elsa. No fue a clases hoy.

Levantó las cejas e hizo un gesto de desaprobación con la cabeza.

—No creo que ninguno de nosotros siga yendo a clases por mucho tiempo.

—No digas eso —respondí, inclinándome por encima de la mesa para besarlo de nuevo.

Colocó sus manos sobre mis mejillas y las mantuvo allí. Sus dedos eran tan largos que casi tocaban mis orejas.

—Bésame otra vez —le dije.

Su boca sobre la mía fue como aire nuevo entrando a mis pulmones.

—Deberíamos casarnos, Lenka —dijo al alejarse lentamente de mí.

Me reí.

—¿Casarnos? Pero ninguno de nuestros padres sabe que tenemos una relación.

—Exacto —sonrió, apretando los labios—. Exacto.

❧

Esa noche, me sueño en un velo blanco. Los abrigos y mascadas negras de mi familia se han visto reemplazados por rojos y oros vivos. Sus rostros ya no están atemorizados e inquietos, sino radiantes y llenos de alegría. Veo que levantan a papá en una silla, mamá y Marta aplauden mientras lo llevan por la sala en hombros.

Bebemos vino en copas altas y rosadas y comemos un guiso de bolitas de masa hervida con la carne más tierna. La *jupá*, el toldo que simboliza la presencia de Dios, está adornado con flores. Margaritas, ásteres e iris color mermelada.

En la noche de mi luna de miel me acuesto junto a él. Coloca sus manos sobre la almohada por encima de mi cabeza. Besa mis sienes, mi corazón, mi vientre y, después, más abajo.

Cierro los ojos y entro a un mundo en el que lo único que existe es el amor.

15

Lenka

En enero de 1939, parecía que sólo era cuestión de tiempo antes de que los alemanes finalmente invadieran terreno checo.

—Nos tenemos que casar —me imploró Josef—. Ya les dije a mis padres que estoy enamorado de ti.

Las nubes de vaho que salían de mi boca mientras esperábamos en el frío subieron hasta su rostro.

—¿Cómo podemos casarnos ahora? El mundo entero está de cabeza.

Me acercó hacia él.

—Si no nos casamos, no quedará nada bueno en esta vida para mí.

Volvió a besarme, sus brazos me envolvieron en sus cálidas mangas de lana. Sentía que mi corazón se inundaba de emociones cuando estaba cerca de él, pero nuestra situación se estaba volviendo cada vez más desesperada.

—¿Cómo puedo decirles a mis padres por primera vez que nos estamos viendo e informarles en la siguiente oración que he de casarme?

—Estos son días extraños… Las cosas no son como eran antes. Escúchame —me dijo, tomando mis brazos y dándome una ligera sacudida—. Mis padres están negociando para conseguir visas de salida para nosotros. Necesito que te cases conmigo para que consigan una para ti también.

—¡¿Qué?! —exclamé incrédula.

—Papá las está comprando en el mercado negro. Tenemos un primo que vive en Nueva York y que nos va a patrocinar. —Ahora me miraba con tal intensidad que me estaba espantando—. Lenka, necesitas entender…, tenemos que salir de aquí. Los checos van a entregar a cada judío si significa que pueden conservar su soberanía.

Negué con la cabeza.

—No puedo casarme contigo a menos que también consigas visas para mis padres… y para Marta.

—Eso es imposible, Lenka, lo sabes. —Ahora su voz estaba llena de tal fuerza que me sorprendió—. Primero te irás con mi familia y después, cuando nos hayamos establecido, puedes mandar por ellos.

—No —respondí—. Prométeme que también conseguirás papeles para toda mi familia, o mi respuesta es no.

16

Lenka

Les contamos todo a mis padres a la noche siguiente. Llevé a Josef a casa y mis padres, aunque impactados por el repentino anuncio, no protestaron. Quizá delirantes y agotados por su propia desesperación me hubieran casado con un hombre menos digno si nos hubiera prometido salir a salvo de Checoslovaquia.

Josef parecía increíblemente calmado cuando le contó a papá sus planes para cuidar de mí y para sacarnos a todos de Praga.

—¿Y tus padres? ¿Están de acuerdo con esta decisión? —preguntó papá.

—Aman a Lenka, igual que yo. Mi hermana la adora. Todos cuidaremos de ella.

—Pero ustedes vendrán con nosotros. Tú, mamá y Marta —añadí—. El doctor Kohn está arreglando los papeles para todos nosotros.

Josef miró a papá y asintió.

—Lo que reservamos para su dote se ha perdido o se ha vendido —le dijo papá con tristeza.

—Me estoy casando con ella por amor, no por dinero. No por cristal.

Papá sonrió y dejó escapar un profundo suspiro.

—No es así como imaginaba tus nupcias, Lenka —dijo, volteando hacia mí. Sus ojos se dirigieron a mi madre, que estaba erguida en la puerta del recibidor con los delgados brazos de Marta a su alrededor. Mi hermana ya tenía trece años, pero todavía me parecía una niña pequeña.

—Eliška, ¿crees que puedas organizar una boda en tres días? Ella asintió.

—Que así sea —dijo papá al levantarse para abrazar a Josef—. *Mazel tov.*

Los brazos de mi padre se levantaron para rodear a Josef. Vi a papá recargar su cabeza contra el hombro de Josef, con sus ojos cerrados fuertemente y el ligero rastro de las lágrimas de un padre.

扲

Nos registramos en el ayuntamiento e hicimos arreglos con el rabino para casarnos en la sinagoga del Centro Histórico.

Durante los tres días anteriores a la ceremonia, mi madre se convirtió en una mujer poseída. Primero, desenvolvió su propia ropa de bodas: un elegante vestido blanco con largas mangas de encaje y un canesú de cuello alto.

Mamá era al menos seis centímetros más alta que yo, pero no le habló a Gizela, la costurera, para que hiciera los arreglos. En lugar de ello, sacó una gran caja de madera e hizo el trabajo ella misma.

Las tijeras de plata sonaban como las cuchillas de unos patines sobre el hielo mientras cortaba la tela. Yo estaba parada sobre un pequeño banquito, el mismo sobre el que se había parado Lucie semanas antes de su matrimonio. La ironía de ello no se me pasó por alto cuando me vi en el espejo dorado de nuestra sala. Vi mi reflejo, con mamá hincada a mis pies, la boca llena de alfileres, sus tijeras cortando su propio vestido. Quise llorar.

—Mamá —le dije—, te quiero.

Levantó la mirada, pero no pronunció palabra. Aun así, vi la tensión en su garganta y sus ojos llorosos que me decían que ella también me quería.

C3

Me casé al atardecer en la vieja sinagoga de ladrillos con sus cuatro vitrales, dedos de luz de luna filtrándose para iluminar el viejo piso de piedra. Mi *jupá* estaba hecha de seda color nieve, atada a cuatro pilares de madera. Las velas parpadeaban en las arañas de cristal colgadas con cadenas de hierro; el rabino se veía pálido y arrugado debajo de su alto sombrero negro.

Sólo habíamos invitado a nuestras familias a la boda, junto con Lucie, su hija y su marido, Petr. No había pensado que pudieran acudir, pero llegó con la bebé Eliška, ahora lo bastante grande como para poder caminar junto a ella mientras le sostenía la mano. Vestía la capa corta color azul que mi madre le había regalado años atrás y su pelo estaba trenzado detrás de su cabeza. Le sonreí al caminar por el pasillo de la sinagoga con mis padres a cada lado de mí.

En los escalones que conducían a la *bimá*, la tarima sobre la que se erguía la *jupá*, Josef me esperaba solo. Tocó mis dedos. Mis padres besaron mis mejillas y subieron por los escalones hasta la *jupá*. Al indicárselo el rabino, Josef levantó mi velo según la tradición para confirmar que realmente era su prometida.

Después, volvió a cubrir mi rostro con el velo. Nos paramos frente al rabino y escuchamos las siete bendiciones maritales. Caminé alrededor de Josef, prometiendo que él se convertiría en el centro de mi vida. Envolvimos nuestros dedos alrededor del cáliz de boda y bebimos en vino ceremonial mientras el rabino nos pidió que repitiéramos: «Yo le pertenezco a mi amado y mi amado me pertenece a mí». Deslizamos los anillos sobre nuestros dedos —señales de un amor continuo y sin tacha— y Josef rompió el vaso bajo su pie.

Nos besamos cuando el rabino nos declaró marido y mujer, con el sabor salado de mis lágrimas cuando mis labios se posaron sobre los suyos.

☙

Esa noche, Josef me lleva a un departamento en la calle Sokolská. Me dice que tiene que decirme algo, pero lo silencio con un dedo sobre los labios suaves y carnosos.

Me vuelve a decir que necesitamos hablar. «De asuntos urgentes», agrega y yo le pregunto que qué puede ser más urgente que esto.

Se inclina hacia mí y pruebo el sabor del azúcar de las *palačinka* de mi madre.

—Lenka —susurra y lo beso de nuevo. Sus manos tocan mi garganta, sus dedos tocan mi nuca—. Lenka —vuelve a decir, pero esta vez es como un salmo, como una oración, como un deseo.

Puedo sentir su corazón palpitar a través de su camisa, el algodón blanco humedecido por nuestro ardor. Alejo sus manos de mi rostro y me doy vuelta para que me desvista.

Sus dedos son ágiles al abrir la larga hilera de botones. Abre el vestido y coloca un único beso entre mis hombros, para después colocar su mejilla sobre mi espalda. Puedo escuchar que inhala el aroma de mi piel; siento que desciende y que coloca sus labios de nuevo sobre la parte baja de mi espalda y ahora se hinca más cerca del piso, sus manos se deslizan por mis piernas mientras el vestido cae al piso.

Doy un paso y salgo de la seda blanca, desnuda excepto por un corsé de encaje y varillas de ballena. El chaleco de Josef está abierto, su oscura garganta expuesta por el cuello abierto de su camisa. Su cabello, una negra melena de león.

Ya no soy una tímida colegiala, sino una esposa. Le desabotono la camisa como él lo hizo. Envuelvo mis manos sobre la curva de sus hombros, recorro con mi dedo el centro de su pecho.

Siento el peso de su hebilla en las manos y la abro; ahora mis manos acarician la parte trasera de sus muslos, su sexo pleno entre los dos.

¿Susurra mi nombre una vez más antes de levantarme y llevarme a la cama? No puedo recordarlo. En mi memoria sólo está la sensación de mi cuerpo moviéndose bajo el suyo, de mis piernas rodeándole la cintura, de mis muslos alrededor de sus costillas. Lo siento atravesarme como una aguja que entra poco a poco en una tela.

—Josef —le digo al oído—. Josef —repito su nombre.

Su nombre es como un ancla a esa cama de extremidades desnudas y sábanas revueltas. Lo digo y él, a su vez, repite mi nombre. Y muerdo su hombro cuando ambos llegamos a la cima para caer de ella.

 CB

Si el sonido de vasos que chocan me recuerda a mis padres, entonces es el sonido de la porcelana el que siempre me recordará mi matrimonio con Josef. Mientras desayunamos a la mañana siguiente, con las tazas y platitos de porcelana blanca para café temblando en sus manos nerviosas, me informa que no habrá la posibilidad de pasaje para mis padres.

La mesa está puesta como una escena teatral. La canasta de panes dulces calientes, los botes de jalea. Una cafetera de porcelana. Dos servilletas dobladas. Un florero con una sola rosa a medio marchitar.

Le digo que no entiendo lo que está diciendo. Le digo que me prometió que estarían a salvo.

—Hay leyes…, restricciones, Lenka. Nuestro primo nos escribió diciendo que sólo puede patrocinar a mi familia y a la de nadie más.

—Yo no soy tu familia —murmuro. Mi voz tiembla.

—Eres mi esposa.

Y pienso, aunque no tengo las fuerzas para decirlo: «Y mi

madre es mi madre, mi padre es mi padre, y mi hermana, mi hermana».

—Ya se lo informé a tu padre y quiere que vengas conmigo.

Mientras habla, puedo sentir que la sangre que corre por mis venas y mi corazón se detiene, como si hubieran colocado un torniquete. Sé que mis ojos son demasiado para él y que siente cómo mi enojo, mi desilusión lo cauterizan y lo hieren hasta el hueso. Durante meses he sabido que soy egoísta. He escuchado la desesperación de mis padres por las noches y la he visto en sus rostros. La he sentido a medida que se desvanecen las riquezas de nuestra vida antes espléndida. Pero sólo ahora, con la amenaza de verme separada de mi familia, es que me siento obligada a enfrentar una realidad que no estoy preparada para aceptar.

—Josef —le digo—. ¿Cómo puedo aceptar esto?

—No tenemos opción, Lenka. Es la única forma.

—No puedo. No puedo —digo una y otra vez, porque sé que es la verdad. Sé que si lo acompaño y algo les sucede a mis padres, a Marta, jamás podré sobrevivir a la culpa.

—¡No puedes decirme que te niegas a venir! —Hunde su frente entre sus manos.

—Eso es lo que estoy diciendo, Josef. —Ahora estoy llorando—. Eso es lo que te estoy diciendo.

—¿Qué puedo hacer, Lenka?

—Necesitas conseguir visas para todos. Es lo que me prometiste… —Estoy temblando tanto que ni siquiera me puedo levantar. Trato de alcanzar una silla y me caigo.

—Tu padre quiere que nos vayamos… —Ahora los brazos de Josef están alrededor de mis hombros.

—No puedo hacerlo. ¿Es que no me comprendes? —Súbitamente, me pregunto si toda nuestra relación no ha sido una fantasía. Que no se da cuenta que puedo ser obstinada y tozuda. Que por más que lo ame, jamás podría abandonar a mi familia.

Me siento enferma. Siento el calor de su cuerpo fluyendo a través del mío. La calidez de su aliento, la humedad de sus lágrimas sobre mi cuello, pero, por primera vez, soy incapaz de darle lo que quiere.

Sólo sé una cosa. No se abandona a la familia; no se puede dejarlos, aun en nombre del amor.

 C3

Esa tarde, dejé a Josef en ese bello departamento y regresé a casa de mis padres con mi cabello aún trenzado y arreglado como el de una novia.

—¿Qué haces aquí, mi querida Lenka? —exclamó mi padre al abrir la puerta—. ¡Deberías estar disfrutando el día con tu nuevo marido!

Mi madre echó un solo vistazo a mi rostro y supo que Josef me había contado que no había pasajes para ellos.

—Lenka —me dijo, negando con la cabeza—. No puedes cargar con todas las penas de este mundo.

—No, pero sí puedo cargar con las penas de mi familia.

Hicieron un gesto de desaprobación con sus cabezas y Marta envolvió sus brazos en torno a mi cintura. Cuando levantó la vista, sus ojos estaban muy abiertos y parecían mucho más aniñados de lo que sugeriría su edad. En mi corazón supe que, sin importar las consecuencias para mi matrimonio con Josef, había tomado la decisión correcta. Jamás, bajo ninguna circunstancia, dejaría atrás a aquellos a quienes amaba.

No fue que mis padres no trataran de disuadirme. Una y otra vez intentaron convencerme de que me pusiera a buen resguardo.

—Irás primero y nosotros te seguiremos después —me dijeron ambos.

—Josef puede ir primero y todos lo seguiremos después —respondí.

Me miraron con ojos tristes y atemorizados. Mi padre me imploró. Habló del alivio que sentiría al saber que al menos una de sus hijas estaba a salvo. Mi madre sostuvo mis manos en su pecho y me dijo que ahora tenía que seguir a mi marido, que era mi deber como esposa. Pero mi hermana jamás pronunció palabra, y fue su silencio el que escuché más claramente.

17

Josef

En ocasiones, cuando los niños nos preguntan acerca de nuestro día de bodas, puedo ver el departamento de Queens con la nieve azulada sobre la escalera de incendios. La mesita plegable con platos de arenque en crema y canastas de pan de centeno rebanado. Puedo escuchar a Frank Sinatra en el radio e imaginar nuestra sala llena de las pocas personas que conocíamos del Café Viena. Pero todavía se me dificulta acordarme del rostro de Amalia.

Recuerdo que hizo su vestido ella misma. Había pasado casi dos días cortando y cosiendo un vestido que, al final, no tenía nada de especial. Un cuello cuadrado y dos mangas de campana sin un asomo de encaje o listón. Sus zapatos fueron las mismas zapatillas cafés que usaba a diario.

Quiero poder decirles a mis hijos y nietos que se veía bellísima y que su rostro estaba reluciente a pesar de no tener velo, pero, por alguna razón, su rostro sigue siendo un misterio. ¿Será porque jamás levantó la mirada? ¿Porque su cabello, trenzado y recogido tras sus orejas, fue una ingeniosa distracción? ¿O habrá sido porque yo me encontraba en otro lugar, incluso en ese momento? En otro lugar que Amalia también comprendía, por esa fuerza máxima que nos atraía, la razón por la que estábamos tomados de las manos.

No nos casó un rabino, sino un juez. No hubo ningún ritual religioso cuando intercambiamos nuestros votos. No hubo un cantor y yo ni siquiera rompí un vaso.

Simplemente sostuve la pequeña mano de Amalia en la mía y deslicé un anillo de oro sobre su dedo, besándola con una boca seca y cauta.

Sí amaba a Amalia; aquellos que alguna vez lo duden estarían equivocados. Uno puede encontrar amor en la transparencia, en poder ver totalmente y sin cuestionamientos. Nadie estaba allí con un cuchillo para abrir ostras tratando de abrir mi pasado a la fuerza. Le conté a Amalia lo del barco sólo una vez. De las manos que se soltaban, de las aguas color carbón.

Pero esa vez fue todo lo que se necesitó.

Amaba a Amalia porque me dejaba ser. ¿Quién más me hubiera dejado mirar fijamente por la ventana sin molestarse por mi silencio? ¿A quién más no le hubiera molestado el montón de libros sobre mi mesa de noche y las veladas solitarias cuando yo me encontraba en el hospital?

Les digo a mis hijos que recuerdo el rostro de Amalia con mayor claridad el día en que los tuvo. A mi hija, que se abrió camino a este mundo con un grito que me partió el corazón, le digo que su madre parecía un ángel dormido durante su nacimiento. Veo a Amalia con el cono para éter sobre la boca; está en un sueño de penumbra. Su rostro es como el de una muñeca, sus ojos cerrados, sus pestañas rubias pálidas contra la piel aún más blanquecina.

Está en absoluta paz mientras los fórceps sacan a nuestra hija pateando y gritando a este mundo. Horas después, Amalia la sostendrá, la amamantará y contemplará los ojos de su bebé para ver a su propia madre reflejada en su mirada. A nuestra hija, le da el nombre de Rebekkah, por su madre, y también el de Zora, por su hermana. Sostiene el relicario con las fotografías sobre la cabeza de su recién nacida y enuncia el *kadish*.

Yo beso la frente de ambas y rezo con ella por primera vez en años.

18

Josef

Mi hermana y yo casi no habíamos hablado desde la boda. De inicio, estaba furiosa porque ni Lenka ni yo le habíamos contado acerca de nuestro cortejo. Y ahora estaba furiosa porque yo había accedido a dejar atrás a mi nueva esposa. El silencio de Věruška me hería como cuchillo al fondo de mi corazón.

La realidad era que el padre de Lenka siempre había sabido que el mío jamás podría conseguir visas suficientes para el resto de su familia. Nosotros contábamos con un primo distante que nos estaba patrocinando y el Departamento de Estado de los Estados Unidos le había informado a mi primo que no podía patrocinar a más personas. Yo había acudido con el padre de Lenka y se lo había dicho.

Le había asegurado que habría una visa para Lenka y él pareció aliviado al saber que por lo menos saldría de Checoslovaquia en próximas fechas.

—Será bueno que ustedes salgan del país primero —dijo, intentando sonar esperanzado—. Así, pueden arreglar las cosas y mandar por nosotros —me dio un apretón de manos—. Les estoy confiando a mi hija a ti y a tu familia. Prométeme que siempre cuidarás de ella.

Había sido idea suya que no le dijera nada a Lenka sino hasta después de la boda para que no alterara lo que de otro modo sería un día bello y sagrado.

—No perturbemos su alegría —dijo. Nos abrazamos cuando me marché.

Su sugerencia me había hecho tener sentimientos encontrados. Evidentemente no quería arruinar el día de nuestra boda, pero se me hacía injusto iniciar este matrimonio ya apresurado sin que Lenka conociera la verdad.

Pero esa tarde, al verla tan radiante ante la idea de nuestras nupcias inminentes, no había tenido el corazón para decirle nada.

¿Fui cobarde? Probablemente. Pero, al igual que su padre, pensé que tenía su beneficio en mente. ¿Fui egoísta? Sin duda. Pero quería mirarla a los ojos después de levantar su velo y ver sólo lágrimas de alegría.

De modo que no le había dado la noticia. Mientras me bañaba la tarde antes de la ceremonia, imaginé que ella hacía lo mismo. Su blanco cuerpo cubierto por el agua cálida y perfumada. Su piel suave que esperaba mi caricia. Había memorizado cada rasgo de su rostro, cada pequeña línea, como si los estuviera volviendo parte de mí.

Me afeité con cuidado, con el rostro volteado hacia el espejo, una toalla cálida alrededor de mi cuello. Al empezar a ponerse el sol, caminé hasta mi cama y empecé a vestirme. Mi traje de lana más oscuro, mi camisa más blanca y mis puños cerrados con las mancuernillas que mi padre me había regalado al iniciar la universidad.

Desde mi habitación, podía escuchar a mi madre y a mi hermana hablando susurros. Habían pasado tres días empacando las cosas del departamento y sus peleas se habían detenido sólo porque iba a casarme esa noche.

Al entrar en la sala, casi no pude reconocerla. Los libreros estaban vacíos y los tesoros de mi madre ya no se encontraban a la vista. Todo lo que quedaba eran las paredes desnudas y los muebles. Si alguien nos hubiera visitado, hubiera supuesto que ya nos habíamos marchado al extranjero.

Papá había vendido muchísimas cosas para pagar nuestros pasaportes y pasajes a Estados Unidos. Mi madre no tenía ningún interés especial en la ropa y se había desprendido fácilmente de las cosas con las que había iniciado su matrimonio. La vajilla y los cubiertos de plata de su madre se habían vendido por una fracción de su valor. ¿Cuántas familias judías ya se habían desecho de todos sus objetos de valor de ese mismo modo? Checoslovaquia ya estaba tan inundada de vajillas y objetos de cristal cortado abandonados que ni todo el Moldava los hubiera podido lavar.

Para la ocasión, mi familia se había vestido con lo poco elegante que aún les quedaba. Věruška tenía puesto un vestido rojo y su cabello estaba arreglado y recogido con dos peinetas bellísimas.

Todos voltearon a felicitarme.

—Josef —dijo mi madre suavemente—. Te ves tan mayor el día de hoy. ¿Cómo es que eso pudiera suceder en un solo día?

Sonreí y caminé hasta ella para darle un beso sobre la suave y empolvada mejilla. Estaba usando un vestido negro largo y un collar de perlas.

Papá estaba fumando su pipa y sus ojos, a través de los plateados quevedos, parecían estarme analizando centímetro a centímetro.

—*Mazel tov* —me dijo, estrechándome la mano y dándome una de las cuatro copas de brandy que quedaban.

—¿Ya se lo dijiste? —me preguntó. Yo tragué y mi vientre se llenó de calor y de una falsa sensación de calma.

—No —respondí mientras negaba con la cabeza.

—¡Josef! —exclamó Věruška con un pequeño grito—. ¡Se lo tienes que decir!

—Deja que el muchacho goce de su boda, Věruška —dijo papá con severidad—. Ya todos lloraremos mañana.

—Fue idea de su padre —ofrecí a modo de excusa.

Ella hizo un gesto de desaprobación con la cabeza y me dio la espalda.

—Iniciar un matrimonio de esta manera... Ni siquiera sé qué decirte.

—Entonces no digas nada —espetó papá. Tomó otro gran trago de brandy.

—Todo el mundo está callando ahora, pero...

Papá volvió a ponerle un alto:

—¡Basta de palabrería, Věruška, debemos irnos o llegaremos tarde!

Věruška me volvió a mirar con tal expresión de desaprobación que hubiera podido romper las ventanas de toda la casa. A mi hermana no le agradaba que la callaran. Siendo tan lista como era, ahora permitió que sus ojos hablaran por ella.

CƷ

Bajo un sol de la tarde, entramos a la sinagoga. Recuerdo que miré todos los edificios, todos los faroles y traté de grabármelos en la memoria. No sabía cuándo regresaríamos a Praga y deseaba recordar su belleza en esa noche en que iniciaba mi nueva vida.

CƷ

Siempre la recordaré con su largo vestido blanco, su velo hecho con una ligera gasa sobre su fuerte y anguloso rostro. Puedo ver sus finos dedos mientras los tomo entre los míos y puedo sentir el peso de pétalo de rosa de su beso. Lenka, mi preciosísima novia.

No recuerdo las palabras de la ceremonia, ni el momento en que firmamos el *ketubáh* nupcial. Pero por las noches puedo regresar a ese momento, a las arañas de cristal que relucían con su cálida luz naranja y al antiquísimo piso de piedra con sus imperfecciones y frío; al aire húmedo y a los ladrillos tan grises que parecían casi azules.

El rabino fue el mismo que ofició en mi *Bar Mitzvá* más de diez años antes. Era una figura imponente con ojos azul hielo y una larga barba plateada que rozaba su libro de rezos. Cuando inició el canto de las siete bendiciones, tomó mi *talit* y nos envolvió a Lenka y a mí en él.

Recuerdo la mirada en los ojos del rabino cuando nos declaró marido y mujer. Miró nuestros apresurados y ansiosos rostros y no tuvo la calma que yo recordaba de cuando era un joven.

—Recuerden las lágrimas que se vertieron cuando se destruyó la sinagoga de Jerusalén —dijo cuando mi pie rompió el vaso—. Recuerden que, como judíos, siempre habrá cierta tristeza, aun en el día más feliz.

Al voltear a mirar los rostros que nos contemplaban a Lenka y a mí sobre la *bimá*, supe que ninguno de nosotros necesitaba que se nos recordara nada de ello; todos portábamos nuestros temores tan visiblemente como nuestras finas ropas matrimoniales.

෯

En el departamento de los padres de Lenka bebimos vino de las copas con filo de oro. Su madre había preparado una sopa de bodas con bolitas de masa hervida. Había pequeñas bandejas con pastelitos delicados y un pastel de miel con una pequeña violeta colocada al centro.

Marta tocó el piano y la hija de Lucie, Eliška, alegró la modesta fiesta al aplaudir con sus manos y dar vuelo a su falda. Věruška permaneció sentada en una esquina, con los ojos vidriosos y sus dedos temblando a sus costados. Cuando volteé a verla, esperando que me devolviera una sonrisa, volvió su cara y cerró los ojos.

Pocas horas después, nos marchamos para pasar nuestra noche de bodas en el departamento de un amigo. Mi hermana me ayudó a preparar la habitación. En otros tiempos, hubiera llevado a Lenka al Hotel Europa. La hubiera recostado en una cama de algodón blanco, hubiera colocado un edredón de plumas de ganso alrededor de nuestros hombros desnudos y me hubiera envuelto entre sus brazos hasta el amanecer.

Pero mi colega Miloš nos había prestado su departamento en la calle Sokolská. Estaba visitando a un primo suyo en Brno y aproveché la oportunidad para evitar que tuviéramos que pasar nuestra noche de bodas bajo el mismo techo que mis suegros.

Věruška había llevado las sábanas que la madre de Lenka había preparado para su dote. Eran blancas y años atrás las había bordado Lucie; las habíamos colocado sobre el colchón y Věruška las había rociado con agua de rosas que su amiga Elsa le había dado especialmente para la ocasión.

—¿Vas a decírselo antes o después? —me preguntó Věruška luego de que limpiáramos el departamento, hiciéramos la cama a la perfección y llenáramos jarrones con distintas flores.

—Se lo diré antes —respondí—. Te lo prometo.

Hizo un gesto de desaprobación con la cabeza y miró hacia la cama. En tiempos más felices, mi hermanita hubiera saltado sobre ella, riendo a carcajadas y agitando las piernas en celebración de su destrucción fraternal. Pero ahora se erguía solemne ante mí, con su rostro tan blanco como el de una garceta.

—Sé que no va a querer irse contigo. Sé cómo se siente respecto a su familia.

Ahora era yo quien mostraba desaprobación con la cabeza.

—Vendrá, Věruška. Estoy seguro. Ahora nosotros también formamos parte de su familia.

Y entonces mi hermana me miró como si ella fuera la mayor y yo sólo un niño. Tomó mi mano y la sostuvo entre las suyas. Con los ojos cerrados, no pronunció otra palabra más y sólo negó con la cabeza.

∞

Condujimos al departamento de Miloš en el auto de mi familia, que papá esperaba vender en los pocos días que quedaban antes de embarcarnos. Cuando entramos al departamento, Lenka sostuvo su falda con una mano y un ramo de violetas en la otra. Había esferas de vidrio iluminadas con velas y la habitación olía a la ropa de cama aromatizada con agua de rosas y al frescor del aire de la noche.

—Tengo algo que decirte —le informé. La puerta de la habitación estaba a medio abrir y la vista majestuosa de nuestro lecho nupcial le llamó la atención.

—Puede esperar —dijo, mientras colocaba un dedo sobre mis labios.

—No, es algo importante —traté de insistir.

Pero ya había presionado su cuerpo contra el mío.

—Sea lo que sea, puede esperar hasta mañana.

Su perfume olía a las flores delicadas que uno recolecta durante la primavera. Se retiró las horquillas y su oscuro cabello cayó sobre sus hombros.

Me susurró que la llevara a la cama.

De modo que dejé que me condujera a ese montículo blanco, dejando la sombra de mi fracaso en la puerta. Dejé que me mostrara la espalda para revelar la hilera de botones de marfil de su vestido, que desabroché. Deslicé mis manos bajo la seda y sentí la tersura de su piel y la angulosidad de sus hombros.

Volteó hacia mí: su desnudez revelada por primera vez. Me quedé congelado un segundo, sin casi poder respirar. Su cuerpo, en toda su blancura, era una belleza que no podía creer que me perteneciera para tocarlo, saborearlo, besarlo. Coloqué mis manos a su alrededor. Cerré los ojos. Quería sentirla antes de verla. Pasaría la noche entera sin poder arrancar mi vista de ella, de eso estaba seguro. La memorizaría. Haría un mapa mental de ella, con mis dedos, dibujaría líneas en torno a su corazón, seguiría el curso de cada hueso. Lenka, entre mis manos. La así. La sostuve contra mi pecho. Mis manos percibieron la fina reducción de su pequeño torso, el pequeño círculo de su cintura, la reconfortante curva de sus caderas.

Su vestido cayó como espuma en torno a ella, a la altura de sus rodillas, y dio un paso como si estuviese emergiendo de una charca de leche vertida. Ahora se desató de entre mis brazos y le permití que me desvistiera: mi chaleco, mi camisa blanca, la hebilla de mi cinturón y, finalmente, mis pantalones. Caímos en la cama, dos cuerpos cálidos enredándose y buscándose el uno al otro. Inhalé cada centímetro de su piel desnuda, como si esperara que pudiera conservarla en mi interior para siempre. Como aire atrapado en mis pulmones. En esos fugaces momentos antes del amanecer, nos desembarazamos de las cobijas. Nadamos dentro del mar que conformábamos, cada uno asiéndose al otro, como si nuestra vida dependiera de ello.

19

Josef

Tanto como fue pura y blanca nuestra noche, la mañana fue oscura y angustiosa.

La noticia fue tan devastadora para ella que fue como si hubiera atestiguado el nacimiento y la muerte de mi esposa en el transcurso de unas cuantas horas.

Le dije que mi padre no había podido obtener las visas de salida para su familia.

—Todavía no lo ha logrado —le dije—, pero esperemos que lo haga pronto.

Mi intención era suavizar la noticia con la implicación de que todavía había esperanzas.

—Tu padre ya lo sabe.

Estaba envuelta en una bata de satín y la orilla de su camisón se asomaba por debajo de ella. Se había sentado a comer el pequeño desayuno que yo le había preparado. Su humeante taza de café permaneció sin tocar. Ni siquiera intentó probar su pan dulce.

—¿Cuándo te enteraste de esto? —logró murmurar al cabo de un momento.

—Antenoche. Fui a ver a tu padre y me rogó que no te lo contara sino hasta después de la boda. Quiere que te marches de todos modos para que, una vez que nos hayamos establecido, podamos mandar por ellos.

Movió la cabeza en una negativa.

—Josef, pensé que me conocías mejor.

—Sí te conozco, como también te conoce tu padre. Ambos supimos que te negarías, pero ahora estamos casados y tú y yo debemos vivir como una sola persona.

Volteó a mirarme con rapidez, su mirada era como un hierro candente.

—Veinte años con mi familia no es igual a una noche contigo.

—Lenka, Lenka —repetí su nombre una y otra vez—. Por favor, escúchame…

No me respondió; estaba mirando por la ventana. Me levanté y tomé nuestros papeles de mi portafolio.

—Tu familia quiere que vengas conmigo. Quizá quieras ignorar mis deseos, pero seguramente respetarás los suyos, ¿no es así?

Volvió a negar con la cabeza.

—Me iré contigo cuando hayas hecho lo que prometiste. Cuando tengas cinco pasaportes en tus manos, no sólo dos.

—El ejército alemán se está movilizando. Estarán en Checoslovaquia cualquier día de estos. ¡Necesitamos irnos, Lenka! ¡Necesitamos marcharnos ya!

Fui brusco e impaciente; Lenka no se inmutó, ni cuando levanté la voz, ni cuando me hinqué a sus pies y le imploré que viniera conmigo.

Cuando ya no pude tolerar su silencio más, me levanté del piso y caminé hasta la habitación como en un trance. Me senté sobre la cama, cuyas sábanas blancas parecían las velas abatidas de un navío y, con la cabeza entre las manos, empecé a sollozar.

20

Lenka

Los ojos de papá están llenos de furia y desesperación. Entre nosotros hay dos tazas de té frío. Sus intentos por razonar conmigo lo han dejado exhausto.

—Debes irte. Debes irte. Debes irte —lo dice una y otra vez, como si decirlo las veces suficientes lograra hipnotizarme y hacer que acceda.

—No los voy a dejar, ni a ti ni a mamá —le digo—. No voy a dejar a Marta. Iré cuando Josef haga lo que me prometió; cuando tenga todas las visas en sus manos.

Papá se está jalando los cabellos. La blancura de sus sienes parece hueso pulido.

—¡No hay tiempo suficiente para que consiga las cinco visas! —El puño de papá golpea sobre la mesa—. ¿Que no entiendes la rapidez con que las cosas han empeorado? —Estaba temblando. En su furia, me era casi irreconocible.

—Lenka, la familia de Josef hizo lo que pudo…

—¿Cómo pudieron no decirme la verdad?

—Los dos te amamos, Lenka. —Su voz se quebraba—.

Algún día, cuando tengas hijos, lo podrás entender. —Se había recompuesto lo suficiente como para mirarme directamente a los ojos.

—Pero, papá, tienes *dos* hijas. —Ahora, yo lloraba como si tuviera dos años—. ¿Cómo esperas que pueda vivir con el hecho de haberme ido a Estados Unidos dejando a Marta atrás?

El peso que había entre nosotros era aplastante. Levantó su cabeza para mirar hacia el techo y el sonido de su suspiro fue más una liberación de angustia que una respiración.

—¿Qué puedo hacer para convencerte?

—No hay nada que me puedas decir o hacer, papá —digo hecha un mar de lágrimas.

—Lenka… —Aprieta su mano en un puño, como corazón arrancado de un pecho—. Lenka… —Llora desesperado—. Lenka.

Pero finalmente me deja ir.

—He dicho todo lo que puedo. La decisión es tuya, hija.

Hay un silencio momentáneo entre los dos.

—Gracias —digo, rompiendo el silencio. Me acerco a él para abrazarlo; tiembla entre mis brazos.

—Ya lo verás, papá —digo, tomando su mano y llevándola a mis labios—. Al final, Josef logrará hacer lo que se necesita para todos nosotros. Ya lo verás.

Creía en mis palabras como si fuesen una verdad incontrovertible. Un mandamiento que estaba dispuesta a grabar en piedra.

21

Lenka

La semana anterior a que partieran Josef y su familia fue agonizante para mí. Quería ser una esposa buena y amorosa, pero me era difícil estar cerca de él cuando sabía que partiría en unos cuantos días.

Josef insistía en que tampoco acompañaría a su familia y esto generó una terrible disputa entre él y sus padres. Habían gastado todo lo que tenían para conseguir los pasajes, pasaportes y documentos que permitirían que ellos *y yo* abandonáramos Checoslovaquia, y sencillamente no se irían sin su hijo.

Sus padres estaban furiosos con mi decisión. Habían hecho hasta lo imposible para incluirme en sus planes y, ahora, el doctor Kohn y su esposa pensaban que su amado hijo se había casado con una ilusa.

Věruška, sin embargo, comprendió mi decisión.

—Te lo debieron haber dicho antes de la boda —dijo, mientras negaba con la cabeza—. Te debieron haber dicho la verdad.

Sonreí y tomé su mano, apretando sus delgados dedos entre los míos.

—Todo ha sido tan apresurado… Quiero estar furiosa con mi padre y con Josef, pero no parece haber tiempo ni para eso… ¿Te parece tonto?

—Yo también quiero que nos acompañes —dijo con una débil sonrisa.

—Lo sé —le respondí—. Es que simplemente no puedo dejar atrás a mi familia…, simplemente no puedo hacerlo.

—Lo comprendo —me dijo, aunque podía escuchar la tristeza y la pena en su voz.

Ajustó la mascada roja que tenía alrededor del cuello. Sus ojos estaban llenos de lágrimas.

—Parte de mí cree que todos deberíamos esperar hasta que nos podamos marchar juntos —agregó—. Honestamente, ¿a qué ha llegado este mundo? Todo está volteado de cabeza.

Traté de tranquilizarla, aunque era yo la que quería llorar. Tomé sus pequeños dedos y los sostuve.

—Pronto iremos de compras en Nueva York. Usarás un nuevo vestido rojo y zapatos con listones de seda; beberemos chocolate caliente por las tardes e iremos a bailar por las noches.

—¿Lo prometes?

—¡Por supuesto! —dije. Mi voz estaba a punto de quebrarse. Pensé que no tendría la fuerza suficiente para seguir manteniendo esta farsa de valentía para ella, para Josef, para mis padres. Mis propias emociones seguían atrapadas tras compuertas que temía que se colapsarían en cualquier momento. No quería pensar acerca de la traición de Josef, de la complicidad de mi padre al no decirme lo que sucedía. Seguí firme en cuanto a mi decisión de permanecer en Praga. Era lo que mi conciencia me decía que debía hacer, pero, por dentro, sentía que la totalidad de mi mundo se estaba desmoronando.

Abracé a Věruška varios segundos. Al abrir los ojos, vi a Josef de pie en el quicio de la puerta. Equivocadamente, esperaba que su hermana lograra convencerme para que me les uniera. Lo observé mirándonos fijamente para después negar con la cabeza e irse a otra habitación.

—Nos veremos pronto.

—Sí —respondí—, muy pronto.

Se levantó de su silla y me besó en ambas mejillas.

—Siempre quise una hermana, y ahora que la tengo, la estoy dejando atrás —hizo un gesto de desaprobación con la cabeza y se limpió las lágrimas de los ojos.

—Allí estaré —le susurré a través de mis lágrimas—, sólo que no ahora.

ॐ

Al final, fui yo la que convenció a Josef de que se fuera sin mí.

—Tú serás el contingente de avanzada —le dije, como si fuera un general dando órdenes—. Irás y harás un hogar para los dos. Tomarás clases de inglés para que puedas empezar a estudiar Medicina allá. Irás con el Gobierno de Estados Unidos para apoyar la solicitud de asilo de mi familia y después podremos estar todos juntos. Simplemente no hay otra manera de hacerlo.

Lo dije como si hubiera estado inscrito en piedra; de manera clara, contundente. De modo que, a la larga, creyó que estaba haciendo lo correcto para todos nosotros hasta que mi familia y yo pudiéramos alcanzarlo allá.

Pero dos días antes de que partieran, Josef llegó a casa ondeando una carta en el aire.

—¡Tengo excelentes noticias! —me dijo, besándome en los labios—. Pasaremos el verano en Inglaterra. Papá acaba de escuchar que hay un médico checo que tiene una clínica en Suffolk y que necesita obstetras. Logró cambiar nuestros pasajes con la compañía naviera de modo que en septiembre partiremos de Liverpool, primero a Canadá y de allí a Nueva York. Eso nos dará más tiempo para arreglar los pasajes para tu familia.

—¡Eso es maravilloso! —exclamé y dejé que me envolviera en sus brazos.

—Le diré a mi padre que me quedaré aquí, contigo, hasta el fin del verano y que me les uniré en Londres antes de que parta el barco.

Lo miré con absoluta dulzura.

—Josef, vete con tu familia ahora y no les ocasiones más angustias. Las cosas ya se han complicado demasiado. Con suerte, podremos conseguir las visas para mi familia durante el verano y podremos reunirnos todos en Inglaterra para abordar el barco juntos.

Lo volví a besar; la carta revoloteaba contra mi espalda.

Pronto, llegó el día de su partida hacia Inglaterra. Josef y yo seguíamos en el departamento de Miloš. Nos despertamos temprano e hicimos el amor una última vez.

Recuerdo que lloró entre mis brazos antes de vestirse; su cara estaba apretada contra mi pecho mientras mis dedos acariciaban sus rizos negros.

—No hay por qué llorar —mentí—. Nos veremos pronto.

Mi voz era neutra; mis palabras ensayadas. Las había repasado en mi cabeza acostada bajo él, con mis ojos fijos en el techo. No había dormido en toda la noche. Josef había conciliado el sueño con la cabeza sobre mi pecho, su mejilla cálida contra mi piel, sus dedos entrelazados en los míos. Acostado así, parecía un niño dormido, una imagen que colmaba mi corazón al mismo tiempo que lo hería. Mientras yo observaba el reloj, contando las horas que todavía nos quedaban, me había maravillado su capacidad para perderse así.

Jamás le hubiera dicho lo que pensaba en mi interior: que estaba cansada de tener que fingir mi estoicismo. Nunca dudé de la decisión que tomé porque realmente creí que Josef y yo nos reuniríamos al paso del tiempo, pero secretamente me sentía desconsolada por verme obligada a elegir entre el hombre al que amaba y mi familia. Me parecía terriblemente injusto y, de nuevo, temí que si me permitía llorar jamás podría detenerme.

௸

Josef empacó poco para el viaje a fin de poder ayudar a sus padres con sus baúles y maletas. Casi no contábamos con pertenencias de nuestro matrimonio. Incluso nuestro retrato de bodas, que mi madre había tomado con una cámara familiar, estaba sin enmarcar.

Yo lo había guardado con gran cuidado en un trozo de papel grueso. Sobre él, había escrito nuestros nombres y la fecha de nuestra boda.

—Llévatelo tú —le dije, mordiéndome un labio. Trataba de controlar mi llanto—. Colócalo junto a tu cama en Inglaterra, y cuando finalmente lleguemos a Nueva York, lo mandaremos enmarcar.

Lo tomó de mi mano y lo colocó no en su maleta, sino en el bolsillo interno de su saco.

Desayunamos en un silencio reverente, mirándonos por encima de las humeantes tazas de café.

Al vestirnos, nos miramos de reojo una y otra vez, como si estuviésemos tratando de almacenar las imágenes para los meses de separación que vendrían. Todo el tiempo sentí que contenía la respiración; sentí que estaba a un segundo de irrumpir en sollozos. De nuevo, me dije que nuestra separación era temporal, que nos veríamos pronto.

En la puerta, antes de partir a la estación, me paré junto a él, con mi mejilla apretada contra su solapa.

Al alejarme en un intento por controlarme, noté un cabello suelto —una sola hebra color café— que colgaba de su saco. Estiré mis dedos para retirarlo, pero Josef me tomó por la muñeca.

—No, Lenka, no lo hagas.

—¿No hacer qué?

—Déjalo allí.

Todavía puedo ver sus ojos vidriosos, su mirada fija, su mano sosteniendo mi muñeca.

—Deja que me lleve ese poco de ti conmigo —dijo.

Ese pequeño cabello suelto. Colocó una mano ahuecada sobre él, como si fuera un escudo.

ଔ

En la estación, nos reunimos con su familia en el andén de salida. Estaban envueltos en pesados abrigos, había una pila de maletas en el carrito. Věruška se veía seria.

Fui hacia ellos y los saludé, tomando sus manos entre las mías para calentarlas. Miré sus rostros y traté de plasmarlos en mi memoria. Me acerqué a cada uno de ellos y les besé ambas mejillas.

—Adiós, Lenka —me dijo cada uno—. Te veremos pronto.

Asentí con la cabeza y traté de contener mi llanto. Los padres de Josef permanecieron estoicos, pero Věruška casi no podía mirarme a través de las lágrimas que empapaban su cara.

Cuando el tren arribó al andén, sus padres y su hermana abordaron primero para que Josef y yo tuviéramos privacidad en nuestros últimos momentos juntos.

Ya no hablamos de mi decisión de quedarme atrás; para ese momento, ya había comprendido mis razones.

Y quizás esa fue la belleza de nuestra despedida. La comprensión tácita entre los dos.

Se detuvo ante mí y se acercó para besarme. Coloqué mi boca sobre la suya y sentí su respiración dentro de mí. Colocó sus manos en mi cabello y lo acarició.

—Lenka…

Me alejé y levanté la mirada. Estaba luchando por no llorar.

—Sólo apresúrate a mandar por nosotros.

Asintió con la cabeza. Caminé un paso hacia atrás para mirarlo una última vez. Después, justo al momento en que empezó a sonar el silbato del tren, Josef colocó su mano en el bolsillo de su saco y sacó un pequeño paquete.

—Esto perteneció a mi madre —dijo, colocando lo que se sentía como una caja miniatura envuelta en papel dentro de mi mano.

—Quiso que te lo diera. Ábrelo cuando llegues a casa.

Colocó su dedo bajo mi barbilla y levantó mi boca hasta la suya una última vez.

—Te amo —susurró. Y entonces lo dejé ir y me quedé de pie sobre la plataforma mientras el tren abandonaba la estación.

La caja contenía un pequeño relicario, tallado en cornalina rosa, con la cara en altorrelieve blanco.

Podía escuchar su voz diciéndome que esa cara se parecía a la mía. Los ojos grandes y estrechos; el voluptuoso cabello ondulado.

Supe que era un regalo de reconciliación de su madre; un agradecimiento por convencer a Josef de que no se quedara conmigo.

∝

Me sabía su itinerario de viaje de memoria. Primero, el tren que atravesaría Alemania y Holanda y, después, el trasbordador desde Francia hasta Inglaterra. Allí, mi amado Josef me escribiría a diario y empezaría la cuenta atrás hasta que estuviésemos juntos de nuevo.

Pareció que desde el momento de la partida de Josef las cosas empeoraron aún más.

El 14 de marzo, sólo dos semanas después de nuestra boda, cuando mi marido ya se encontraba en Inglaterra, Hitler le dio un ultimátum al Gobierno checo para su rendición. Más tarde, ese mismo día, el Ejército alemán ingresó por la frontera checa con sus tanques. Para la mañana siguiente, los alemanes habían entrado a Praga. Eslovaquia se declaró independiente, adoptó el nombre de República Eslovaca, y lo que quedaba del país se anexó al Reich y se renombró Protectorado de Bohemia y Moravia.

Me paré frente a las grandes ventanas de nuestro departamento para mirar los contingentes de autos y tanques que rodaban por las calles. Cada una estaba atestada de espectadores. Hubo algunos vítores, pero, en términos generales, los demás checos miraron tristemente mientras la ciudad era invadida.

Unos días después, Hachá, el presidente recién impuesto, abolió el Parlamento y todos los partidos políticos y condenó estridentemente la «influencia judía» en Checoslovaquia. Mientras los alemanes marchaban al interior de Praga ante los vivas de los checos germanohablantes, cerró las fronteras e instauró las Leyes de Núremberg.

Pronto, se designó a Konstantin von Neurath como *Reichsprotektor* de Bohemia y Moravia. Ya empezábamos a ver cómo nuestra libertad se evaporaba frente a nosotros.

Instituyó leyes alemanas para controlar a la prensa, para aplastar las protestas estudiantiles y para abolir a todos los partidos políticos o sindicatos de oposición.

Esa primavera, seguí recibiendo cartas de Josef. Me contó de la cálida y generosa familia con la que se estaban quedando en Suffolk y de los grandes robles que empezaban a hincharse de verde. Escribió que su padre ya había asistido nueve partos desde su llegada y que los ingleses se estaban preparando para una Segunda Guerra Mundial. Escribió que estaba preocupado por mí y que todas las noches tenía el mismo sueño.

En ese sueño, los dos nos encontramos cerca de la madriguera de un zorro en medio del bosque. En el folclore checo, las guaridas de los zorros son un sitio mágico donde los niños colocan trozos de papel en los que escriben sus deseos. En su sueño, ambos introducimos nuestros papeles dentro de la guarida del zorro, y al retirar las manos estamos sosteniendo a un pequeño bebé.

Reí cuando leí esto último porque siempre, al acostarme, recuerdo nuestra noche de bodas, su largo cuerpo presionado contra el mío.

og

Para principios de abril, sospeché que estaba embarazada, pero esperé a decírselo a mi madre y hermana hasta inicios de mayo. Para ese momento, mis senos estaban tan sensibles y abultados que había empezado a desabrochar los botones de mi camisón por las noches cuando ya todos estaban dormidos. Casi no desayunaba y pasaba la mayoría de las tardes sólo deseando dormir.

Imagino que mi madre también sabía que estaba embarazada. Me miraba como si sospechara algo, pero no dijo casi nada durante esos primeros meses de la ocupación alemana. Finalmente, cuando empecé a preguntarme si debía consultar con un médico y después de saltarme una segunda menstruación, exploté en llanto mientras ayudaba a preparar el té de la tarde.

—Mamá —chillé entre sus delgados brazos—, estoy embarazada.

Empecé a llorar mientras apretaba sus brazos a mi alrededor. No le dije que temía que jamás volvería a ver a Josef o que me sentía poco capaz de traer a una criatura al mundo ahora que la guerra se convertía en una certeza más probable día con día.

—Sé que tienes miedo, mi amor, pero estarás bien, Lenka. Incluso si tienes que criar al bebé sin Josef por un rato, nos tendrás a nosotros. Nunca estarás sola.

Mi corazón se llenó de amor por ella. Había tenido razón al no abandonar a mi familia. Jamás querría que mis padres o mi hermana sintieran que estaban solos.

☳

Le escribí a Josef para informarle de mi estado y me respondió que no cabía en sí de gozo, pero que le enfermaba no poder estar conmigo. Incluyó el nombre del médico que se había hecho cargo de la consulta de su padre y me dijo que lo visitara de inmediato. Allí, recibiría el mejor cuidado posible. Para este momento, los médicos judíos ya no formaban parte del sistema de seguros médicos checos, de modo que cualquier paciente que acudiera con un médico judío tenía que pagarle en efectivo. El doctor Silberstein me atendió de manera gratuita. Era un hombre amable de mediana edad que palpó mi abdomen con manos cuidadosas y me aseguró que estaba en perfecta salud y que daría a luz al niño sin dificultad alguna.

Para el cuarto mes, mi abdomen empezó a distenderse. Mamá me ayudó a alterar las pretinas de mis faldas y empezó a desempacar la ropa de bebé que en alguna ocasión nos había pertenecido a Marta y a mí. Acogí mi embarazo aunque las cosas eran muy difíciles para nosotros. Era maravilloso sentir que crecía una vida en mi interior y que la había creado con Josef. El bebé crecía día a día y, en mi mente, nuestra conexión se hacía cada vez más profunda. No obstante, la vida en Praga se complicaba constantemente. Siempre pensábamos que lo peor había pasado, hasta la semana siguiente en que se aprobaba alguna nueva ley que limitaba nuestra libertad aún más. Rara vez abandonábamos la casa a menos que fuera necesario. Ese junio, Von Neurath emitió un decreto que excluía a todos los judíos de la vida económica y que les ordenaba que registraran sus pertenencias. La *Treuhand* alemana se apoderó oficialmente de todas las empresas judías, fuera para su venta o para su «arianización». El día después de que se emitiera este decreto, Adolf Eichman llegó a Praga y se asentó en una villa judía confiscada en Střešovice.

Para agosto, se segregaba a los judíos en los restaurantes y tenían prohibido el uso de baños y albercas públicos. Se instituyó un toque de queda que nos prohibía estar en la calle después de la puesta del sol e incluso confiscaron nuestros radios. Mi vientre estaba aún más abultado y traté de decirme a mí misma que las restricciones no eran tan malas, que debería agradecer la oportunidad para descansar y estar en calma. Una vez que llegara el bebé, sabía que iba a estar ajetreada y agotada. Sólo esperaba que las cosas mejoraran para ese entonces y que pudiera sacar al bebé para tomar el aire y caminar.

Traté de mantenerme lo más positiva posible, aunque a veces resultaba casi imposible sentirse feliz con tanta de tensión y temor en torno a nuestra familia y situación. Imaginaba que el bebé era varoncito y que lo llamaría Tomáš, como mi abuelo, quien había muerto cuando yo tenía tres años. Al final del día, me acostaba en cama y trataba de recordar nuestra noche de bodas, la sensación de los brazos de Josef a mi alrededor, la luz de luna que entraba por la ventana y la fusión de nuestros cuerpos desnudos.

Cuando sentí los primeros movimientos de vida, estallé de felicidad. Sin importar lo desesperadas que fueran nuestras circunstancias, esas primeras patéaditas me hicieron sentir que la vida seguía adelante.

Sin embargo, Marta se sentía inquieta a causa del toque de queda y la pérdida de su libertad. Rara vez veía a sus amigos. Yo podía percibir su creciente frustración. Les decía muy poco a nuestros padres y no tenía interés alguno en hablar conmigo acerca del embarazo, pero había ocasiones en que le encontraba la mirada y podía ver lo miserable que se sentía. Su larga cabellera roja era una melena de rizos rebeldes, desafiante y gloriosa al caer por su espalda. Se rehusaba a trenzarlo aun cuando su escuela se lo exigía. Era la única protesta que se le permitía.

℞

Traté de permanecer optimista, esperando que llegara una carta de Josef diciéndome que había conseguido nuestras visas para Inglaterra y que había logrado conseguir el sello de salida de la Gestapo. Pero la carta nunca llegó. Ahora, la guerra era prácticamente una realidad y se habían cerrado las fronteras. Ambos sabíamos que tendría que irse a Estados Unidos sin mí y sólo nos quedaba la esperanza de que pudiera arreglar los pasajes para mí y mi familia más adelante.

Acepté eso sin protestar. Carecía de la energía para un viaje tan difícil y temía dar a luz al bebé en una ciudad extranjera.

Cada noche colocaba mis manos sobre mi vientre y cerraba los ojos. Interpretaba cada patéaditita como el llamado que anunciaba una vida mejor en la que Josef y yo estaríamos juntos, y el bebé jugando en el piso rodeado del sonido de risas y no del de las sirenas y aviones de guerra que sobrevolaban la ciudad.

El primero de septiembre, la familia de Josef se embarcaría en el *SS Athenia* desde Liverpool, llegaría a Canadá unas semanas después y viajaría de allí a Nueva York. Josef me prometió que enviaría un telegrama tan pronto como llegaran con bien.

Pero los periódicos fueron los que me informaron de lo que sucedió. Un submarino alemán torpedeó al *SS Athenia* frente a las costas de Irlanda, provocando las primeras bajas civiles de la guerra. Aunque la mayoría de los pasajeros lograron salvarse del barco que se hundía, todos los miembros de la familia Kohn estaban en la lista de los noventa y ocho muertos.

22

Josef

Sobre la cubierta, el cielo se ve negro como tinta. Recuerdo que no había una sola estrella, sólo una luz pálida que emanaba de la luna. Nos quedamos fuera en el frío, con el viento golpeándonos la cara. Mi madre traía puesto su abrigo de pieles. Había cosido sus joyas restantes y coronas checas en el forro. Mi hermana todavía tenía puesto su vestido rojo favorito de la cena. Había estado bailando con un chico de Cracovia y el color con el que el licor había iluminado sus mejillas se había desvanecido, dejando su piel de un blanco sobrenatural.

Cuando llamaron a las mujeres y a los niños, mi padre empujó a Věruška y a mi madre hacia delante. Apenas me había despedido de Lenka unos meses atrás y ahora mi hermana y mi madre se aferraban a las solapas de mi saco, con sus rostros suaves y húmedos contra el mío por última vez.

Las palabras finales de Věruška fueron como una absolución para mí.

—Tuvo razón en no venir. —La observé mudo mientras llevaba a mi ya avejentada madre hacia los botes salvavidas.

Volteó a verme una última vez mientras uno de los marineros de cubierta las ayudaba a subirse al bote. En el tiempo en que las poleas las bajaban hacia el mar, su vestido se veía como una columna de humo rojo que se levantaba contra el cielo oscuro.

Media hora después, papá y yo todavía estábamos en espera para abordar alguno de los botes salvavidas. Me quedé allí pensando en que aquellos que quedáramos nos ahogaríamos juntos. Miré los rostros a mi alrededor. Junto a mí había un muchacho de no más de diecisiete años, con una pequeña cara blanca y una melena de cabello oscuro. En una de sus manos azuladas sostenía un arco; en la otra, su violín. El instrumento colgaba de sus manos como un apéndice herido. Había determinado que no le preguntaría su nombre. No quería saber los nombres de aquellos fantasmas que compartirían mi tumba, pero papá estiró una mano y lo acercó hacia sí para abrazarlo. El chico temblaba entre los brazos de mi padre.

—¿Tu familia ya está en alguno de los botes? —le preguntó papá.

El muchacho se estremeció.

—No, estoy solo.

—Yo soy el doctor Jacob Kohn y este es mi hijo, Josef —dijo papá, señalándome.

—Yo me llamo Isaac Kirsch. —Torpemente, cambió el arco a la misma mano con la que sostenía su violín y estrechó la mano de papá. Después me enteraría de que había estado practicando sobre la cubierta al momento en que el torpedo nos había alcanzado. Nos contó que el estuche del violín había caído al agua a causa del impacto.

Esta fue una rápida presentación contra un telón de fondo de caos y muerte. Las mujeres gritaban desde la superficie del mar mientras la tripulación corría de un lado al otro sobre la cubierta. Había chicos que no eran marineros sino simplemente hijos *adicionales* que necesitaban un trabajo y que se habían encontrado en un crucero rumbo a Canadá.

Todavía había cientos de personas sobre la cubierta mientras nos empujaban hacia los botes salvavidas disponibles. Lo que sucedió a continuación sigue obsesionándome hasta este día. Lo he revivido en mi mente una y otra vez. Segundo a segundo.

Papá nos empuja a mí y a Isaac hacia delante.

—Los jóvenes antes que los viejos —dice—. Yo tomaré el siguiente bote.

—No, papá —digo. Estira su mano y siento la calidez de su palma; y en ese apresurado instante, soy el ave temblorosa de mi infancia, acurrucado en una sola mano—. Papá... —vuelvo a decir, pero ya ha tomado su decisión. Me empuja y nos obliga a Isaac y a mí a subirnos al bote solos. Nos bajan al agua, una eternidad negra. Mientras la popa del navío empieza a descender cada vez más, veo cuerpos que saltan desde la cubierta. En el caos de nuestro bote salvavidas, Isaac logra aferrarse a su violín, pero pierde el arco.

Un barco de rescate, el *Knute Nelson*, ha llegado a auxiliarnos, pero su hélice accidentalmente choca contra uno de los botes que flota en el agua. Escucho los gritos, soy testigo del derramamiento de sangre que cae al mar, iluminado por los reflectores del barco de rescate. Seda roja que se extiende sobre el agua como un paracaídas. Veo a mi hermana caer al agua: una rosa que se sumerge.

23

Josef

Años después, cuando Isaac toca el violín en la fiesta de mi cumpleaños número treinta, es la única persona que me conoce por quien soy en realidad. Toca música que sabe que me agrada. Las melancólicas melodías de Brahms o el segundo movimiento del cuarteto de cuerdas *Americano* de Dvořák. El aire que toca el primer violín me hace llorar cada vez que lo escucho.

Tiene siete años menos que yo. Ahora es violinista en la Orquesta Filarmónica de Nueva York. Come los secos pasteles de Amalia y bebe vino dulce.

Me gusta creer que nos han cortado de la misma tela. Ambos llegamos aquí sin nadie. Yo cargo el peso de mi esposa y mi bebé atrapados en Europa; él carga su violín como si pudiera tocarles una serenata a sus fantasmas.

Me cuenta que le toca a su madre, que amaba la música típica de su pueblo en las afueras de Brno. Toca para su padre, que amaba la simplicidad de Mendelssohn; para su hermano menor, que detestaba el sonido del violín y que lloraba cada vez que tocaba una sola nota.

Mi Amalia se sienta en la cocina y lo escucha. Cruza las manos y cierra los ojos. En ocasiones, cuando él toca, la observo, su rostro transportado a algún sitio distante.

Los tres comemos alrededor de nuestra modesta mesa, con la canasta de pan pasando de uno a otro. Las flores que trae Isaac se colocan en una botella de vidrio de leche que Amalia ha guardado.

Y nuestras vidas transcurren en paz y seguras.

Aprendo el consuelo que puede traer un buen vaso de whisky. Encuentro solaz mientras limpio los pasillos de una sucia escuela primaria y aprendo a hablar inglés leyendo los libros que niños quince años menores que yo guardan en sus escritorios. Estas son las cosas que hago mientras prosigo con mis estudios de Medicina.

Las cartas que le escribí a Lenka para decirle que estoy a salvo y esforzándome por sacarla de Praga regresan sin abrirse y están en una caja bajo la cama que también contiene mi retrato de bodas, junto a los juguetes de madera y el avión en miniatura que compré hace casi diez años antes en Londres, en la eufórica anticipación del nacimiento de mi hijo.

24

Lenka

Mi mundo se tornó negro cuando me enteré del hundimiento del barco de Josef. Me consumió la pena.

Fue mi madre quien me dijo que había perdido todo el color del rostro. Me instó a visitar al médico y me envolvió no en uno, sino en dos abrigos. Estábamos a finales de septiembre y la guerra había empezado de manera oficial. Dos largas solapas pendían de mi pecho; mi vientre hacía imposible que cerrara cualquiera de los dos abrigos.

El doctor Silberstein tomó un estetoscopio de su bolso y lo sostuvo sobre la estirada piel de mi abdomen.

—¿Cuándo fue la última vez que sintió algún movimiento? —me preguntó. Mis ojos estaban llenos de lágrimas. No podía responderle; desde el instante en que había leído del hundimiento del *Athenia* había perdido noción de todo.

—No lo recuerdo —le contesté—. ¿Es el bebé? —Sentí que el piso se deslizaba bajo mis pies.

Hizo que me volviera a recostar y se esforzó en encontrar el latido del corazón.

—No puedo escucharlo —me dijo—, pero podría ser la posición en la que está el bebé. Regrese a casa y ya lo sabremos en un par de días.

A la noche siguiente, me despertó un torrente de sangre. Todo estaba deslizándose fuera de mi interior. Mi marido estaba muerto y ahora mi bebé era una masa sanguinolenta sobre las sábanas.

Lo único que quería era unírmeles.

Mi madre me bañó y cuidó de mí, y el doctor tuvo la caridad de darme algo de morfina para que pudiera dormir.

Dormí y dormí como si estuviera dirigiéndome hacia mi muerte en mi ensueño. No soñé nada. Mis sueños eran negros. Sin imágenes, sin recuerdos, sin pensamientos del futuro. Cuando uno no sueña más que oscuridad, está poco menos que muerto.

En los meses que siguieron, mi madre me cuidó como si fuera una recién nacida. Me bañaba, me alimentaba y me leía mientras yacía como mi propio hijo muerto. Sin vida, con los ojos como vidrio esmerilado, en mi cama de infancia.

 C

Mientras luchaba por hacerme a la idea de lo que había perdido, las cosas empeoraron para mi familia y para toda nuestra comunidad. Las libertades que antes jamás habíamos concebido como tal se nos quitaron. Teníamos prohibido conducir un auto, tener una mascota e, incluso, escuchar el radio. Se nos dieron dos días para entregar nuestros radios y entre brumas recuerdo a papá envolviendo el radio que le había comprado a mamá años antes para entregarlo a las autoridades.

Parecía que Lucie era la única persona con la que podíamos contar mientras nuestra vida anterior se derrumbaba a nuestro alrededor. Nos visitaba cada lunes, haciendo su aparición como un ángel, con huevos frescos y leche de la granja del hermano de Petr. Estas visitas eran el único contacto que mamá tenía con el mundo fuera del departamento. Estaba claro que nuestras circunstancias habían dado un giro radical; en lugar de ofrecerle a Lucie suntuosas comidas de sábado y regalos comisionados a la costurera, Gizela, ahora nos limitábamos a aceptar humildemente lo que trajera en su canasto esa semana.

La hija de Lucie, Eliška, empezaba a decir sus primeras frases, y sus regordetas piernecitas y rostro de muñeca hacían que mamá y Marta olvidaran su infelicidad por un momento. Pero yo no toleraba ver a la niña. Miraba la sonrisa de Lucie mientras Eliška bailaba haciendo girar su vestidito o cuando mordisqueaba un trozo de pan y me inundaba una envidia que sólo hacía que me detestara aún más. Era terrible sentir celos por la criatura de otra persona, en especial la de alguien a quien tanto había querido. Pero me sentía tan vacía que lo único en lo que podía pensar era en las ansias por reemplazar lo que había perdido.

Aun así, fue Lucie la que me salvó de mi dolor. Una tarde llegó con su canasto de comida, pero también con un pequeño paquete sólo para mí. Llevó su presente, envuelto en papel de estraza e hilo, hasta mi cama.

—Lenka —me ordenó—, quiero que lo abras ahora mismo…, no después.

Mis manos estaban débiles por falta de uso; temblaban ligeramente al tratar de desatar el hilo y quitar el papel. Dentro había una pequeña caja de lata con pasteles y un pequeño cuaderno de dibujo.

—¿Recuerdas cómo solíamos dibujar juntas?

Asentí con la cabeza.

—Empieza a hacerlo de nuevo. —Abrió las cortinas junto a mi cama—. ¿Qué otra familia sigue teniendo tal vista del Moldava?

No quería otra cosa más que olvidar el vacío de mi vientre, el dolor de algo que ya no estaba allí; pero había permanecido como herida que no tenía curación, como grito ahogado que no podía liberarse.

Lucie me había dado un regalo: el recuerdo de que todavía tenía mi vista y mis manos. Esa tarde empecé a dibujar de nuevo.

Al principio, luché por recuperar la mano. Mis dedos asían el lápiz, la punta sobre el papel, pero no podía conectar mi mano con mi cabeza. Pero, lentamente, recordé lo que había olvidado y empecé a concentrarme. Comencé haciendo bosquejos de pequeños objetos alrededor de mi habitación. El mero acto de ver cosas que no había notado en meses me alimentaba. El ave de vidrio sobre mi escritorio, el silbato de madera de mi infancia, la muñeca de porcelana que había sido un regalo de cumpleaños.

Cada semana, Lucie regresaba con más cosas y hallé que un estuche de carboncillos y un cuaderno de dibujo hacían mucho sanando mis heridas. Yo era como una pintura plasmada en blanco y negro; pero después de varios días pude añadir los primeros toques de color.

Mi pena todavía tenía una vida propia. Cuando miraba por la ventana y veía a las mujeres no judías que daban un paseo con sus relucientes carriolas negras, con el sol reluciendo sobre los sombreritos de sus bebés, todavía quería enroscarme como ovillo para llorar.

En otras ocasiones, acostada en mi cama por las noches, sentía tal dolor en mi vientre que no podía estar segura de si era el aborto —dado que jamás había siquiera visto los ojos de la criatura, ni había sentido la presión de sus dedos— o la pérdida de la posibilidad de concebir algún día un hijo con Josef. Ahora se había ido, al igual que cualquier conexión que alguna vez podría tener con él. Apenas había empezado a llorar por él al recibir la noticia de su muerte cuando había sucedido el aborto; pero ahora la rotundidad de su muerte me embargaba.

No obstante, con el paso de las semanas, se redujeron mis accesos de llanto y pude distraerme cada vez más con mis dibujos. Recordé cómo solía encerrarme en esa misma habitación durante mi primer año de estudios y observaba mis piernas o los tendones de mis manos y me consolaba saber que había cosas que nadie me podía quitar.

Empecé a acurrucarme en el asiento de la ventana de mi habitación con mi cuaderno sobre las rodillas y a dibujar el techo del castillo, el puente afuera del departamento y la jovencita que brincaba a las orillas del Moldava como yo misma lo había hecho tantas veces de niña. Dibujaba hasta que mis dedos se entumían y el delantal de mi vestido quedaba totalmente embarrado del polvo de mis pasteles.

A menudo, mi madre llamaba a mi puerta y me pedía que la acompañara a la sala para tomar té y comer alguna galletita si Lucie había logrado llevar algo de mantequilla esa semana. Ahora la sala era una sombra de lo que antes había sido. Semanas antes, nos habían obligado a entregar lo poco que nos quedaba de valor y cederlo al Protectorado de Bohemia y Moravia. Marta y yo habíamos llevado los candelabros de plata de la familia y las pocas figuritas de porcelana y adornos que quedaban al centro de almacenamiento de la sinagoga española, donde se habían registrado para enviarse al Reich.

Creo que una de las razones por las que estaba tan a gusto encerrada en mi habitación de infancia dibujando era que podía aislarme de la soledad y el vacío del resto del departamento. Sentarse en una habitación desierta que alguna vez había estado tan llena de vida y color resultaba intolerable. No era que añorara los estantes repletos de copas, ni las decoraciones mismas. Era la sensación de vacío que se extendía por las paredes, una sensación que se agudizaba ante la escena de mamá sentada en el ahora deshilachado sofá con sus dos hijas haciendo el intento por fingir que una sola galleta era una extravagancia que ninguna de las dos merecía.

Durante la mayor parte de ese año, pasé cada día dibujando. De hecho, instalé un pequeño caballete junto a mi ventana. La escasez de óleos me obligó a concentrarme más de lo que lo había hecho en la Academia. Empecé a aplicar cada brochazo en mi cabeza, imaginándolo sobre el lienzo mucho antes de que lo colocara en realidad para asegurarme de que fuera apropiado, ya que sabía lo valioso que resultaba cada centímetro de color.

En el otoño de 1941, se ordenó a todos los judíos que portáramos estrellas de David amarillas.

Recuerdo la tarde de septiembre en que nos registramos en la oficina de la Gestapo para que nos entregaran nuestras estrellas. Los cuatro regresamos a casa para encontrar a Lucie y a Eliška esperándonos. Lucie tenía su propia llave, había entrado al departamento y había empezado a hacer panqueques con la harina y huevos que había traído.

Apresuradamente, habíamos metido las estrellas de fieltro amarillo en nuestros bolsillos para sentarnos a comer con Lucie y Eliška. Nuestros rostros estaban tensos; pude ver las lágrimas que nadaban en los ojos de mamá mientras observaba la dulce y rosada carita de su tocaya. Papá estaba sentado muy derecho, observando el gran reloj de pie, y Marta y yo tratamos de olvidarnos de las estrellas que nos estaban quemando los bolsillos para dedicarnos a disfrutar de los deliciosos panqueques de Lucie, con los que nos había engordado cuando niñas.

Fue la estrella de mamá la que cayó al piso cuando Lucie la abrazó al momento de despedirse. Estaba detrás de las dos y vi la estrella caer al tapete, su silencioso descenso fue más poderoso que el grito más estridente. Mamá la recogió en silencio y la volvió a meter en su bolsillo, colocando su mano sobre el mismo como para ocultarla de la hijita de Lucie. Pero Eliška ya la había advertido.

—¡Mira, mamá!, la tía Liška tiene estrellas en el bolsillo. ¡Qué suerte tiene!

Mamá se hincó en el piso y le besó la frente.

—Las estrellas pertenecen al firmamento, querida. Recuérdalo.

Los ojos de Lucie se llenaron de lágrimas cuando se acercó a mamá. Tomó la mano de su hija en la suya y la besó. Deseaba tanto que también tomara la mía; recordaba bien la sensación de seguridad que me había proporcionado esa mano. Los cálidos cojinetes de su palma cuando me sostenía, la seguridad tranquilizadora que me había proporcionado cuando de niña caminábamos por la calle. El recuerdo de mi propia infancia cuando, como dijo mamá, las únicas estrellas eran aquellas que relucían en el cielo nocturno.

Una tarde, fui a la tienda de abarrotes a comprar lo que pudiera con mis cupones de raciones. Sólo había unas cuantas horas del día durante las cuales podían ir de compras los judíos. Las filas eran largas y casi no había nada que comprar sobre los estantes. Sin embargo, en ese día, tuve la suerte de conseguir algo de harina y mantequilla, unos cuantos rábanos y dos manzanas.

De camino a casa, me topé con una chica que había estado en la clase superior a la mía en la Academia, Dina Giottliebová. No portaba una estrella amarilla y me sorprendió cuando se detuvo a platicar conmigo.

—Acabo de ver *Blancanieves* —me dijo—. Me quité la estrella para poder ir a verla.

Me quedé pasmada; jamás se me hubiera ocurrido tomar un riesgo de esa magnitud.

—No puedes imaginarte los dibujos que hicieron que la película fuera posible. —Estaba que no cabía en sí de la emoción—. Los personajes eran tan realistas…, los colores tan saturados. Quiero correr a casa y pintar la noche entera.

Por unos segundos había olvidado la estrella pegada a mi abrigo y a mis hambrientos padres y hermana que me esperaban en el departamento. Estaba cautivada por el aspecto y voz de mi antigua compañera de clase mientras describía una película con tal entusiasmo.

Hablamos algunos minutos más, antes de que la aparición de un oficial alemán que caminaba en nuestra dirección me hiciera temer sobre seguir nuestra conversación.

Cómo quería quedarme allí con ella. Su energía era contagiosa y admiraba su valentía, pero ahora ella era la que tenía una estrella amarilla en el bolsillo, mientras que la mía estaba cosida claramente en mi solapa. El que las dos estuviésemos platicando de manera tan abierta sólo ocasionaría problemas.

—Dina —toqué su brazo con gentileza—, no sabes el gusto que me dio verte, pero debo regresar a casa para llevar la comida, por más poca que sea, a casa para mi madre.

Asintió con la cabeza y sonrió de tal modo que me comunicó que comprendía por qué me había puesto tan nerviosa.

—Ojalá nos podamos ver de nuevo pronto —dijo antes de tomar su camino.

CB

Esa noche, mientras cenábamos una aguada sopa con *dumplings* y dos manzanas cortadas en cuartos, imaginé lo que se sentiría estar sentada en una oscura sala de cine para ver una película animada. Reírse ante las vivaces imágenes que danzaban por la pantalla, con mi estrella amarilla oculta en las profundidades de mi bolsillo.

25

Josef

Por las noches, hay veces que me despierto de un sueño en el que estoy sentado en el bote salvavidas con Isaac junto a mí, su violín sobre su regazo y sus ojos negros escudriñando el agua, en busca del lugar exacto en el que perdió su arco.

En el sueño, veo cómo el *Athenia* levanta su proa al cielo estrellado. No estoy centrado en el horror del bote salvavidas destrozado ni en la sangre que está tiñendo el agua de rojo.

Estoy viendo todos los asientos vacíos que hay en el bote. Los lugares en los que podría haberse sentado mi familia y ha ber transformado mi vida en algo totalmente diferente. He escuchado a otros sobrevivientes hablar de esta culpa: el bote que pudo haber dado cabida a uno más, la familia a la que se le pudo haber convencido de ocultar a otro niño, o la esposa a la que nunca se debió haber dejado atrás.

Si me siento particularmente triste, trato de imaginar a Lenka sentada junto a mí. Muevo mi viejo trasero hasta la orilla del colchón y hago un espacio para que se siente en el tablón de madera. Coloco mi mano sobre una porción de la blanca sábana para calentarla para ella, para buscar sus dedos, para esperar la sensación de su mano cuando toma la mía. Sesenta años después, aún puedo recordar la sensación de la mano de Lenka.

A casi todas mis pacientes les digo lo mismo cuando voy a revisarlas después del parto. Casi siempre están sentadas sobre la cama en sus camisones. El bebé está ligeramente destapado de su cobija de hospital, con su rostro mirando hacia los pechos de su madre y sus dedos entrelazados en los suyos.

Hay dos sensaciones de piel que siempre se recuerdan a lo largo de la vida: la primera vez que uno se enamora —y que la persona amada sostiene tu mano— y la primera vez en que un bebé recién nacido te toma de un dedo. En esos precisos momentos quedas unido al otro por el resto de la eternidad.

Las manos de Lenka eran las más blancas que jamás he conocido. Sus dedos largos y elegantemente afinados. La primera vez que me tomó de la mano, mi corazón latía tan rápido que casi no podía respirar. Jamás olía a aguarrás ni a polvo de gises incluso después de pintar o dibujar el día entero. Presionaba mis labios contra sus lisos nudillos e inhalaba el aroma de rosas y jazmines. Podía arrojarme al interior de ese recuerdo como si fuera una mullida silla. Podía oler toda una vida de felicidad; podía cerrar los ojos y vernos envejecer juntos y nuestras manos entrelazadas arrugadas y desteñidas.

Honestamente, el día en que nos despedimos en la estación no creí que sería la última vez que nos veríamos. Pero, hasta el día de hoy, puedo sentir esas manos que revolotean contra mis mejillas. Puedo sentir las yemas de sus dedos sobre mis párpados, inhalar el aroma de flores y recordar el relucir de su blanca piel.

Cuando nació mi hija, Rebekkah, esa sensación de los dos dedos infantiles aferrados a uno mío fue igual de poderosa. Y cuando nació mi hijo y lo sostuve entre mis brazos, la sensación fue igual de profunda.

Cuando Amalia estaba muriendo, acostada en una cama con sondas en la nariz y en el brazo, tomaba su mano y le hablaba.

Esa mano pequeña, con dedos delicados y uñas pálidas en forma de luna. La mano de mi hija, pero mayor. Manchas y piel tan frágil como papel arroz. Besaba su mano. Me encontraba llorando cuando sus ojos estaban cerrados. Limpiaba mis lágrimas con el dorso de su mano y la apretaba como si me estuviera tratando de comunicar con ella en clave Morse.

Sin embargo, en mi corazón, supe que incluso durante los mejores años de nuestro matrimonio, la sensación de las manos de Amalia jamás me había provocado la misma emoción o consuelo que las de Lenka. Pero, a pesar de todo eso, cuando el corazón de Amalia dejó de latir y sus manos se tornaron frías, sentí el dolor de la añoranza por esa fugaz sensación de calidez y alivio.

26

Lenka

En diciembre de 1942, nos informaron por correo que transportarían a nuestra familia a Terezín.

No fuimos los primeros en recibir noticias del traslado. A Dina y a su madre ya se las habían llevado antes ese mismo año, así como a Elsa y a sus padres en octubre. Para el momento en que oímos que nos habrían de llevar, casi lo ansiábamos. Esperábamos reunirnos con muchas de las personas conocidas a las que ya se habían llevado.

—Será un lugar sólo para judíos —nos dijo papá. Extrañamente, en ese momento, eso nos parecía un alivio.

A cada transporte se le asignó una letra del alfabeto y la nuestra era la *Ez.* Se nos instruyó que podíamos llevar un total de cincuenta kilos que cupieran en una sola maleta, mochila o bulto. Marta y yo hurgamos entre nuestras pertenencias y elegimos tres combinaciones de ropa cada una. Un par de pantalones, un vestido y dos faldas y blusas; medias; zapatos; ropa interior. Papá nos dijo que cada una podía llevar un libro, pero yo elegí llevar dos cuadernos de dibujo y una lata de carboncillos junto con una pequeña caja de pasteles al óleo.

Cuando oímos que nos habrían de enviar a Terezín, mamá tomó la noticia tan silenciosamente, tan en su interior, que era imposible averiguar cómo se sentía. Trabajaba como una máquina, de manera eficiente y carente de emoción, leyendo las pautas y haciendo las preparaciones necesarias. Logró guardar dos salchichas en el curso de tres semanas. Después, a medida que se acercaba la fecha, cocinó leche y azúcar por mucho tiempo hasta que hizo una pasta café que guardó en conos de papel. También hizo una pasta de mantequilla y harina que enrolló en papel encerado. Horneó pequeñas galletas, un pastel y varias hogazas de pan. Empacó la mayor parte de esta comida entre las mochilas de ella y mi papá, y no llevó gran cosa más para ellos más que dos conjuntos de ropa exterior e interior. No incluyó zapatos extra, ni un solo libro.

Tomó nuestras sábanas y fundas y las hirvió en café para que no se vieran sucias cuando pasara el tiempo. Marta le dio la funda que Lucie había bordado tantos años antes y le pidió que también la hirviera en café.

—Quiero llevarla conmigo —le dijo. Mamá tomó la funda, ya frágil por haber estado sobre la cama de Marta tantos años, y la hirvió.

Después de que Marta y yo hubiéramos empacado nuestras maletas, mamá verificó lo que llevábamos y volvió a doblar todo, como si necesitara el ritual de preparar las cosas para el viaje de cada una de sus hijas. Ya no éramos unas chiquillas, incluso Marta ya tenía dieciséis años, pero, a sus ojos, siempre seguiríamos necesitando de sus cuidados.

Papá tomó una pluma de punto grueso y marcó nuestras maletas y mochilas con nuestros números de transporte. Yo era 4704Ez, Marta 4703Ez, mamá 4702Ez y papá 4701Ez. También nos dieron etiquetas de identificación con esos mismos números que debíamos utilizar alrededor de nuestros cuellos.

La noche antes de que partiéramos, Lucie fue al departamento. Tenía un aspecto solemne; su negra cabellera estaba recogida tras sus orejas y su rostro se mostraba tenso. Esa bellísima piel blanca que tenía, que sólo hacía unos años parecía de porcelana, empezaba a mostrar los primeros indicios de la edad. El temor en su rostro era tan visible que sentí que un escalofrío recorría mi espalda. No pude mirarla directamente a los ojos.

De modo que centré mi atención en mamá. La vi tomar la capa corta de Lucie y sonreír al ver la fina gabardina azul marino que se veía tan bien como en el día mismo en que se la había regalado. Estiró la mano para tocar el hombro de Lucie y esta respondió abriendo los brazos y envolviendo a mamá en un abrazo tan fuerte que pude ver cómo se arrugaba la tela del vestido de mamá entre los apretados dedos de Lucie.

Cuando las vi a las dos, a mamá inclinándose para abrazar a Lucie, su mentón descansando en el hombro de esta, pensé en la historia que existía entre estas dos mujeres. Cómo cada una de ellas me había amado a lo largo de mi infancia y cómo ambas habían sido madres para mí, cada una a su manera. Pero al verlas juntas ahora, me quedó claro que su conexión era más como el vínculo que nos unía a Marta y a mí. No dijeron una sola palabra, pero cada movimiento, cada gesto, era como una pantomima de preocupación y reaseguramiento, de temor y de consuelo. Todo esto expresado sin emitir sonido.

ଔ

Lucie se sentó junto a mi madre en la mesa del comedor. Miró mientras mamá abría tres cajas de terciopelo. De acuerdo con las órdenes de la Gestapo, mis padres habían entregado sus objetos valiosos semanas atrás. Los estantes del sótano de la sinagoga española, el sitio de recolección designado por las autoridades alemanas, estaban repletos de candeleros de plata, gramófonos de madreperla, juegos de cubiertos diversos y cuadros y joyería. Todas esas cosas, que ahora se consideraban lujos extravagantes, se enviarían al extranjero para enriquecer a los altos mandos del Reich. Nos habíamos parado en una fila por horas para entregar nuestros relojes, las mancuernillas de papá, los collares de perlas de mamá, los aretes de pedrería tallada de Marta y mi anillo favorito de granate. Pero el anillo de compromiso que papá le había dado a mamá, la gargantilla de oro con perlas cultivadas que la abuela le había regalado en su noche de bodas y el pequeño anillo que papá le había obsequiado el día de mi nacimiento, esas cosas las había mantenido ocultas.

Todavía puedo verlas con claridad mientras mamá se las entrega a Lucie, quien silenciosamente las envuelve en viejas bufandas y las coloca en su canasto.

—Las mantendré a salvo —dice Lucie tan sólo con bajar la mirada. Sabe lo mucho que significa que mamá le esté confiando estas cosas. Su significado no reside en el valor monetario de las joyas o de su peso en oro, sino en los hitos que ha marcado cada una de estas prendas.

Mamá se pone de pie y Lucie la abraza una vez más, levantándose sobre las puntas de sus pies para alcanzarla. Una sola lágrima cae por la mejilla de mi madre. Mi amada Lucie no besa la mejilla seca, sino la húmeda, y mamá asiente con la cabeza antes de romper el abrazo, señalando a sus dos hijas, quienes ya no son niñas, sino jóvenes mujeres.

Lucie se acerca a Marta y a mí, y cada una de nosotras se pone de pie para despedirse. Sostiene su canasto cerca de ella y sabemos que nos está indicando que estas joyas estarán seguras con ella, que jamás las venderá. Sus ojos se muestran fieros y desafiantes, una mirada que jamás había visto antes.

—Las veré a las dos cuando esto acabe —dice, haciendo su mejor intento por sonreír—, y su madre podrá decidir cuál de estas pueden usar.

La miro y sé que mis ojos reflejan mi temor. Las lágrimas, la emoción de despedirme de ella es demasiado difícil como para soportarlo.

—Lucie —digo—, llévate esto también.

Me quito el relicario que Josef me dio ese último día en la estación. También me quito el anillo de bodas, ese que me prometí que jamás me quitaría mientras estuviera viva.

—Guarda estos también.

Lucie se acerca para abrazarme, me dice que hará lo que le pido y me dice que no me preocupe. Trato de darle las gracias, pero estoy a punto de llorar y ella me hace callar para sosegarme, como cuando era pequeña.

Me abraza fuerte contra su pecho, me besa y después abraza a Marta una vez más antes de darse la vuelta para salir en silencio por la puerta.

❧

A la mañana siguiente, dejamos nuestro departamento con nuestras maletas y mochilas. Habíamos dormido poco y sólo pronunciábamos algunas cuantas palabras porque estábamos angustiados y no teníamos idea de qué esperar. Nuestras tarjetas de deportación indicaban que teníamos que reportarnos a una escuela local donde permaneceríamos tres días antes del transporte a Terezín. Cuando llegamos, la escuela ya estaba repleta de cientos de personas. Marta encontró a una antigua compañera de clases de inmediato, pero yo no reconocí a nadie. Dormimos en el piso con nuestras sábanas y cobija. El aire estancado olía a salchichas y leche caliente. Era un olor asqueroso y rancio que me repugnaba. Recuerdo que acerqué mi funda para inhalar el aroma del café en el que mamá la había hervido. Me dolía el estómago, no por hambre, sino por una sensación de zozobra. Una bruma de nerviosismo y miedo nos cubría a todos. Cada par de ojos mostraba su temor. Incluso los niños pequeños que caminaban alrededor con sus piecitos envueltos en calcetines y sus caritas redondas parecían tensos. Los observé con compasión. Mi infancia había transcurrido sin preocupaciones. Largas caminatas con Lucie y Marta, pintar con acuarelas a la orilla del Moldava, y deliciosas rebanadas de pastel de chocolate. Aún no me había permitido sentirme agradecida de haber perdido a mi bebé, eso vendría mucho más tarde, pero me provocaba dolor de corazón ver al niño que miraba con ansia la comida de otros, aquel que ya necesitaba un baño o ese otro cuyos padres no habían tenido lugar en la maleta para empacar un solo juguete.

Había un niñito del que me hice amiga en nuestra primera noche en la escuela. Se llamaba Hans y había cumplido los tres años el mes anterior. Yo había dejado a mis padres y a Marta junto a nuestras camas improvisadas y había salido a caminar alrededor del perímetro del auditorio. Por hábito, había sacado mis carboncillos y un cuaderno de dibujo de mi maleta y esperé encontrar algo interesante que dibujar. Encontré una esquina tranquila y me acomodé lo mejor que pude.

Pero antes de que tuviera oportunidad de ponerme cómoda, me encontró Hans. Traía puesta una camisa blanca que ya estaba manchada con lo que parecía ser mermelada y unos pantalones cafés. Su oscuro cabello era abundante y rizado. Sus ojos eran color verde botella.

No estoy segura de por qué eligió sentarse junto a mí. No tenía ninguna galleta que ofrecerle y ni siquiera un palo con el que pudiera jugar, pero se sentó a mis pies y me sonrió. Le mostré mi cuaderno de dibujo y le pregunté si le molestaba que lo dibujara por un rato. Negó con la cabeza y me sonrió. Sentí un dolor que me atravesaba el corazón al ver sus rizos y el color de sus ojos. Me pregunté si así se habría visto mi propio hijo a los tres años.

—Hans —le susurré—, mira las sombras en el vidrio.

Muy arriba, las ventanas del gimnasio estaban repletas de los reflejos de los árboles del exterior. Casi como grandes marionetas, se mecían de un lado al otro. Una rama se asemejaba al cuello de una jirafa; el conjunto de hojas al tope de la misma bien podría haber sido la cabeza del animal. Otro árbol tenía un gran conjunto de ramas que parecía una gran medusa de la que colgaban largos tentáculos. Hans emitió una risita y yo empecé a dibujarlo de perfil.

En los dos días que siguieron, nos hicimos íntimos amigos. Conocí a sus padres, Ilona y Benjamín, que eran más o menos de la edad de Josef y la mía. Los dibujé tomados de las manos,

Ilona mirando más allá del rostro de su marido y de su hijo, que jugaba en el piso. Ya estaba tratando de imaginar el sitio al que nos dirigíamos: la nerviosa anticipación materna de lo desconocido plasmada en su rostro.

En la parte de abajo de la hoja escribí: «Antes de Terezín». Si uno paseaba la mirada por la habitación para ver a todas las demás madres, su mirada era la misma. ¿Adónde nos están mandando?

En ese momento, el nombre de Terezín no significaba nada para mí. No sabía de campos de exterminio o de trabajo, ni siquiera tenía una idea sólida de lo que era un gueto. Jamás había escuchado ni un suspiro acerca de los campos de concentración.

Habíamos oído que sólo estaríamos acompañados de otros judíos, lo que nos resultaba un alivio. Estar en un lugar donde todos fuéramos iguales y no tener que vivir junto a otros que tendrían su libertad mientras a nosotros se nos imponía una restricción tras otra. Sabíamos que estarían las SS y que habría trabajo que hacer. ¿Pero realmente sabíamos lo que nos esperaba? No. No lo sabíamos. En absoluto. No.

ෲ

Nos cargaron en el tren, más de cien de nosotros hacinados en un espacio que hubiera sido insuficiente para menos de la mitad de esa cifra. Quedé parada junto a Marta y a mamá. A papá lo habían empujado lejos de nosotras al vernos forzadas a movernos más y más hacia el fondo del vagón. Una vez que las puertas se cerraron, empecé a buscarlo. Sólo había una breve franja de luz de sol que entraba de una estrecha ventana en la parte superior, pero pude divisar la sombra de su perfil en la parte trasera del tren. Cada vez que trataba de ver en su dirección, él miraba hacia delante fijamente.

El tren apenas se movía sobre las vías. Había bebés que lloraban y la gente trataba de no quejarse, pero estábamos terriblemente incómodos y no había dónde sentarse. El aire estaba estancado y apestaba a los olores de las provisiones de todos.

Traté de encontrar a Hans con la mirada para poder levantarlo brevemente y oler su cabello sin lavar.

Ya avanzada la tarde, el tren se detuvo y finalmente abrieron la puerta del vagón. Habíamos llegado a la pequeña estación de trenes de Bohušovice, que se encontraba como a tres kilómetros de Terezín. La policía checa nos indicó que cargaríamos nuestras maletas y mochilas el resto del viaje.

Ya había bastante nieve en el suelo. Había pilas blancas amontonadas a gran altura junto al camino y había empezado a caer una fina llovizna cuando el transporte se dirigió hacia Terezín. Recuerdo cómo se veían los copos de nieve atrapados en el cabello de mamá y Marta. Las dos ya se veían agotadas y sus abrigos negros ya no parecían tan elegantes después de la larga travesía. Pero en la tenue luz del crepúsculo, casi parecían hadas, con las volutas de cabello rojizo adornado de nieve. Pequeñas cuentas de cristal que brillaban un segundo antes de apagarse.

Más tarde, después de caminar un largo rato, finalmente vimos las murallas de Terezín en el horizonte. Vi a mamá delante de mí, buscando algo en su bolsillo para después inclinar la cabeza, deteniendo su marcha por un momento. Después, cuando nos estaban contando, noté que se veía diferente, que casi había recuperado el color de su rostro. Cuando la miré más de cerca, me di cuenta de lo que había obrado el cambio: secretamente, se había aplicado algo de lápiz labial.

La mayoría de nosotros no sabía nada acerca del pueblo de Terezín. No teníamos razón para saberlo, dadas nuestras antes cómodas vidas en Praga. Con el paso del tiempo, me enteré de que el emperador Francisco José II había ordenado la construcción de Terezín como fuerte barroco a finales del siglo XVIII. Al principio, había fungido como prisión política para los Habsburgo y había surgido un pequeño pueblo cercano para albergar las guarniciones y a los soldados. De modo que no imaginen un Auschwitz o un Treblinka cuando les cuente lo que sucedió a continuación. No había una chimenea que escupiera humo y cenizas para darnos la bienvenida. No había barracas cafés de madera. Terezín parecía un pequeño pueblo, con edificios polvosos y sucios. Las fachadas que alguna vez habían estado pintadas color amarillo María Teresa ahora lucían deslavadas y descascaradas; la iglesia estaba clausurada. Pero también era el lugar perfecto para prevenir cualquier escape: el pueblo estaba rodeado por un foso, su perímetro rodeado por paredes y todas las entradas y salidas protegidas por rejas de hierro.

A nuestra llegada, se nos llevó al *Schleusse* —el pasillo de recepción— donde un destacamento especial de mujeres alemanas nos anotó, registró nuestros cuerpos y revisó nuestras maletas de manera experta. Después de que nos procesaran, se nos dejó en el *Schleusse* por varios días hasta que el *Raumwirtschaft*, el departamento especial de administración judía, nos asignara nuestro alojamiento. Los hombres y mujeres de este departamento ya habían recibido notificación de nuestra llegada y habían preparado las literas para los recién llegados de nuestro transporte. Por suerte, mamá, Marta y yo quedamos juntas en las barracas Dresde y se asignó a papá a las barracas Sudetes. La mayoría de las barracas, como descubrimos poco después, tenían los nombres de pueblos alemanes.

De camino a nuestras barracas, vi a Ilona parada en una esquina, sosteniendo a Hans cerca de ella. Sus piernitas estaban envueltas alrededor de la cintura de su madre y su cabeza descansaba sobre uno de sus hombros. Traté de mirar en su dirección para hacerlo sonreír, pero parecía aletargado por el viaje y la falta de alimentos. Hice una figura de sombra con las manos y vi que pasó una pequeña sonrisa por sus labios. Ilona me dijo que a ella y a Benjamín aún no les habían asignado una barraca y le contesté que esperaba que quedara con nosotras. Así, todos podíamos cuidarnos entre sí y posiblemente cuidar de Hans, que aún era demasiado pequeño como para que se lo quitaran y colocaran en las barracas infantiles.

Asintió con la cabeza, pero ya parecía que estaba inmersa en un sueño. Sus ojos estaban empañados y su cabello, despeinado. Con qué velocidad había cambiado nuestro aspecto sin el lujo de ropa limpia, un baño caliente y un espejo.

Mi familia y yo nos despedimos de las personas con las que habíamos hecho amistad durante los pocos días de estancia en el *Schleusse* y empezamos a adentrarnos más profundamente en el gueto.

De camino a las barracas, busqué que la mirada de alguna persona con la que nos cruzábamos por el camino pudiera reasegurarme que Terezín no sería un lugar horrible donde pasar el resto de la guerra. En ese entonces, yo, como tantos otros judíos, no era capaz de concebir que existiera un plan maestro para exterminarnos, sino que pensaba que la idea era sólo segregarnos. Pero a medida que atravesé Terezín esa primera tarde, me quedó claro que era un sitio donde existían terribles carencias. Los caminos estaban atestados de prisioneros medio muertos de hambre, con sus mejillas hundidas y su ropa hecha jirones. Hombres tan delgados como esqueletos jalaban viejos carretones largos cargados de maletas o víveres. No había indicios visibles de color o vitalidad. Incluso el parque al centro del pueblo estaba cerrado por una reja.

Ya estaba arribando otro transporte proveniente de Bohušovice y jamás olvidaré el aspecto de las personas que venían en él. Hombres con largas barbas blancas, algunos de ellos vestidos con sombreros de copa y fracs. Mujeres en vestidos largos y abrigos de pieles, algunas de ellas cargando sombrillas que se doblaban a causa de la nieve. Después, nos enteraríamos de que era un transporte de judíos alemanes —distinguidos veteranos de guerra, intelectuales, hombres de cultura— que habían pagado enormes cantidades de dinero por contratos falsos que les habían prometido una reubicación privilegiada durante la guerra.

Estaba estirando el cuello para mirarlos mientras se dirigían por el paraje hasta el *Schleusse* cuando Marta me dio un golpecito en el hombro.

—¿Será que estamos mal vestidas para la ocasión?

Fue la primera vez que me había reído en días y quise acercarla a mí para abrazarla. Toda la vida había sido yo, la hermana mayor, la que había tratado de mantenerse fuerte para hacer sonreír a Marta, de modo que fue una sensación extraña verla tratar de ser tan valiente cuando sabía que, por dentro, estaba tan asustada como yo.

—Si es así, será la primera vez —le respondí.

Nuestros padres no nos habían oído; estaban caminando solemnemente frente a nosotras como dos personas ya resignadas a seguir órdenes. Su paso se detenía cuando aquellos frente a ellos se detenían, no hablaban entre sí y no se miraban uno al otro, sino que mantenían la vista fija hacia delante.

Ya nos habían dicho que los hombres vivirían en un sitio aparte, de manera que Marta, mamá y yo hicimos nuestro mejor esfuerzo para despedirnos de papá valientemente cuando nuestro grupo se detuvo afuera de las barracas designadas.

Papá nos besó a cada una en la frente. Había estado cargando la mochila de mamá y pude ver su batalla interna cuando se la entregó. Le dolía no poderla seguir ayudando.

—No hay problema —escuché que le susurraba mamá. Extendió el brazo para tomar la mochila—. Casi no pesa —dijo.

El brazo de papá temblaba. Un brazo fuerte que temblaba a través de su abrigo de lana.

—Estaré al pendiente de mis muchachas al toque de queda de la noche. —Tocó la muñeca de mamá.

Ella asintió sin decir nada.

—Sí, papá —respondimos Marta y yo mientras tratamos de ayudar a mamá con su mochila. Vimos que ella volteó a ver a papá una vez más, con su rostro esforzándose por mantener el control.

⋈

Subimos por las escaleras, nuestros corazones dieron un vuelco al enfrentarnos de inmediato a un hedor que nos revolvió el estómago. Un hedor a letrinas sucias y cuerpos sin lavar permeaba el aire. Marta se nos había adelantado a mamá y a mí. Volteó a vernos con los ojos llenos de miedo.

—Lenka —me dijo en voz baja—, ¿adónde nos han traído?

Sin emitir sonido, articulé: «Todo va a estar bien; no te detengas, sigue adelante».

Finalmente, llegamos a nuestra habitación. Imaginen cientos de personas apretadas en un espacio del tamaño de un pequeño salón de clases con literas de tres pisos dispuestas en grandes bloques y con dimensiones tan estrechas y pequeñas que uno no podría darse vuelta en la noche sin tocar a la persona de junto en la cama de al lado. Las personas en las camas de abajo y del centro de las literas no podían sentarse sobre sus colchones de paja sin golpearse la cabeza. Aunque era mediodía, la habitación se encontraba en una fantasmagórica penumbra. Una pequeña lámpara incandescente colgaba del techo; un solo foco que pendía de un alambre retorcido. Las maletas estaban colocadas ya fuera en una esquina disponible o en un estante arriba de cada litera. Había ropa que colgaba por todas partes y el espantoso tufo que nos había dado la bienvenida era aún más intenso. Hacía un frío insoportable, ya que la única fuente de calor era una pequeña estufa de carbón. Había un gran lavabo y una letrina para cien personas.

De pie en lo que ahora sería nuestro hogar, mamá volteó a vernos a Marta y a mí, con su rostro bañado en lágrimas. Marta y yo enmudecimos. Nuestra madre, siempre tan orgullosa, su boca congelada un segundo por el impacto, tocó mi brazo y susurró: «Niñas, lo siento tanto».

La idea de que sintiera que necesitaba disculparse con nosotras todavía me hace querer llorar. Eso y la imagen de mi hermana tratando de conciliar el sueño esa misma noche, extendiendo la funda que Lucie había bordado para ella hacía tantos años sobre una «almohada» hecha de paja.

 og

—¿Escolaridad? —me preguntó. Estaba parada frente a un escritorio en la oficina del Consejo de Mayores y nerviosamente le informé al hombre con una incipiente cabellera gris que había sido alumna de la Academia de Arte en Praga.

El Consejo de Mayores era un grupo de representantes judíos electos que trabajaba en las barracas Magdeburgo y que supervisaba cada aspecto de la actividad dentro del gueto. Como habríamos de enterarnos después, Terezín era un experimento del Reich. Un «gueto modelo» que se había creado para mostrarle al mundo que no se estaba exterminando a los judíos y que, de hecho, estaba administrado principalmente por ellos mismos. Había gendarmes checos y oficiales de las SS dentro de Terezín, pero el Consejo de Mayores supervisaba la logística de la vida cotidiana. Al igual que un pequeño gobierno, organizaba la asignación de vivienda y trabajo, el agua y la energía eléctrica del gueto, los programas de asistencia para los niños, la administración del dispensario e, incluso, el número de personas que deberían de incluirse en el primer transporte al este.

Me quedé parada frente a los hombres que estaban a cargo de decidir el trabajo al que se me asignaría. Dos hombres cuyos ojos apenas me miraron antes de que uno de ellos me preguntara mi edad, mi nivel educativo y cualquier tipo de talento especial que pudiera tener.

—Soy Lenka Maizel Kohn —dije firmemente, como si ya necesitara recordarme a mí misma quién era. Detrás de mí, se escuchó el rumor de una madre que trataba de tranquilizar a su bebé.

—Estudié dos años y medio en la Academia de Arte de Praga —dije—. Estudié dibujo en vivo y pintura.

El mayor de los dos hombres levantó la cabeza y me escudriñó. Algo de lo que había dicho había despertado su interés.

—¿Eres una artista?

—Sí —respondí.

—¿Tu mano es buena y firme?

—Así es.

El hombre murmuró algo a su colega, quien asintió con la cabeza.

Después, encontró un pequeño trozo de papel en el escritorio y garabateó las palabras «*Lautscher Werkstatte*».

El número de habitación estaba escrito debajo de esto. Ni se molestó en levantar la mirada de su escritorio; tan sólo me dijo que fuera ahí y que me reportara de inmediato.

෴

Caminé con mis papeles a la *Lautscher Werkstatte*, una pequeña habitación en las barracas Magdeburgo. Cuando llegué, la puerta estaba abierta y ya había diez artistas que trabajaban frente a una gran mesa.

Para mi gran alivio, me encontré con los reconfortantes aromas y colores de mis días en la Academia de Praga: el penetrante aroma del aguarrás, el oleoso perfume del aceite de linaza y el aroma untuoso de la mezcla de pigmentos. Grandes lienzos de pinturas de los grandes maestros, creadas ya fuera como falsificaciones o como copias decorativas, descansaban a lo largo del perímetro de la habitación. Sobre un estante, vi acuarelas tamaño postal de alegres escenas pastorales y algunas de niños pequeños.

Se acercó a mí una mujer cercana a mi edad. Era pequeñita y tenía el cabello rubio. Aunque tenía puesta una estrella de David sobre un blusón, sus rasgos eran eslavos. Amplios pómulos, una pequeña nariz chata y grandes ojos verdes; estaba tan delgada como una navaja.

—Soy Lenka —le dije, y le mostré el papel donde se me asignaba—, me dijeron que me reportara de inmediato para trabajar aquí.

—¿Entonces supongo que tienes algo de experiencia artística? —Sonrió.

—Sí, poco más de dos años en la Academia de Praga.

—Excelente —dijo y volvió a sonreír—. Puedes decirme Rita. Creo que estarás feliz aquí. Somos un conjunto de pintores, principalmente sin supervisión alguna, excepto por el ocasional soldado alemán que viene al final de la semana para darnos los encargos y para llevarse los trabajos que ya están terminados.

Miré alrededor de la habitación con los ojos abiertos. Me confundía lo que estaba viendo. Cada superficie estaba cubierta con pinturas secándose. Algunas eran de paisajes, pero otras eran copias de cuadros bien conocidos.

—¿Quién está pidiendo todo esto? —Estaba incrédula.

—Todas son peticiones del Reich. Algunas de las postales son para venderse en Alemania. Los esmaltes y las piezas decorativas probablemente se usen como regalos dentro de las SS y los cuadros de los grandes maestros se venderán por sumas importantes de dinero porque son reproducciones exactas... Teresa, que está allá, es una genio.

Señaló a una chica delgada de no más de dieciocho años que estaba parada frente a un caballete. Pintaba sin blusón; su paleta no era más que un viejo trozo de madera de desperdicio cortada con óleos organizados cerca del borde.

—Nadie puede hacer un Rembrandt tan perfecto como Teresa; quizá ni Rembrandt mismo.

Observé la reproducción del *Hombre con yelmo dorado* sobre la que trabajaba la chica y no pude creer lo que veía. La pintura era una réplica exacta del original: la boca solemne y apretada, los ojos que miraban hacia abajo. Incluso la armadura de la figura era perfecta: el peso que colgaba de sus hombros.

Los adornos del yelmo en altorrelieve estaban pintados con tal precisión que parecían sobresalir del lienzo. Pero fueron los reflejos del metal los que me dejaron sin aliento.

—¿Te dan pan de oro para trabajar? —pregunté. Sabía lo escaso y costoso que había sido el oro incluso antes de la guerra, y no podía creer que los artistas del *Lautscher* tuvieran acceso al mismo.

—No, en absoluto —respondió Rita—. Nadie tiene idea de cómo lo logra.

Me acerqué a Teresa y estudié el cuadro. ¿Cómo —me pregunté maravillada— podía crear los reflejos del yelmo sin usar pan de oro? La chica debe de haber colocado quince capas de pigmento para lograr ese efecto. Usaba alguna herramienta para eliminar parte de la pintura para así cambiar su superficie y alterar el juego de luces sobre la misma.

Había otros cuatro Rembrandt secándose a su izquierda, cada uno una réplica exacta del anterior. Cada yelmo, cada penacho de plumas, cada arruga del pensativo rostro, estaba plasmado con la misma precisión casi fabril.

—A menos que tengas el mismo talento notable de Teresa, lo mejor es que empieces con las postales. —Rita señaló la mesa central—. Son fáciles y rápidas de hacer. Los alemanes vienen a recogerlas los viernes y debes tratar de tener cien hechas para ese día.

Levanté una ceja. Cien postales por semana se me hacía una cuota imposible.

—Lenka, toma esto. —Me entregó un libro de paisajes—. A muchas de las chicas les gusta trabajar con estos. Mantén los colores vivos y alegres; y trata de no cometer errores. Mientras menos papel desperdiciemos, más nos queda para usarlo nosotras para otras cosas.

Calló un momento y me miró de cerca.

—¿Tienes a alguno de tus hijos aquí contigo?

—No —me quedé en silencio un momento—, no tengo hijos.

Negó con la cabeza.

—Quizás eso sea mejor; qué dolor de corazón verlos encerrados en estas asquerosas barracas…, ¿te lo imaginas? —Chasqueó la lengua en señal de reprobación —. Supongo que todos hacemos lo que podemos bajo estas condiciones. Aquí, muchas de las chicas han estado guardando los sobrantes que nos quedan. Tomamos alguna tira de papel, algo de pintura o cualquier otra cosa que encontremos y lo llevamos a las barracas infantiles para que lo puedan utilizar allí…, los hace tan felices y hay una maestra excelente que agradece lo que les podamos llevar.

Me vino a la memoria el recuerdo del asombro que había experimentado cuando mi madre me dio mi primer juego de pinturas con un cuaderno de dibujo. No pude más que sonreír al pensar que todavía había personas, aun aquí, que se pusieran en tal riesgo para que esa magia pudiera continuar.

ɢʒ

Y así, empecé a pintar en Terezín. Me despertaba cada mañana con las demás mujeres de mi barraca, tomaba el miserable café que en realidad no lo era, sino que se hacía con agua medio tibia y algunos posos de café que flotaban en la superficie y comía un pequeño trozo de pan mohoso o viejo. Pero era más afortunada que la mayoría. No gastaba gran cantidad de energía al pintar en el pequeño estudio en comparación con las demás, que trabajaban en el campo o que cuidaban de los enfermos.

Aunque Marta, mamá y yo no nos enfermamos, las chinches y las pulgas representaban un problema que requería de constante cuidado. Cada noche examinábamos nuestros cuerpos en busca de cualquier punto negro, para retirarlo con las uñas.

Las barracas estaban atestadas, llenas de mujeres inquietas y hambrientas cuya miseria y agitación parecían crecer cada día que pasaba. No había espacio suficiente para nadie y todas nos irritábamos unas contra otras ante las minucias más triviales. Una mujer empezaba a gritarle a otra si no se apuraba en la fila para la letrina; otra acusaba falsamente a alguien de haberle robado algo cuando la culpable más probable era una de las gendarmes checas que aprovechaban lo poco que nos quedaba.

Una noche, una chica que se llamaba Hanka se cortó las venas con un trozo de vidrio. Lo hizo sin hacer el más mínimo ruido, rebanándose las muñecas mientras la habitación se llenaba con otras cincuenta mujeres que acababan de regresar de trabajar. Una muchacha llamada Fanny fue la primera en descubrirla.

—¡Se está desangrando! —gritó Fanny. Todas corrimos a ver a Hanka, su pequeño y pálido cuerpo estaba acurrucado en la orilla de una de las literas inferiores. Un brazo colgaba al piso. Debajo de él, había un charco de sangre cuyos bordes se estaban extendiendo rápidamente por el sucio piso de madera.

Una mujer rasgó su funda y colocó un torniquete alrededor de la muñeca de Hanka, y Fanny y yo la cargamos entre las dos. Corrimos lo más rápidamente que pudimos, con su cuerpo del peso de una pluma rebotando en nuestros brazos mientras la llevábamos al dispensario. Dos días después, habiéndose recuperado de milagro, Hanka regresó a la barraca. Pero no todas habíamos obrado de manera caritativa, porque a su regreso descubrió que alguien había robado todas las posesiones que había traído de casa. Había desaparecido todo, desde su cepillo de dientes hasta su abrigo de lana. Cada una de las mujeres de la barraca juró que no tenía idea de dónde habían ido a parar sus cosas.

27

Lenka

El incidente con Hanka me enseñó que no había nadie en nuestra barraca en quien pudiera confiar del todo. Nadie a excepción de mamá y Marta. Muchas de las chicas siguieron haciendo amistad con otras e incluso algunas me invitaron a caminar con ellas antes del toque de queda o a platicar, pero siempre me abstuve.

Mi trabajo en el *Lautscher Werkstatte* se convirtió en una vía de escape. También era el único momento en el que tenía algún control sobre mi vida en Terezín. Cuando me sentaba frente al rectángulo blanco de papel, pincel en mano, podía seleccionar la composición, los colores y los trazos que elegía plasmar. Nadie me indicaba cómo disponer la escena. Si optaba por colocar un molino de viento a la izquierda o pintar un cielo de mil colores, era decisión mía.

Esto alivió la presión de mi vida cotidiana. El estómago me dolía de hambre, pero agradecía el acceso que tenía a los materiales de arte. Y aunque en términos generales sólo pintaba pequeñas acuarelas —imágenes de bebés angelicales o paisajes que apelaban a las masas alemanas que los compraban para usarlos como tarjetas de felicitación—, seguían alimentando mi alma. Y ver a Teresa, que era una de las pocas personas a las que daban la oportunidad de trabajar con lienzos o utilizar pinturas al óleo, me brindaba algo de alegría. Verla en su esquina, analizando cada pincelada y aplicando capa tras capa de pigmento, me recordaba a mis compañeras de escuela en Praga.

Los demás miembros de mi familia hacían lo que podían con sus propios trabajos. El de papá era entregar carbón a los distintos edificios de Terezín. A Marta le tocaba limpiar las ollas de sopa en la cocina. Mamá trabajaba en las barracas de los niños con otras dos mujeres. Las tres habían empezado a enseñarles a pintar a los niños y yo trataba de conseguirles lo que pudiera cada dos días.

Una noche mamá me contó de la mujer austriaca con la que trabajaba en las barracas de los niños y que se llamaba Frial Brandéis. Estaba tratando de darles a los niños algún tipo de alivio de su opresivo entorno.

—Quiere que los niños cierren los ojos y que plasmen en el papel lo que están sintiendo —nos contó mamá—. Los dibujos de los niños más pequeños son representaciones de sus fantasías y esperanzas, pero los niños mayores representan las dificultades de vivir aquí. Es una maravilla ver lo que de otro modo se quedaría atrapado en su interior.

—Estás haciendo algo maravilloso, mamá —susurré.

Estaba a un lado de mí y Marta estaba al otro. Marta se había quedado dormida y mientras mamá también empezaba a dormirse, me encontré mirando fijamente el cuello y trenzas de mi hermana. Aunque su cuello estaba lleno de piquetes de piojos y sus trenzas estaban sucias, seguían reconfortándome.

Pero en las noches en que el recuerdo de Josef se insertaba en mi cabeza, era imposible lograr que mi mente estuviera en paz. Imaginaba el barco hundiéndose, sus extremidades hinchadas por el agua de mar, su cabello negro enredado como algas marinas. Como si fuera una constante fuga de agua, la tristeza encontraba alguna manera de colarse en mi interior y a menudo era más de lo que podía soportar. Otras noches, el hueco de mi vientre ansiaba al bebé que había perdido. Cuando estas terribles imágenes se abrían paso en mi interior, trataba de contrarrestarlas con recuerdos de mi familia antes de la guerra, trataba de alejar de mí el dolor de ver a mamá como estaba ahora: acurrucada de lado, presionada contra Marta, su cabello rojo enredado como una cuerda vieja, su cuerpo cubierto en un velo de suciedad. En lugar de ver esto, cerraba mis ojos con fuerza y trataba de revivir su imagen, resplandeciente como el día de la boda de Lucie: con su vestido color verde mar, su cuello blanco rodeado de perlas.

Cʘ

En el *Lautscher Werkstatte*, Rita y yo nos hicimos buenas amigas. Continuamente aprendía de ella la manera en que funcionaba el sistema. En ocasiones, aparecía algún soldado checo o alemán que traía una fotografía y nos pedía que hiciéramos un retrato con ella. Rita siempre les preguntaba si, por casualidad, no tenían algo de comida que les sobrara. «¡Por supuesto que no!», respondían inevitablemente. Pero unos días después, cuando regresaban por el retrato, deslizaban un pequeño trozo de chocolate o un gramo adicional de azúcar en sus manos. Ambas cosas eran más codiciadas que el oro.

Rita también me instruyó en el arte de contrabandear materiales de arte. Al final de nuestra jornada de trabajo, me mostró cómo tomaba los tubos casi acabados de óleo y los colocaba en su brasier para pintar por las noches o para dárselos a los niños. Robar estos materiales y crear obras de arte que no eran para el Reich eran delitos punibles, pero tomaba ese riesgo sin dudarlo.

—¿Qué más tengo que perder? —me preguntaba cuando la miraba—. Si me quitan la capacidad de ver, de plasmar lo que observo…, ya estoy muerta, y si me atrapan llevando algo de pintura u otros materiales a los niños, qué mejor.

Sabía lo que quería decir. Además del gozo que me provocaba llevarles los materiales a los niños, también tenía un deseo irrefrenable de canalizar lo que estaba sintiendo. No había experimentado un deseo tan intenso por capturar lo que me rodeaba desde aquellos primeros meses en que Josef y yo nos estábamos enamorando y todo lo que quería hacer era pintar con una paleta de rojos y naranjas.

Pero no se me permitía pintar lo que estaba sintiendo. De haber tenido esa libertad, hubiera utilizado una paleta de negros y azules oscuros. En lugar de ello, se me obligaba a pintar caricaturas absurdas de bebés regordetes y rosados con mensajes que decían: «Felicidades por el nacimiento de tu angélico varoncito», cuando todos los niños judíos a mi alrededor se enfermaban de tifus o morían de hambre por algo más que un trozo de pan viejo y mohoso.

Observé mi paleta de tonos suaves —rojo cornalina, amarillo pálido y azul pastel— y recordé los colores de la Plaza de la Ciudad Vieja con una nostalgia agridulce. ¿Cuántos años antes me había sentado en el café con papá para mirar el gran reloj Orloj? Si cerraba los ojos, casi podía saborear los pastelillos, pegajosos en mis dedos, papá sorbiendo su café mientras salía vapor de la blanca taza de porcelana. Ahora, afuera, sólo había nieve color café que se derretía, humo negro que surgía de las chimeneas y hombres esqueléticos que vagaban por allí con ropa hecha jirones. O mujeres con los ojos cavernosos y niños para quienes un vaso de leche y una galleta de chocolate hubiera sido un trozo de paraíso.

Nuestras raciones diarias eran cien gramos de pan y un tazón de sopa. El pan no se hacía con harina, sino con viruta de madera, lo que nos provocaba terribles problemas intestinales. A los niños se les daba una ración semanal de un litro de leche. Los viejos y los enfermos recibían aun menos pan que nosotros porque no estaban trabajando. Los viejos se quedaban hechos un ovillo en cama, aplastados unos contra otros, tosiendo y resollando, con sus ojos tan nubosos como agua sucia.

Y aunque tuve la suerte de seguir sana, mi vida anterior me parecía totalmente ajena. Había estado casada, había perdido un hijo, había enviudado y me habían transferido a Terezín en el espacio de apenas dos años. Mi oscuro cabello ya empezaba a presentar las primeras hebras de gris, aunque sólo contaba con veintitrés años. En ocasiones, algún guardia de las SS como de mi edad llegaba para recoger los cuadros y lo atrapaba viéndonos a Rita o a mí. Y, por más extraño que parezca, esa fugaz mirada de interés en sus ojos me permitía recordar que aún era joven y, quizás, incluso un poco atractiva; pero la mayor parte del tiempo me sentía con mil años.

 og

Por las noches, regresaba a las barracas y me sentaba con Marta y mamá para oír acerca de su día. Marta se robaba algo de fruta de la cocina y compartíamos una preciosa manzana o pera. Siempre trataba de traer algo para el pequeño Hans, a quien mamá cuidaba durante el día.

Había adelgazado enormemente en los meses desde nuestra llegada. Sus mejillas antes regordetas ahora estaban hundidas y sus piernas eran de la mitad del grosor que tenían al momento del transporte.

Seguía llevándome trozos de papel de desperdicio o los últimos pedazos de carboncillos o pasteles para que mamá se los diera a los niños.

—No tienen nada estos chiquitos —nos decía mamá—, y, sin embargo, en algún momento del día logran reírse o inventar algún juego entre ellos.

Marta hacía un gesto de desaprobación con la cabeza; podía ver lo deprimida que estaba y cómo empeoraba con cada día, pero agradecía que al menos estuviera en el aire fresco y el sol cuando estaba en los campos porque, de lo contrario, no creía que pudiera sobrevivir.

Todas teníamos al menos una cosa que alimentaba nuestro espíritu. Mamá tenía a los niños, yo tenía mi arte y ahora Marta tenía un trabajo al aire libre; pero papá no era tan afortunado.

Podíamos robarnos algunas horas antes del toque de queda de las ocho de la noche para verlo afuera de su barraca. El arduo trabajo físico ya lo había envejecido terriblemente. Se veía debilitado y su piel estaba constantemente cubierta de hollín. La primera vez que lo vi en su ropa de trabajo parecía un deshollinador: negro de pies a cabeza.

Trataba de reírse cuando las tres nos reuníamos fuera de la puerta de las barracas.

—Eliška, ¿por qué no le das un beso a tu apuesto marido? —le reclamó.

Mamá se ruborizó. Yo podía leer lo que mostraba su rostro. Quería besarlo, pero si se ensuciaba su rostro, ¿podría volver a limpiarlo?

—¡Papá —le dije, acercándome a él—, yo te besaré ahora mismo!

Marta y yo lo besamos en cada mejilla y, al instante, nuestros labios y rostros quedaron embarrados de negro.

—Mira, mamá, ya lo dejamos limpio para ti —bromeamos.

Ella logró sonreír y se le acercó. Ahora, puedo ver la imagen de ambos con absoluta claridad en mi mente. Mamá camina hasta su alguna vez elegante esposo que ahora está vestido con un viejo abrigo de franela que jamás he visto. El blanco de sus ojos brilla contra su piel cubierta de carbón, su bigote negro no se detecta en su rostro y sus mejillas alguna vez lozanas se han convertido en dos pozos vacíos.

Pero lo que recuerdo con más claridad son las manos de papá. La manera en que temblaban cuando tomó a mamá por sus estrechos hombros. La manera en que besó su coronilla para no manchar su bello rostro.

—*Milačku* —murmura.

—*Lasko Moje* —responde ella.

Él cierra los ojos y vuelve a besarla, como si ansiara algo que ahora es imposible: que, en lugar de estar parado en el frío fuera de las barracas Dresde, pudiera transportarse junto con mamá a la calle en que se dieron su primer beso o al departamento con vista al Moldava.

Allí, en el frío, pienso en la historia que nos contó papá de cuando los cisnes se congelaron y quedaron atrapados en el río, de cuando los hombres y las mujeres de Praga acudieron a liberarlos; pero ni uno solo de ellos había acudido a nuestra ayuda cuando nos acorralaron y nos desterraron.

28

Lenka

Varios meses después de nuestra llegada a Terezín, una brisa cálida por fin reemplazó las montañas de nieve. Marta nos contó que podía ver campos llenos de flores al otro lado del huerto en el que trabajaba, lo que le levantó un poco el ánimo, aunque nosotros no podíamos ver nada dentro de las murallas del gueto. Había unas cuantas aves, pero jamás se veía correr a una ardilla o las alas de una mariposa. Los insectos, por supuesto, estaban por todas partes; los mosquitos, las pulgas y los piojos. Las criaturas más inteligentes sabían que debían mantenerse lejos, mientras que aquellas para las que la suciedad y la miseria representaban un festín estaban más que felices de acompañarnos.

Yo seguí pintando postales. Teresa siguió creando sus envidiables reproducciones de los grandes maestros y mi amada Rita siguió haciéndome reír con las caras que hacía mientras producía sus inocuos paisajes uno por uno.

—Lástima que no podamos enviar mensajes secretos a través de nuestro trabajo —me murmuró un día. La miré mojar la punta de un pincel en un recipiente de vidrio lleno de pintura azul rebajada y después pintar una pequeñísima estrella de David al centro del cuadro, donde pronto habría un estanque.

—Piensa en la manera en que Da Vinci pintaba una cosa y después la cubría con una composición totalmente distinta. Una imagen cubierta bajo una capa de pintura únicamente para beneficio del pintor y otra creada para su público.

Suspiré. La postal en la que estaba trabajando era un molino de agua sobre un fondo de montañas. No había ningún mensaje secreto inscrito en ella, de eso estaba segura.

Rita se acercó aún más a mí, sus ojos estaban relucientes con una idea.

—¿Qué dirías si te contara que he escuchado rumores de que un puñado de artistas están tratando de documentar lo que realmente está sucediendo aquí? Algunos de los hombres en el estudio de junto están haciendo sus propias pinturas... y después las están escondiendo en el gueto. Alguien incluso me contó que tienen contacto con no judíos solidarios que quieren publicar sus trabajos en el extranjero.

La miré con incredulidad.

—No te lo creo. Eso sería un suicidio.

Tan sólo tres semanas antes, se había hecho una incursión policiaca en una de las barracas porque se había interceptado una carta que contenía una sola oración prohibida: «Me muero de hambre».

—Imagina lo que harían si encontraran dibujos de, digamos, las camas de madera llenas de hombres y mujeres reducidos a esqueletos, de las pilas de cadáveres que vemos todos los días —dije, con escepticismo.

Esa misma mañana, había tenido que rodear el cadáver de una mujer justo afuera de la puerta de nuestra barraca. Cuando alguien moría durante la noche, su cuerpo se colocaba fuera de la puerta para que se lo llevaran.

—¿No te arriesgarías, Lenka? —Rita levantó una de sus cejas—. Sé que yo sí lo haría. No tengo ni la más mínima duda de ello.

Volteé a mirar en torno al estudio. Teresa estaba absorta elaborando otra copia más del *Hombre con yelmo dorado*. Frente a mí, estaban las más de veinte postales del molino de viento de Baviera, pero afuera podía escuchar el leve rumor de los cascos de un caballo que arrastraba el carretón apilado de cadáveres.

Me le quedé viendo fijamente a mi amiga.

Jamás había sido el tipo de persona que tomara riesgos. Recordé cómo mi compañera de clases, Dina, se había puesto en peligro tan sólo para poder ver la película de *Blancanieves*, mientras yo había temblado ante la simple idea de romper cualquier regla, pero ahora sentía que había poco más que me pudieran quitar. Ni siquiera estaba segura, con la hambruna y las enfermedades que estaban inundando el gueto, de que viviría un año más. ¿Realmente qué tenía que perder en este momento? ¿Y acaso no quería dejar una marca durante el tiempo que me quedaba?

De modo que me encontré asintiendo.

—Sí, Rita —dije con más entusiasmo del que imaginé que podía tener—, lo haría.

❦

Esa noche, el pensamiento se convirtió en una obsesión. No podía pensar en otra cosa que no fuera este movimiento secreto de resistencia dentro de Terezín. Me imaginé recibiendo un encargo para plasmar las condiciones, la suciedad, la miseria, los cuerpos deteriorados, los ojos hundidos.

Le confesé a Rita que no podía quitarme la idea de la cabeza.

—Este movimiento de resistencia le daría propósito a mi vida aquí dentro... —le dije—. No tengo marido ni hijos que tomar en cuenta. Sé que si tan sólo tuviera la oportunidad de ayudarlos, lo haría.

—Dímelo a mí —me respondió Rita—. Yo también pienso en ello todo el día.

Suspiró profundamente y la miré hundir su pincel en un recipiente de agua, dándole vueltas hasta limpiarlo.

—No he podido averiguar nada al respecto, por mucho que me he esforzado. Hay un artista que trabaja en el departamento técnico; se llama Petr Kien. Mi amiga Leah me contó que lo vio dibujando a uno de los viejos que tienen escondidos en la planta alta, en una de las habitaciones del ático.

Rita alejó su vista de mí para enfocarla en una de las ventanas del estudio, que estaba clausurada con tablas de madera.

—¿Sabías que ponen a los ancianos en esas habitaciones del ático sin aire ni ventanas? Hay tanta gente y tan poco espacio que el Consejo de Mayores les asigna esas habitaciones a las personas que saben que no van a sobrevivir mucho tiempo.

De hecho, estaba muy consciente de ello. En la parte alta de nuestra barraca había una habitación donde tenían a seis mujeres que parecían abuelas. No sólo no tenían ventanas ni luz, sino que también les asignaban la mitad de las raciones de alimento que nos proporcionaban a las que éramos lo bastante jóvenes como para trabajar. En ocasiones, mamá subía con ellas y les daba algún trozo de fruta que Marta había robado del huerto.

—Este muchacho, Petr, seguramente forma parte de la resistencia… Leah trató de sacarle más información, pero dejó de hablar con ella de inmediato; le dijo que lo estaba dibujando únicamente para practicar sus habilidades artísticas —ahora Rita negaba con la cabeza—, pero incluso ella se dio cuenta de la realidad.

CR

Casi un mes después, para gran emoción de Rita y mía, uno de los hombres del Comité de Organización Judía fue a nuestro taller a pedir una voluntaria para que fuera a trabajar al departamento técnico.

—Necesitan a alguien que tenga una buena mano para hacer dibujos técnicos —dijo el hombre.

Tanto Rita como yo levantamos la mano. Éramos como dos colegialas, desesperadas por que nos eligieran. En la mente de las dos, imaginábamos que una vez que cruzáramos la puerta y entráramos en el departamento técnico, formaríamos parte de un movimiento de resistencia que blandiría pinceles en lugar de espadas.

—Por favor, escójanos a las dos —susurré entre dientes.

No quería perder mi amistad con Rita por esto, a pesar de lo mucho que lo deseaba.

—Tú, la de los ojos claros —dijo el hombre, señalándome a mí—. ¿Cómo te llamas?

—Lenka Kohn.

—Ve y repórtate con ellos. Diles que yo te mandé.

Volteé rápidamente a mirar a Rita, esperando que me diera alguna señal de que no estaba enojada conmigo. Había decidido que si parecía alterada renunciaría a mi nuevo trabajo. Pero Rita no era rencorosa. De inmediato me sonrió y articuló las palabras «buena suerte» mientras me ponía de pie para seguir al hombre.

ఞ

Esa tarde conocí a Bedřich Fritta. Entré al estudio, que también se encontraba en las barracas de Magdeburgo, y de inmediato me saludó un hombre alto y delgado que parecía tener alrededor de treinta y cinco años.

—¿Eres la nueva recluta? —me preguntó. Su voz tenía un rastro de calidez, pero sobre todo detecté su curiosidad por saber más de mí.

—Sí, señor. Me dijeron que me reportara de inmediato.

—¿Qué antecedentes tienes?

—Dos años y medio en la Academia de Praga.

—Igual que nuestro joven Petr Kien, que está allá… —Ahora me sonreía. Lo miré levantar la mano para señalar a un hombre de alrededor de veinte años con oscuro cabello con rizos. Reconocí el nombre como el del hombre que Rita había mencionado. Ahora también me percaté de que lo había visto con anterioridad, caminando por el campo antes del toque de queda. Todos lo habíamos visto. Era el único que se atrevía a caminar por allí con un cuaderno de dibujo en las manos y un bote de tinta en la otra. Mamá había hecho un gesto de desaprobación con la cabeza, pensando que terminaría apresado en el pequeño fuerte por su evidente desdén por las reglas, pero a mí me había dado envidia su valor.

—Voy a necesitar que dibujes algo a mano alzada —dijo Fritta, deslizando una hoja de papel y una pluma estilográfica—. Toma, siéntate aquí. Quiero ver la calidad de tus trazos…, será importante para ver dónde te coloco.

Analicé la habitación para decidir qué dibujaría y elegí hacer un rápido perfil de Petr. Algo de él resonaba en mí. ¿Habrá sido el cabello grueso y tempestuoso? ¿La boca carnosa —labios tan gruesos que parecerían más de mujer que de hombre— que me recordaba a la de Josef? ¿O era algo más? Podía sentir mis ojos recorriendo el contorno de su rostro. Noté la delgada vena azul que pulsaba en su sien, el puño cerrado que descansaba contra su mejilla, la otra mano con los dedos que tomaban su pluma con firmeza. Estaba tan completamente absorto en su trabajo que ni había escuchado a Fritta mencionar su nombre, ni se había dado cuenta que yo ya había tomado la pluma y el papel para empezar mi boceto.

Supuse que yo era igual cuando trabajaba, con mi atención aguzada al máximo, un hilo que corría entre mis ojos, mi mente y mi mano. La sagrada trinidad del artista.

Me senté frente a la mesa de dibujo, y al cabo de unos segundos, había logrado un retrato envidiable de Petr. Dibujé su rostro anguloso, los largos dedos presionados contra el papel y la curva de su espalda mientras se inclinaba sobre su trabajo. Era el tipo de dibujo rápido que sabía que le agradaría a Fritta, uno de los caricaturistas preeminentes de Praga, conocido por sus cartones políticos, porque era un método que él mismo utilizaba con frecuencia.

—Excelente —dijo Fritta mientras estudiaba mi dibujo—. Sabremos sacarte provecho aquí.

Recuerdo que no vi a Fritta mientras me decía esto, sino a Petr. Seguía completamente centrado en su dibujo y no levantó la mirada ni por un instante.

29

Lenka

Pocas personas son sensibles al sonido de un papel que se arranca de un cuaderno de dibujo o al rasguño de la punta de una pluma a la que le falta tinta. Pero para mí son como el sonido de una navaja o una guadaña que cruza el aire. Estos eran los sonidos del departamento técnico: agudos e implacables, y los escuchaba cada mañana al entrar por la puerta.

A diferencia del tiempo que pasé en el *Lautscher*, no había pilas de postales insípidas ni lienzos cubiertos de óleos que se enviaban en camiones para decorar los interiores de villas alemanas. Imperaba una sensación de eficiencia y apremio.

—Aquí somos responsables de varias cosas, Lenka —me explicó Fritta—. Hay arquitectos que están preparando los planos para la expansión de Terezín. Necesitamos caminos nuevos para la creciente población, bocetos de nuevas barracas; se necesita ampliar las vías férreas de Bohušovice a Terezín. También debe renovarse todo el sistema de alcantarillado. Los arquitectos e ingenieros que trabajan en este departamento tienen que hacer los bosquejos para todas esas cosas y los artistas como tú los ayudarán en lo que tienen que hacer.

Al mismo tiempo que hablaba, se movía por la habitación con una silenciosa autoridad. Noté que todos estaban trabajando: una hilera de espaldas inclinadas sobre sus restiradores y unas cuantas personas reunidas en grupos con una pila de materiales al centro de una mesa compartida. Todo el mundo tenía la cabeza inclinada, no vi un solo rostro.

—Tenemos fechas límite con las que debemos cumplir, Lenka. De modo que cuando te diga que necesito algo en tres días, trata de terminarlo en dos.

Asentí con la cabeza.

—No desperdicies los materiales; son nuestro activo más valioso.

Volví a asentir.

Mientras Fritta hablaba conmigo, sus ojos recorrían la habitación. Su presencia física parecía enviarles una señal a todos de que debía mantenerse el orden en la sala de dibujo en todo momento. En este sitio, Fritta era el comandante y el resto era su tropa. Me pregunté por qué estábamos trabajando —y tan arduamente— por un ejército cuyo objetivo era mantenernos cautivos en un gueto infestado de hambre y enfermedad. ¿Dónde estaba la resistencia? Quería preguntárselo a Fritta. Miré a mi alrededor, más allá de las docenas de hombres y mujeres que parecían autómatas, y me estremecí. No podía detectar ningún tipo de resistencia en lo más mínimo.

◌◌

—Lenka, te presento a Otto Unger.

Fritta y yo estábamos parados junto a un escritorio donde un hombre frágil se encontraba inclinado sobre un libro de ilustraciones.

Cuando levantó la vista, observé su rostro marcado; parecía que alguien lo había modelado en barro, con profundos túneles debajo de las órbitas de sus ojos.

—Soy Otto —se levantó y extendió su mano. Su sonrisa era cálida, pero sus dedos estaban fríos como el hielo.

—Yo soy Lenka Kohn —respondí.

—¿Lenka? —pronunció mi nombre como si fuera una pregunta—. Es un nombre precioso. Eres la primera Lenka a la que conozco en Terezín.

Me ruboricé.

—Deja de coquetear, anciano. —Fritta agitó un dedo frente a su cara. Era el primer momento de humor que había experimentado desde que había entrado en la habitación. Sonreí.

—¿Desde cuándo se es anciano a los cuarenta y dos años? —bromeó Otto.

Negué con la cabeza; resultaba evidente que las duras condiciones lo habían hecho parecer mayor de lo que era. Sólo era cuestión de tiempo antes de que me sucediera lo mismo.

—Otto, quiero que Lenka trabaje en los detalles del libro de trabajo que especifica el progreso de las vías férreas de Bohušovice al campo. Muéstrale el formato que utilizaste para los dibujos del sistema de alcantarillado. Debería utilizar el mismo tipo de ilustraciones.

—Con todo gusto, señor. Lo haré de inmediato. Vamos a empezar. —Algo de Otto me recordaba a mi padre. Tenía grandes ojos oscuros, un rostro delgado y una manera gentil de hablar. Jaló una silla para que me sentara y me dio un montón de dibujos técnicos—. Estos son los bocetos de los ingenieros —me explicó—. Tienes que hacer ilustraciones que complementen el libro. Tus dibujos deben mostrar hombres que trabajan en la construcción de las vías de tren a Terezín y los edificios nuevos que las rodean. Se los enviaremos a los alemanes que han pedido información detallada acerca de la expansión del campo.

Asentí para indicar que entendía lo que debía hacer.

—Tenemos *gouache* y acuarelas en los estantes, así como pinceles, plumas y tinta. Escoge la técnica que te parezca más adecuada, pero, por favor, trata de no cometer errores.

—Sí, lo sé —sonreí. Al ver lo mucho que se esforzaba mamá para conseguir materiales para sus alumnos, era más que consciente de la importancia de los mismos.

Me devolvió el gesto. Era una sonrisa cálida y paternal que me hizo extrañar a mi padre.

—Pues, bien; excelente. —Entrecruzó las manos frente a sí mismo—. Te dejo trabajar, Lenka. —Regresó a su asiento y tomó su pluma y cuaderno.

CB

El rostro de Otto era del color de la cera. Siempre parecía triste cuando dibujaba, a diferencia del resto de los trabajadores, que casi no mostraban expresión alguna. En ocasiones, lo miraba de reojo. Siempre mojaba su papel con agua antes de aplicar sus pigmentos. Esto hacía que pintar fuera más difícil porque los colores podían correrse. Los bordes podían difuminarse. Me pregunté si lo hacía para retarse a sí mismo. Tenía que trabajar mucho más rápido para incluir todo lo que quería dentro de su composición.

De vez en vez, echaba una mirada a mi trabajo.

—Me gusta la expresión en el rostro del soldado... —dijo al tiempo que parecía divertido.

Miré la minúscula figura que había dibujado junto a los hombres que colocaban las vías y noté que le había dado una expresión casi maniaca.

Me reí un segundo.

—Ni siquiera me di cuenta de que lo había hecho. Quizá tenga que volver a empezar.

Otto negó con la cabeza.

—No, déjalo así. Es preciso. Nos dicen que quieren que plasmemos todo con la más absoluta precisión y es lo que tú has hecho.

»Todos son unos crápulas —me susurró—. Odio todo esto. Detesto trabajar para ellos. —Presionó la punta de su pluma contra el papel con tal fuerza que la tinta empezó a regarse. El dibujo tendría que desecharse.

Miré el dibujo arruinado y me estremecí. ¿Qué haría Fritta si veía una hoja de papel arrugada? No era Fritta el que tenía mal carácter, sino su segundo al mando, un artista de nombre Leo Haas. Casi no hablaba con nosotros; únicamente se dirigía a Fritta.

Pero Otto no arrojó el papel al cesto de basura. Claro que no. Esperó a que secara y después lo dobló en un pequeño cuadro que escondió en su bolsillo.

ଓଃ

Otto y yo empezamos a pasar más tiempo juntos. De manera poco realista, parte de mí espera que me revele que forma parte de la resistencia artística, pero dice poco, aparte de que odia verse obligado a dibujar para aquellos que los quieren muertos a él y a su familia.

Comemos nuestro pan lentamente a la hora del almuerzo, masticando despacio y jugando a que es algo más.

—Hoy estoy disfrutando de unos *dumplings* con col encurtida; montañas y montañas de col encurtida —me dice. Arranca un pequeño trozo de pan viejo. Lo veo cerrar sus ojos mientras intenta utilizar todos sus poderes de imaginación para transformar ese único mendrugo en algo mucho más agradable.

—Yo estoy comiendo un delicioso pastel de chocolate —le platico. El pan es como aserrín en mi boca, pero de todos modos coloco una mano debajo de mi ración mientras como. No puedo dejar ir ni una sola migaja.

Cuando Otto se ríe, sus ojos se llenan de lágrimas.

Nuestro descanso de quince minutos para comer ya está llegando a su fin.

—Fritta es un hombre maravilloso. Tenemos suerte, Lenka. Estamos mucho mejor que los demás —dice, como si necesitara recordarlo o recordármelo a mí.

—Sí, lo sé —afirmo con la cabeza. Hay dos hojas de papel doblado ocultas en mi brasier—. Lo sé perfectamente, Otto.

ଓଃ

Cada día, aprendo un poco más acerca del departamento técnico y de nuestro jefe gracias a lo que me cuenta Otto. Me entero de que Fritta fue uno de los primeros en llegar a Terezín en noviembre de 1941; era parte del *Aufkommando*. Eran un grupo selecto de aproximadamente trescientos cincuenta ingenieros, dibujantes, mecánicos y trabajadores de la construcción, judíos expertos que se habían prestado a abandonar Praga de manera voluntaria para ampliar la infraestructura de Terezín, en preparación para el influjo de prisioneros judíos que habría de llegar pronto. Estos hombres se habían ofrecido a trabajar en Terezín de manera anticipada bajo la promesa de que ni ellos ni sus familias serían enviados al «este».

Averigüé que muchos de mis colegas del departamento técnico eran como Fritta y que habían ayudado con los planes iniciales para el campo. Un ingeniero llamado Jiří había creado los planos para la totalidad del sistema de drenaje y otro hombre, Beck, había dibujado los planos originales que se habían utilizado para la construcción del gueto. Estos hombres tenían conocimientos de la infraestructura del campo que incluso las SS ignoraban y, más tarde, estos conocimientos resultarían invaluables. Si era necesario esconder algo para que nadie supiera dónde encontrarlo, estos eran los hombres a los que se debía preguntar.

☙

Mis quince minutos al día con Otto son mi conexión vital con la información.

Un día me atrevo a interrogarlo.

—He oído que Fritta y Haas están tratando de lograr que sus dibujos salgan al exterior —susurro.

Otto no me responde. Mastica más lentamente; cierra los ojos como si estuviera fingiendo que no oyó lo que le acabo de decir.

—¿Otto? —repito mi pregunta. Sigue sin contestarme.

—¡Otto! —Ahora mi voz es un poco más firme.

—Te oí la primera vez, Lenka —responde. Se limpia la boca con un pañuelo del color del agua sucia—. ¿Sabías que tengo una esposa y una hija de cinco años? —dice, cambiando el tema—. Se llama Zuzanna.

Quedo impactada; es la primera vez que menciona su existencia.

—No las veo tanto como me gustaría. Por las noches las extraño tanto que cierro los ojos y trato de imaginar que estoy cavando un túnel entre su barraca y la mía.

—Ay, Otto, lo siento tanto… —digo—. No tenía idea.

—Es algo terrible quedarse dormido soñando que arañas la tierra.

No digo nada. Asiento con la cabeza.

—Es como si estuvieras enterrado todo el tiempo, sofocándote.

Vuelvo a asentir.

—No —me responde—, no sé nada acerca de ninguna resistencia.

Levanta la mirada hacia mí y sus ojos están llenos de advertencias. Los iris parecen señales de alto que me están indicando que me detenga.

—Lenka —dice, tomándome de la mano—, es hora de regresar a trabajar.

 C3

Quedo asombrada cuando Otto empieza una acuarela de las murallas de Terezín. Trabajó con velocidad, primero dibujando las líneas oscuras de las paredes de ladrillo y después rellenándolas con descoloridos cafés y amarillos. Con una diestra mano, pinta el suave y nublado rumor de las montañas al fondo y las áreas de verde pálido. Al día siguiente, después de haber escondido la pintura para que se secara, toma pluma y tinta y dibuja hileras de alambre de púas que atraviesan la página como el filo de un cuchillo.

Yo sabía que los nazis habían prohibido cualquier tipo de ilustración que los mostrara de forma negativa. Nos habían dicho que al que atraparan haciéndolo se le encerraría en el pequeño fuerte o se encontraría en el primer transporte hacia el este. Por ello, no me sorprendía jamás haber visto representaciones de las atrocidades que sucedían dentro del campo. Si tales pinturas existían, sólo podían haberse elaborado en secreto, ya sea de noche en las barracas o en sitios atestados donde nadie estuviera mirando. De todos modos, estaría mintiendo si negara que intuía que un lenguaje secreto fluía entre Fritta y Haas mientras todos trabajábamos.

—¡Anota eso! —se gritaban ocasionalmente cuando estaban frente a sus escritorios. Era como si se informaran de lo que estaban registrando.

Fritta y Haas nos dejaban en paz siempre y cuando cumpliéramos con las fechas de entrega. Estoy segura de que sabían que muchos de nosotros estábamos robando material para hacer nuestro trabajo en las barracas. Incluso, Otto fue lo bastante temerario como para trabajar en algunos de sus propios dibujos durante el día. Me enseñó a mantener mi cuaderno de dibujo lleno de ilustraciones para los alemanes, con mi trabajo personal oculto entre las páginas. Si nos sorprendía algún oficial de las SS en el estudio, simplemente dábamos vuelta a una de las páginas del cuaderno de dibujo para ocultar lo que realmente estábamos pintando.

Aún no había entablado amistad con Petr Klein. En ocasiones, lo veía dibujando en secreto los carteles que anunciaban una ópera u obra de teatro que se representaba antes del toque de queda. Después, veíamos estos carteles pegados en los postes junto a alguna de las barracas y todos nos reuníamos para ver el espectáculo de esa noche.

Ahora, al mirar atrás, me es difícil creer la cantidad de actividades artísticas para las que lográbamos hacer tiempo en Terezín. Aunque los alemanes hacían caso omiso de las representaciones, siempre y cuando no criticaran al Reich, había cierta crueldad de su parte de manera inevitable. ¿Cuántas veces no vimos a los soldados alemanes mirando alguna de nuestras presentaciones, aplaudiendo ante el maravilloso rango de algún tenor o ante el aria fascinante de alguna soprano, para que al día siguiente los enviaran al este en el primer transporte?

ఇ

A menudo veía a Rita en estas presentaciones. Me había dicho que le fascinaba el canto y había empezado a verse con un hombre que se llamaba Oskar, que tenía buena voz y al que a menudo elegían para alguno de los papeles estelares.

Hacían una apuesta pareja: ella, con sus pómulos altos y corto cabello rubio, y él, con los anchos hombros y ojos almendrados color café. Cuando cantaba frente a los demás, siempre ponía una mano sobre su corazón, como si estuviera esforzándose por emitir cada nota en nombre de su amada. Por supuesto, era Rita, quien se quedaba en una esquina con una sonrisa radiante y los ojos resplandecientes. En los pocos instantes antes de que sonara el toque de queda, a menudo los veía esconderse tras las puertas y otros lugares ocultos para robarse un beso, y yo sonreía, feliz de que ambos hubieran encontrado algo de romance en medio de esta miseria.

A pesar del hacinamiento y las enfermedades de Terezín, los romances como el de Oskar y Rita lograban florecer. Oía a muchas de las chicas de las barracas hablar de sus novios y de sus encuentros secretos. Veía cómo trataban de embellecerse sin nada más que sus dedos sucios y una gota de saliva en la palma de sus manos; cómo se pellizcaban las mejillas y se mordían los labios para que las pequeñas gotas de sangre les dieran un viso de color.

Pero yo no tenía a nadie, sólo al fantasma de Josef oculto en mi corazón. En aquellas noches en las que lograba soñar, soñaba únicamente con él.

30

Josef

A lo largo de los años, hubo incontables ocasiones en las que juré haber visto a Lenka. En el metro veía a alguien que podría haber sido ella. De vacaciones con Amalia y los niños, pensaba ver a Lenka alejándose de la alberca. En otras ocasiones, mientras viajaba en el autobús, juraba que había visto la parte de atrás de una cabeza que tenía la misma forma que la de ella, con cabello del mismo color. Sostenía la respiración hasta que la mujer volteaba y me daba cuenta de que no era ella.

Esto es lo que Amelia llamaba un «día de fantasmas». Cuando veías a aquellos a quienes estabas buscando en la sombra de alguien más. En alguna ocasión, Isaac lo llamó una «proyección de la propia añoranza», pero yo prefería la sencillez del término de Amalia. Lo había acuñado al inicio de nuestro matrimonio. Todo lo que tenía que hacer cuando yo llegaba cansado después de mi día de trabajo era decir que había tenido uno de esos días y no hacía falta decir nada más.

Cuando a ella le sucedía, yo simplemente asentía con la cabeza, mis ojos estaban llenos de una comprensión sincera. Trataba de sonreírle y apretaba su mano.

Después de que murió, en ocasiones me pregunté cómo habían sido sus propios días de fantasmas en comparación con los míos. Yo estaba en busca de una esposa, de una amante a la que había dejado atrás. Ella estaba en busca de una madre, un padre y una hermana que se suponía que tendrían que haberla acompañado en su travesía. Mi fantasma era un amor perdido, el suyo, una familia perdida. Pero pérdidas son pérdidas, ¿no es así? Frías y blancas. Azules y oscuras. Si cortas una vena, sangra.

Yo estoy enamorado de una sombra. La busco en la oscuridad del pasillo. La trato de encontrar en los ojos de mujeres ancianas que cruzan la calle. Mi segunda esposa, con la que solía abrazarme de cucharita cada mañana mientras estábamos en cama, no era un vehículo para mi dormir: era Lenka, quien me visitaba en sueños. Aún me acosa como leona, un gato con ojos penetrantes. Han pasado más de sesenta años y su sombra sigue caminando junto a mí. Su sombra, que se estira larga y negra, que espera que yo la alcance, que espera que extienda mi mano.

∞

En mi vejez he llegado a creer que el amor no es un sustantivo, sino un verbo, una acción. Como el agua, fluye dentro de una corriente propia. Si uno intentara atraparlo en una presa, el amor verdadero es tan vasto que no se lo podría contener. Aun a pesar de la separación, aun a pesar de la muerte, se mueve y se transforma. Vive dentro de la memoria, en lo evocador de un roce, en la brevedad de un aroma, en los matices de un suspiro. Busca dejar un rastro como un fósil en la arena, como una hoja que queda atrapada en asfalto caliente. Jamás dejé de amar a Lenka, incluso cuando mis cartas regresaban y los periódicos revelaban las muertes de millones de judíos a los que habían incinerado en una inacabable nube de humo negro.

Le dije a mi hija, la primera vez que experimentó amor, que no tratara de aprisionarlo.

—Piensa que estás en un cálido estanque en verano —le

dije—, con círculos concéntricos a tu alrededor. Rayos dorados de sol inundan tu cabello, acarician tu cara. Inhálalo, respíralo; jamás te dejará. Si colocas un rayo de sol entre las palmas de tus manos, se convierte en sombra; si atrapas luciérnagas en un frasco, mueren. Pero si amas como si tuvieras alas, siempre sentirás la emoción de estar suspendido en pleno vuelo.

En la universidad, se enamoró de un muchacho que le propuso matrimonio la noche anterior a su graduación. Era alto y moreno, como yo. Era callado y amaba los libros. Benjamín me caía bien. Veía cómo se sentaba a la mesa con Amalia y conmigo, observándonos con una mirada reverente, con un rastro de confusión en lo que veía.

Fue esa confusión la que me hizo pensar que era el hombre correcto para Rebekkah. Observó el silencio entre Amalia y yo, la compasión cuidadosa y casi cauta, y pude leerle la mente: «Que este jamás sea yo».

Y eso es lo que me unió a él. Sí, que ese jamás seas tú. Besa a mi hija y siente la brisa cálida sobre tu rostro, el calor del sol sobre tus párpados. Acoge a las mariposas que aletean en tu estómago. Si te doy mi bendición, cásate con ella y hazle el amor como si ambos fueran el rey y la reina de su reino. Siente el latido de su corazón sobre el tuyo; aférrense el uno al otro.

Pero traiciónala y te quemaré los ojos. Ámala puramente y no la dejes ir. Quizá los dos se verán recompensados con los cantos de ángeles en sus oídos.

Cuando terminó de comer el postre y estiró la mano para colocarla sobre la de ella, vi la confirmación que necesitaba. Miré cómo se cerraron sus párpados, como si estuviera adentrándose en ella, de manera tan fluida como la miel, tan poderosa como una corriente de olas.

Y yo, también, cerré mis ojos.

31

Josef

Mi nieto nació cinco años después. Estuve en la sala de espera con Benjamín y Amalia. El médico que se hizo cargo del parto era un pupilo mío. Supe que era él al momento de verle las manos; eran grandes y fuertes. Había asistido al parto de más de trescientas criaturas y yo confiaba en él de manera implícita. Sus cesáreas eran intachables y sus suturas eran perfectas y sanaban sin dejar rastro de cicatriz.

Rebekkah jamás había estado tan bella como cuando estuvo embarazada. Su largo cabello se hizo grueso y lustroso, su pálida piel relucía.

Amalia le hizo varios vestidos de maternidad. Al regresar del trabajo, Benjamín le compraba malteadas y ramos de lirios de los valles de camino a casa. Se había vuelto delgado y fuerte después de sus estudios de leyes y juntos parecían uno de los cuadros medievales que recordaba de las iglesias de Praga; mi hija, una madona con el vientre abultado, y Benjamín, uno de los reyes magos que le llevaba regalos.

Cuando Rebekkah empezó el trabajo de parto, Amalia y yo

caminamos de nuestro departamento al Hospital Lenox Hill. Me sabía el camino de memoria; lo había recorrido por veinte años: diecisiete minutos si no teníamos que detenernos en los semáforos, veintiuno si teníamos que esperar a cruzar la calle en más de tres.

Amalia tenía cincuenta y dos años y yo cincuenta y seis. Ya habíamos encanecido. Yo tenía algo de panza, pero Amalia seguía tan delgada como siempre; sólo la piel de sus brazos revelaba su edad.

Podía ver en sus ojos lo nerviosa que estaba de camino al hospital.

—Estará perfectamente bien —le dije y apreté su mano y coloqué mi brazo alrededor de sus hombros. Los huesos de su espalda temblaban mientras la sostenía.

En la central de enfermeras, todos me dieron la bienvenida como si fuera parte de la realeza.

—Felicidades, doctor Kohn —entonaron todos, incluso antes de que terminara el parto—. Va de maravilla; ya tiene cuatro centímetros de dilatación.

Benjamín estaba sentado en uno de los sillones de vinil; su rostro, blanco por la falta de sueño.

—Papá —dijo, levantándose—. Qué gusto que ya estés aquí.

Yo quería a Benjamín como si fuera un hijo y cada vez que me llamaba papá era como una dosis adicional de amor paternal directa al corazón.

—No te preocupes —le dije y lo abracé. Me sentía como un general que les daba aliento a sus tropas.

Les llevé café —negro para Amalia y con mucha leche y azúcar para Benjamín— y después fui a ver cómo iba Rebekkah.

Estaba acostada de lado, el dolor era claramente visible en su rostro.

—Hola, cielo —susurré.

Me sonrió, aunque pude ver el trabajo que le costaba. Un médico puede medir el dolor que experimenta un paciente con sólo verlo y el de Rebekkah iba en ascenso. También pude ver el temor en sus ojos.

Tomé su mano. Ah, esa mano de mi hija. Sus dedos asieron mi corazón, con la calidez de los mismos hundiéndose en los míos.

—¿Dónde está el doctor Liep? —dije suavemente.

—Vino a revisarme hace unos minutos y dijo que todavía tengo que esperar.

—¡Pues, apúrate de una vez! La maternidad te está esperando —dije en tono de broma. Era algo que les había dicho a mis propias pacientes en muchas ocasiones.

Pero mi Rebekkah no se rio, lo que era inusual en ella porque siempre se reía cuando trataba de hacerle alguna broma. Era una de las bondades de mi hija: reírse aun cuando yo no era gracioso. Se reía conmigo para que no me sintiera solo.

—Voy a buscarlo. —Traté de tranquilizarla—. ¿Estás cómoda?

—Sí —me dijo valientemente. Pero yo sabía que no era así. Nos había dicho que no quería que le dieran Demerol porque quería pasar por el parto sin medicamentos, no en un estado de duermevela. Iba a dar a luz consciente y con los ojos bien abiertos.

—¿Consciente? —recuerdo que dijo Benjamín en nuestra sala mientras hacía un gesto de desaprobación con la cabeza—. Papá, ¿cuántos partos naturales has visto en los que la mujer estaba consciente?

—No muchos, realmente no muchos —dije con una risa—. Pero Rebekkah puede manejarlo.

—Fantástico —respondió Benjamín—. Ahora sabemos qué hacer si las cosas se ponen un poco difíciles allí dentro.

Sonreí y recordé a Rebekkah tan sólo unos días antes, sentada en un sillón, con su vientre redondo como una sandía y sus delgados brazos cruzados sobre él de manera desafiante.

Recuerdo haber pensado que allí estaba yo, un obstetra observando a mi propia hija a punto de dar a luz y todavía capaz de ser sorprendido por ella.

∞

Bajo las luces fluorescentes de la sala de médicos, encuentro al doctor Liep revisando algunos documentos.

Levantó la mirada cuando oyó mis pisadas.

—Está perfectamente, Josef. Otros cinco centímetros y podemos proceder.

Sabía que yo había revisado miles de documentos mientras mis pacientes esperaban en sus camas a que la naturaleza hiciera su trabajo, pero estaría mintiendo si dijera que no esperaba que el doctor Liep estuviera en la habitación con Rebekkah durante la mayor parte de su trabajo de parto.

Lo acompañé de vuelta a su habitación, pero me marché cuando se acercó para revisarla. Mi hija quería que respetara su privacidad y yo quería cumplir con mi promesa.

Si tenía cinco centímetros de dilatación, calculaba que estaría en pleno trabajo de parto en tres o cuatro horas más.

Regresé a la sala de espera.

—Todavía vamos a estar aquí un buen tiempo —les dije—. Benjamín, ¿por qué no van tú y Amalia a comer algo abajo mientras me quedo aquí por cualquier cosa?

Estuvieron de acuerdo y yo me acomodé en una de las sillas del hospital. Era algo totalmente novedoso para mí estar del lado de la familia en espera de buenas noticias; que el bebé estaba sano, que la mamá estaba bien y que ahora había un nuevo varón o una mujer en la familia.

Debo admitir que no me gustaba esa pérdida de control. Quería estar en la habitación con Rebekkah, con su expediente en mis manos y mis guantes puestos en caso de cualquier urgencia.

Pero incluso yo sabía que esa no era buena idea. Creo que, en mi corazón, pensé que todo iba a salir perfectamente. De modo que cuando una de mis enfermeras favoritas hizo su aparición para decirme que el hombro del bebé se había atorado en el canal del parto, ella y otra enfermera más tuvieron que detenerme para que no regresara a la habitación a toda prisa.

La distocia de hombro es la peor pesadilla de cualquier obstetra, no hay nada peor que ver la cabeza del bebé y mirar cómo empieza a ponerse azul.

Casi siempre, era imposible realizar una cesárea porque, normalmente, el bebé estaba atrapado demasiado abajo.

Mientras luchaba por liberarme, la enfermera puso sus manos sobre mis hombros.

—Phillip cree que es mejor que usted se quede aquí, *doc.*

Sabía que yo hubiera dado las mismas instrucciones si nos hubiéramos encontrado el uno en los zapatos del otro. Nadie quiere que haya emociones familiares en la sala de operaciones; pero la idea de Rebekkah sufriendo y aterrada en la sala de parto, la idea de que mi nieto posiblemente no sobreviviría o que su brazo no funcionaría el resto de su vida —una complicación más que posible en el caso de distocia del parto— me aterraba.

La enfermera me tomó del brazo.

—Venga, doctor Kohn. Vamos a caminar.

—Necesito que haya alguien aquí para tranquilizar a Amalia y a Benjamín cuando regresen —le dije—. Pídele a una de las enfermeras que les diga que hubo una complicación, pero que todo va a estar bien.

—Por supuesto —me respondió—. Está hecho.

Me llevó por el corredor. Había caminado sobre este piso miles de veces, pero en esta ocasión el temor casi no me permitía moverme.

℃

Mi nieto nació color azul. A menudo he regresado a esa imagen de él, un bebecito de cuatro kilos sin fuerza y con la piel moteada como la de una ciruela. Rebekkah me contó que su primer llanto sonó como si se hubiera ahogado, un grito gorjeante proveniente del fondo de un océano.

—Luchó por salir del vientre —dijo el médico—. Esta criatura es un guerrero miniatura.

—La posición de McRoberts no tuvo ningún resultado, pero la presión suprapúbica funcionó de maravilla. —Me estaba sonriendo, pero podía leer la expresión de su rostro a la perfección: había estado aterrado. El agotamiento y el temor todavía se vislumbraban en sus ojos y, si no hubiera estado tan exhausto en ese momento, lo hubiera abrazado y le hubiera dicho lo agradecido que estaba de haber ayudado a mi nieto a nacer sano.

—Le vamos a poner Jason, papá —me dijo Rebekkah—. En honor al abuelo de Benjamín, Joshua.

—Un muy buen nombre —les dije.

Sostuve a Jason en mis brazos y sollocé. El hijo de mi hija. Mi nieto, con mi sangre corriendo dentro de la suya. Otra vida en este mundo para amar, para cantar, para hacer tantas cosas buenas. Mi corazón se alegró al pensar en su travesía en la vida y en todos los hitos a los que llegaría: sus primeras palabras, sus primeros pasos.

Su primer amor.

Leí sus rasgos como si fuera un mapa. Miré su frente amplia y la curva de sus labios y contemplé a mi hija. El poderoso entrecejo arriba de los párpados curvos eran los de mi yerno y el pequeño mentón era de Amalia. No me vi a mí mismo sino hasta que abrió los ojos por la noche. En la acuosa mirada índigo de los recién nacidos, me vi reflejado en sus ojos. Tan oscuros como mis recuerdos, tan profundos como el mar; amé a ese muchacho desde el momento en que nació.

ᏉᏰ

No he contado la historia de mi hijo, Jakob. Mi niñito con sus extremidades regordetas, sus pensamientos profundos y su carácter silencioso.

Después de su circuncisión, Isaac le tocó las melodías de Brahms y Dvořák, y años después, cuando lo llevé al médico, me pregunté si había sido en ese octavo día que toda nuestra tristeza se había colado en su pequeña alma.

Por supuesto, ¿no era lógico que nuestro hijo creciera triste y callado con padres como nosotros? De alguna manera, Rebekkah tenía el don de un fuego interno, como el de mi hermana, su espíritu teñido de rojo.

Pero los ojos de Jakob habían sido tristes desde el momento en que lo sostuvimos en nuestros brazos. Amalia habló de ello antes que yo.

—Es diferente —me dijo, cuando tenía menos de dos semanas de nacido—. Puedo escucharlo.

Le dije que lo estaba imaginando.

—No tiene absolutamente nada —repliqué—. Está sano y fuerte.

—No llora por hambre o por sueño —agregó ella—. Llora por llorar.

—Los bebés lloran —le respondí— porque todavía no pueden hablar.

—Lo siento en los huesos —dijo—. Es un llanto de tristeza.

Mi hijo necesitaba que se le tuviera en brazos. En los meses posteriores a su nacimiento, nos turnábamos para acurrucarlo durante las noches. Amalia le cantaba las canciones que su madre le había cantado a ella. Su voz tranquila y cantarina lo calmaba por un momento, como si las melodías le fueran tan conocidas como lo eran para ella. Cuando era mi turno, lo llevaba a mi oficina, que estaba junto a nuestra habitación. Nos sentábamos frente a mi escritorio, con su pequeño rostro oculto contra mi pecho, y le leía. Probablemente debí haberle leído algún libro infantil como *Babar* o *El conejito Benjamín* en lugar de las novelas que yo prefería, pero siempre dejaba de llorar cuando estábamos juntos.

En el jardín de niños dijeron que era inusualmente inteligente y que podía trabajar con rompecabezas todo el día. No le gustaba jugar con los demás niños, «pero ¿quién podría culparlo por ello?», pensé.

—Es muy reflexivo —nos dijo su maestra— y tremendamente sensible.

Le llamaba la atención la lluvia cayendo contra las ventanas como lágrimas y que las baldosas de linóleo de la cocina estaban salpicadas de motitas color ámbar. Ante esto, Amalia y yo sonreímos. Un pequeñito que mira por la ventana, que prefiere la soledad a jugar con los demás en el pasamanos o en el arenero. Yo me dije que debía aceptar a mi hijo como era.

Al nacer Rebekkah, sólo enfatizó lo diferente que era Jakob. Ella era una masa de energía constante y sus ojos bailaban cuando la sosteníamos entre nuestros brazos. Se reía; sólo lloraba cuando tenía hambre o cuando estaba muy cansada, pero Amalia tenía razón en cuanto a lo que había detectado en nuestro hijo. El llanto de Rebekkah tenía un principio y un final definitivos. No era un grito largo y lastimero como el de Jakob.

❧

¿Qué se hace con un hijo que no tiene interés en hacer amigos, que en lugar de ello inventa compañeros imaginarios cuando está a solas en su habitación, con sus bloques apilados y las torres del Lego con colores coordinados y que sólo quiere vestirse de azul?

Camiseta azul. Pantalones azules. Calcetines azules.

—Le gusta el azul y es muy decidido. Siente pasión por lo que le gusta —le digo a Amalia.

Ella niega con la cabeza.

—No. Algo está mal.

«Yo soy médico», quiero decirle. «Sí, es un poco extraño, pero es nuestro hijo y está perfectamente bien».

Pero la intuición de una madre siempre es correcta. ¿No debí haberlo sabido? ¿Cuántas veces he visto a mujeres que vienen a mi consultorio diciéndome que intuyen que hay algo mal con el embarazo sólo para que resulte que tenían la razón?

Cuando Jakob inició la primaria fue evidente que no podía funcionar dentro de la estructura de un salón de clases. A menudo, su oscuro cabello café caía sobre sus ojos y su cuerpo antes regordete se había alargado y adelgazado. Me recordaba a un potrillo enclenque, batallando por sostenerse de pie. Los ruidos le molestaban, cualquier cambio que el maestro hiciera en los horarios provocaba un berrinche y no toleraba que nadie más que Amalia o yo lo tocara. Si alguien más apenas lo rozaba, reaccionaba como si la piel le quemara.

Lo llevamos con un especialista tras otro. Sus puntuaciones en las escalas de inteligencia dejaban a todos perplejos, pero parecía incapaz de funcionar fuera de su propio pequeño mundo particular.

La escuela *Yeshiva* de Brooklyn fue la única que lo aceptó y empezó a florecer bajo el cuidado de sus maestros. Le fascinaba el hebreo y lo tomó como si fuera un misterio que necesitaba decodificar. El horario era rígido y los demás niños eran obedientes y lo dejaban en paz.

Adoptó el uniforme y, aunque era blanco y negro en lugar de azul, le agradaba la coherencia de tener que usarlo a diario y la tela no lo irritaba como lo hacían tantas otras cosas.

Le gustaba el pequeño edificio de ladrillos y las bancas del patio de juegos, además del hecho de que nadie lo molestaba si jugaba a solas o si simplemente observaba desde algún sitio. Cuando se mecía hacia delante o atrás o cuando agitaba los brazos, los maestros les decían a los otros alumnos que era el método particular de Jakob para orar.

⚃

Mi vida adulta tiene la maldición de una dualidad constante. Es como si alguien hubiera tomado un cuchillo de carnicero para dividir mi existencia de modo que no puedo disfrutar de una cosa sin ver la tristeza del anverso. Me casé con Amalia, pero no pude dejar de pensar cómo hubiera sido mi vida con Lenka. Vi a mi bella hija crecer hasta convertirse en la mujer que es, al tiempo que observé a mi hijo esforzarse por obtener un viso de existencia con todas sus limitaciones.

Durante esos años, cuando Jakob y Rebekkah eran adolescentes, nuestra hija se vestía con su falda de pana y su suéter de cuello de tortuga y quedaba con sus amigos para ir a comer una hamburguesa y una malteada, mientras Jakob se quedaba con Amalia y conmigo frente al televisor. Yo recogía los platos con las verduras y carne sobrecocidas de Amalia, tirando los sobrantes silenciosamente en el bote de basura al tiempo que escuchaba a mi hijo responder correctamente todas las preguntas de algún concurso antes de que los participantes siquiera tuvieran la oportunidad de tratar de contestarlas.

Y observaba las cabezas de Amalia y de Jakob mirando fijamente a la pantalla. Quería que mi esposa volteara a verme, pero seguía con la vista fija hacia el frente. Sé que debe haber oído a Jakob responder todas las preguntas, pero no sonreía con orgullo. Ni tampoco lloraba. Se limitaba a comer alimentos insípidos y a mirar el programa de televisión que para ella carecía de todo significado, sin emitir palabra.

Ahora, Rebekkah es esposa y madre. Casada con un abogado y ya con un hijo. Mi hijo, ahora de cincuenta años, sigue viviendo en casa. Es lo bastante competente como para vivir por sí solo, pero siempre se ha negado a esa oportunidad.

—¿Para qué, papá? Estoy feliz…, estoy feliz aquí con ustedes. —Su discurso es cuidadoso y prudente, como si sopesara cada palabra dentro de su cabeza antes de articularla.

Levanto las cejas y me quedo viendo la lánguida faz de mi hijo, sus ojos claros como hielo resquebrajado, sus manos nerviosas. Una parte de mí quiere admitir la culpa ante él. Quiere liberar tantos años de frustración por ver a mi brillante hijo encerrado en su capullo de seda. Pero no tengo las fuerzas para hacerlo.

Él lee mis pensamientos, detecta mi tristeza, advierte mi enojo, que pasa por mis retinas como un rayo en una tormenta.

Pero que después se ha ido.

32

Josef

En el funeral de Amalia, Isaac tocó el *Kol Nidrei*. Ahora, me parecía un anciano. Había encanecido por completo; su cabello alguna vez negro ahora parecía un montón de hojas marchitas cubiertas de nieve. Pero su delgado cuerpo seguía siendo elegante y derecho. Estaba vestido con un pulcro traje negro, el que había usado cuando Amalia y yo habíamos ido a oírlo tocar en el Carnegie Hall años antes. Cuando el rabino dijo su nombre, se levantó de la banca detrás de mí y caminó con respeto a la *bimá*, con el violín a su lado al bajar por las escaleras y el arco sostenido cuidadosamente junto a su corazón.

Se hizo un completo silencio cuando se quedó quieto, el arca dorada estaba detrás de él y los rollos de la Torá con los Diez Mandamientos a cada lado. Sólo había un puñado de deudos a nuestro alrededor, aquellas pocas personas que se habían convertido en amistades al paso de los años: la familia de Benjamín, mis dos hijos, mi nieto y algunos pocos pacientes con los que había entablado una relación cercana.

Se quedó quieto lo que pareció un lapso de varios segundos,

mirando más allá de las bancas como si estuviera tratando de ver a alguien que él esperaba en vano que se encontrara allí. Yo me quedé sentado con las manos cruzadas, mirándolo, cuando respiró profundamente y cerró los ojos. Finalmente puso su instrumento en su hombro y lo posó en la barbilla; después, levantó el arco.

Tocó mejor que nunca: la música resonando como un corazón abierto de par en par, cada nota elevándose al cielo sobre alas de oro. La piel de sus mejillas se estremeció mientras tocaba; las pestañas sellaban su mirada. Pero me fue evidente mientras lo observaba —casi como si hubiera tenido una epifanía a través de su música— que siempre había estado enamorado de Amalia. Que todos esos años en que se había sentado en silencio en nuestra pequeña cocina, mirándonos, habían sido una manera de estar cerca de ella.

Rebekkah sollozó con su música, su delicado cuerpo temblaba y se estremecía, incapaz de contener su dolor. Mi hijo miraba al frente, con sus claros ojos etéreos en su duelo y una sola lágrima recorriendo su rostro.

Y, al final, mis lágrimas también surgieron a medida que la música lenta y dolorosa se elevaba y caía como olas en el mar. Lloré porque sí, extrañaba a Amalia, pero también porque me había quedado más que claro que mi mejor amigo la había amado como yo jamás había podido hacerlo.

El *kadish* que tocó consistió en notas que provenían de mi corazón, de mi añoranza por un amor eternamente perdido, pero no por la mujer que ahora yacía en su féretro de pino ante mí. Fue por una mujer a la que yo había dejado cuarenta y cinco años atrás en una atestada estación de trenes en Praga, que jamás había tenido un funeral digno. Si yo hubiera podido tocar ese violín, mi pesar ante su pérdida hubiera sonado exactamente como el de Isaac por Amalia. Cada nota representaba evocadoramente la profundidad de su tristeza; cada acorde, su soledad ante su partida.

33

Josef

Hacemos *shivá* en nuestro departamento, Rebekkah con su joven familia, yo con mi letárgico hijo. Según lo dicta la costumbre, cubrimos los espejos con tela, nos desgarramos las vestiduras, nos sentamos en sillas bajas y no nos afeitamos.

Mi nieto lee un libro en mi oficina. Ya está en la escuela preparatoria y adora los libros tanto como yo lo hacía a su edad. Su madre lo reprende para que se siente con ella y su hermano, pero yo le digo que no lo haga. Es joven, está vivo; que no se quede sentado en una oscura habitación con nosotros para recibir a visitas cuyo nombre ni siquiera conoce.

Llega otra tanda de *rugelach* y un platón de *bagels* con pescado ahumado de parte de una de las amigas de mi hija. Apunta cada regalo en un pequeño cuaderno para que después pueda escribir todas las cartas de agradecimiento.

El sofá está cubierto con las fundas que Amalia misma cosió. Las cortinas están cerradas para que no entre la luz del sol. Afuera, en la Tercera Avenida, los taxis hacen sonar sus bocinas y las madres les gritan a sus niños que regresan de la escuela.

Adentro, los envases que están en la despensa siguen teniendo las etiquetas escritas con la cuidadosa letra de Amalia: «Harina», «Azúcar» y «Sal». Los números de teléfono que apuntó para el hospital, la estación de bomberos y la policía siguen pegados a la pared.

Incluso ahora me cuesta trabajo recordar el sonido de su voz. Una semana en la Sala de Cuidados Intensivos después de una embolia, un largo dormir y, más tarde, un adiós sin palabras. Sé que en las semanas que vienen la buscaré en los sencillos vestidos de algodón que cuelgan en el ropero, en el tubo de crema de manos sobre su buró o en la hogaza de pan de centeno que se echará a perder sin otra boca más que lo comparta.

No me imagino a Amalia visitándome como fantasma. Estará ocupada en otro sitio, buscando a su familia en el cielo, arrojándose a los brazos de su madre y de su padre y pidiéndole perdón a su hermana, que le dirá que debería haber olvidado todo eso hace años.

Finalmente, su alma habrá llegado a su hogar; porque eso es lo que sucede cuando al final regresamos a aquellos a quienes amamos, pero que dejamos atrás; a aquellos a los que jamás olvidamos. Nos acoplamos a ellos como lo hacen dos manos. Nos desplomamos sobre ellos como si fuesen nubes de algodón.

ϴ

Isaac asiste al funeral de Amalia, pero no pasa a darnos el pésame a la casa. Pasan siete días en los que espero que entre por la puerta o que hable por teléfono, pero no lo hace. Finalmente tengo noticias de él a la semana siguiente, cuando se disculpa conmigo. Me dice que tuvo un grave resfriado y que estuvo en cama la semana entera. También me menciona de pasada que parece que ha perdido su arco en algún sitio y que ahora debe comprar uno nuevo.

Pero algo en su voz me revela que no me está diciendo la verdad en cuanto a ninguna de las dos cosas. Repentinamente, lo imagino enterrando su arco junto a Amalia y, tan pronto lo pienso, sé, en mi corazón, que es verdad. Mientras mis hijos y yo caminábamos hacia la limusina, miré hacia atrás y lo vi parado junto a su tumba, con su cabeza solemnemente inclinada.

Imagino que lo colocó en la fosa, cuando nadie lo miraba, para que quedara enterrado con ella. De manera silenciosa, de la misma manera en que ella era silenciosa: una sola nota colgada en un cielo abarrotado.

—No te preocupes —le digo—. Entiendo. Simplemente tendrás que conseguir otro.

—Sí —me responde—. Uno nuevo.

Pienso en los dos arcos que Isaac ha perdido a lo largo de los años. Uno que cayó al mar en el que perdí a mis padres y a mi hermana, y este que ha colocado junto a la que fue mi mujer durante treinta y ocho años. Cada una de mis pérdidas marcada por el simple gesto de una de sus manos.

34

Lenka

Mi madre adelgazó aún más durante el verano de 1943. Podían verse los ligamentos bajo su piel y sus clavículas sobresalían a tal grado que me recordaban a una guadaña. Sus pómulos se veían tan angulosos que evocaban las facetas planas en las gotas de cristal de una araña.

El *Jugenfursorge*, la iniciativa de asistencia que había iniciado el Consejo de Mayores, había establecido un horario para los niños a fin de garantizar que tuvieran cierta cantidad de educación en secreto y algo de exposición a la poesía, al teatro y a la música. Mamá regresaba de las barracas de los niños con los ojos cansados, pero llena de energía. Era raro ver la parte artística de mamá mucho más joven regresar a la vida en Terezín. La mujer que yo había imaginado hacía tantos años esa tarde en el sótano con Lucie, sus cuadros ocultos ejecutados en una paleta de tonos berenjena y ciruela, ahora hacía su aparición frente a mí. Ardía con entusiasmo por su trabajo con los niños.

Mamá dijo que pronto habría una exposición en el sótano de una de las barracas de los niños. Todos ellos estaban elaborando *collages* y cuadros, de modo que seguí robándome los materiales que pudiera del departamento técnico para dárselos.

Ahora, me había convertido en una experta del sigilo. Cada dos días, me llevaba un pequeño lápiz de color o un pequeño tubo de pintura a punto de acabarse, pero que aún podía exprimirse para que produjera algunas gotas de pigmento. Teresa y Rita también ocultaban materiales que yo le pasaba a mamá, y eran igual de enérgicas en recordarle que no se desperdiciara ni una sola molécula de esos materiales. Teresa era extremadamente silenciosa y casi no decía palabra mientras se sacaba dos trozos de lienzo roto de debajo de la falda. Rita adquiría una mirada de desafío cuando colocaba los trocitos de carboncillo o pastel en mi mano.

Cuando podía visitar a Hans, siempre me preguntaba si podía dibujarlo. Bromeaba con él y le decía: «Pues ahora tú tendrás que pintarme a mí también». Tomaba un pequeño trozo de papel del escondite dentro de mi blusa y rompía un trocito de carboncillo a la mitad.

—Toma —le decía—. Haz el intento.

Miraba al papel y, después a mí, entrecerraba sus grandes ojos verdes y empezaba a dibujar. Aparecía un círculo deforme sobre el papel, dos puntos que representaban los ojos y una raya que simbolizaba la boca. Pero sólo contaba con cuatro años y yo sabía que esto era de enorme importancia para un niño tan pequeño.

Lo mejor de todo era saber que algo que fácilmente hubiera podido ocurrir al otro lado de las paredes de Terezín aún podía lograrse dentro del encierro de las mismas.

Coloqué mi brazo alrededor de sus pequeños hombros.

—Lenka —dijo en voz baja—, te quiero.

—Yo también te quiero a ti —susurré.

Pero antes de que yo pudiera empezar a llorar, tomó mi mano y la colocó sobre el papel.

—Ahora te toca a ti —dijo.

—Sí, es mi turno —agregué, con una sonrisa.

Y empecé a dibujar.

La exposición del trabajo artístico de los niños fue una hazaña impresionante. Mamá, Friedl y las demás maestras habían pasado incontables horas con los niños y ahora sus preciosos *collages* y dibujos adornaban las paredes.

Marta y yo caminamos por la exposición cubriéndonos las bocas con las manos, azoradas y conmovidas por el trabajo de los niños y por su alcance. Había imágenes de árboles y mariposas. Algunos niños habían dibujado imágenes de sus familias, de sus antiguas mascotas y de los recuerdos de sus vidas antes de Terezín. Pero las imágenes más impresionantes eran aquellas que trataban de documentar su situación actual. Un niño plasmó recuerdos de su llegada a Terezín. Siete figuras en línea, cada una con su número de identificación escrito en sus mochilas, los rostros de cada persona, tristes o atemorizados. Otro niño dibujó la litera de una barraca con una imagen de ensueño flotando por encima de la cabeza de la figura acostada: nubes llenas de chocolates y botes con caramelos.

Me sentí transportada por las imágenes de estos niños. Podía cerrar los ojos y recordar mis propias acuarelas infantiles, la sensación de ver la pintura que goteaba de mi pincel por primera vez, los ríos de colores esparciéndose por el papel.

Esa noche me sentí enormemente orgullosa de mi madre. Estaba parada en un oscuro sótano, con los dibujos de sus alumnos pegados con tachuelas a las paredes, en el mismo sencillo vestido que había usado la tarde en que nos transportaron. Ahora estaba manchado de pintura, algunas partes estaban luidas y colgaba de sus huesos como un saco viejo arrojado sobre un espantapájaros. Pero mamá estaba erguida allí, con sus brazos cruzados frente a ella y sus ojos resplandecientes, en una pose que me recordó a la manera en que se había visto antes de la guerra. Su rostro estaba agraciado con una sonrisa de satisfacción que iluminaba la habitación entera.

35

Josef

Entre las cosas de Amalia casi espero encontrar cartas de amor escritas por Isaac. Reviso sus cosas preguntándome si descubriré una vida secreta. En los anaqueles, busco cintas de música clásica, algún programa de Carnegie Hall, una fotografía oculta o un mechón de cabello negro entrecano. Si yo hubiera muerto primero, ¿ella hubiera hecho lo mismo? ¿Encontraría la fotografía que Lenka me dio de nuestro día de bodas, lo único que tenía conmigo cuando me bajaron en el barco salvavidas? ¿Finalmente vería el rostro de mi fantasma, el que jamás le había mostrado, cuyos ojos me atraían desde lo profundo de su tumba sin nombre? ¿Habría buscado debajo de la cama para descubrir la caja llena de las cartas que me habían regresado? ¿O acaso, como sospecho que hubiera hecho, respetaría la santidad del pasado y habría dejado las cartas en su caja con la tapa firmemente cerrada?

Su clóset está medio vacío, el amplio espacio entre los ganchos diciendo más acerca de ella que la ropa misma. El abrigo que usaba en invierno me recuerda a ella, con su tela a cuadros y cinturón anudado. Miro sus tres pares de zapatos y veo la ligera impresión que sus pies han hecho en las plantillas y las correas de cuero desgastadas. Sobre su tocador, tomo su cepillo y observo algunos cabellos sueltos. Le doy vuelta a un lápiz labial a medio usar, el tono es tan pálido que me recuerda a la arena.

Intento evocar recuerdos de nosotros y aparecen frente a mis ojos como los negativos de fotografías. La veo sosteniendo a Rebekkah entre sus brazos, la veo recorrer sus dedos por el cabello de nuestro hijo. La veo con su espalda volteada hacia mí, calentando mi cena después de que he regresado tarde del hospital.

De modo que esa noche al quedarme dormido, no sueño con Lenka, como lo suelo hacer, sino con Amalia. Dejo que al fin regrese a su familia. Me despido de ella y la veo como en el primer día en que la conocí, con un vestido de algodón y su finísimo cabello rubio. La veo junto a mí en el Café Viena, una nube de vapor surgiendo de su taza de chocolate caliente, sus ojos cafés empañados con lágrimas.

36

Lenka

Los niños de Terezín estaban montando una representación más de *Brundibár*, una ópera escrita por Hans Krása con escenografía creada bajo la dirección de uno de los diseñadores teatrales más famosos de Praga, František Zelenka. La escenografía consistía en una reja improvisada construida con restos de madera y tres carteles: uno de un perro, otro de un gato y el último de un gorrión. Cada cartel estaba colgado sobre la reja; había un círculo cortado al centro para que el niño al que le habían asignado el papel pudiera insertar en él su cara para asumir su personaje inmediatamente. Así, la imagen pintada eliminaba la necesidad de coser un disfraz. El decorado era sorprendentemente convincente. «¿Cuántas personas de mi departamento y en el *Lautscher* les dieron materiales en secreto para lograr esto?», me pregunté. Los niños emitían chillidos de emoción ante su transformación, distraídos por un momento de su hambre y de las privaciones. Todos aplaudimos cuando entraron en escena.

La ópera trata de dos niños, Annette y Joe, a quienes han enviado a comprar leche para su madre enferma. En la calle, se topan con un organillero que se llama Brundibár. Le cantan una canción con la esperanza de obtener algunas de sus monedas, pero se limita a ahuyentarlos. Esa noche, los niños se quedan dormidos bajo los carteles del perro, el gato y el gorrión. Al despertar, descubren que estos animales han cobrado vida y unen sus fuerzas para derrotar a Brundibár. Cantan una bellísima canción y los habitantes del pueblo les arrojan monedas, pero Brundibár aún no está derrotado. Regresa a escena y les roba las monedas. La ópera termina cuando niños y animales triunfan sobre el organillero; sus cachuchas van llenas de monedas mientras regresan a casa con la leche para su madre.

Casi todos los que estábamos en Terezín adorábamos esta ópera, ya que los niños, a través de su representación, habían creado un mensaje de resistencia totalmente propio. Cuando lograban triunfar sobre el malvado Brundibár, la metáfora de la ópera era evidente para todos.

03

Esa noche, cuando vi a Rita desprendiendo los carteles de la reja con todo cuidado, presentí de inmediato que estaba embarazada. Aunque seguía estando muy delgada, sus senos parecían más plenos y, en definitiva, más redondos. Incluso su rostro parecía algo distinto. A pesar de las ojeras negras debajo de sus ojos, se veía más bella que nunca, una figura minúscula pero etérea.

Más tarde, después de la exaltación provocada por la presentación de los niños, pude confrontarla sin que Oskar estuviera presente.

—Rita —le dije—, Zelenka y tú hicieron un trabajo formidable con la escenografía, pero te veo muy cansada. —Toqué su brazo—. ¿Estás bien?

Me llevó hasta una esquina del escenario donde no había nadie.

—Pensé que sólo estaba retrasada, pero, Lenka, estoy embarazada. —Tomó mi mano y la apretó. Bajó la mirada para observar su cuerpo y acarició su vientre con una mano. Se levantó el deshilachado vestido y me mostró el suave abultamiento de su abdomen. Volvió a colocar una mano sobre su vientre como si estuviera guardando un secreto.

—Rita —dije calladamente—, ¿qué vas a hacer?

Las dos sabíamos lo que era estar embarazada en Terezín. En los últimos meses, habíamos escuchado rumores de mujeres que se habían embarazado en el gueto y a las que habían enviado al este.

Me miró con lágrimas en los ojos.

—¿Qué puedo hacer, Lenka?

Yo había oído cuchicheos de mujeres que iban al dispensario, donde uno de los médicos judíos las ayudaba a saldar el asunto. Era una idea terrible, pero Terezín no era un sitio en el que traer una nueva vida al mundo. Pero verse transportada en un vagón para ganado, embarazada, y obligada a trabajar en un campo, era una idea todavía peor.

Yo personalmente había conocido a una mujer que se había embarazado en Terezín. Se llamaba Elsie y estaba en mi barraca. La había visto llorando en la cama una noche. Estaba secreteándose con una de sus amigas, que trabajaba como enfermera en el dispensario. Pude escuchar a su amiga decirle que la llevaría a ver al doctor Roth.

Más tarde, Rita me informaría que el doctor Roth había llevado a cabo diversos abortos en Terezín. Lo hacía en secreto y únicamente cuando las chicas se lo rogaban, sacrificando al feto nonato para salvar la vida de sus madres.

☙

Oskar le dijo a Rita que habría tiempo para tener hijos después de la guerra, pero que ahora no era el momento. Me contó esto entre sollozos, empapando sus delgadas manos blancas.

—Me ama —exclamó llorando—. Incluso me dijo que quiere que el Consejo de Mayores nos case, pero cree que están enviando a las muchachas embarazadas a la muerte.

—¿Y qué tal si tiene la razón? —le respondí.

—¿Cómo? ¿Cómo podría alguien creer eso? Porque tal vez sea un campo especial con instalaciones más adecuadas para las madres una vez que ya no pueden trabajar. —Se detuvo un momento—. ¿Por qué permitirían que las mujeres subieran a los trenes con sus carriolas si no hubiera un sitio para los niños?

Negué con la cabeza. No sabía la respuesta. Lo único que sabía era lo que existía o no dentro de Terezín, y todo lo relacionado con los transportes al este era como un gigantesco agujero negro.

—Pero ¿y si tiene la razón, Rita? —le susurré—. ¿Vale la pena arriesgarse? Aquí tienes un trabajo seguro en el *Lautscher* y el que Oskar sea ingeniero te da cierta seguridad adicional dentro del campo. Acepta su oferta de matrimonio ahora y empieza tu familia después.

No podía creer que realmente le estuviera diciendo a mi amiga que finalizara su embarazo, en especial uno en el que habían participado dos personas que querían pasar el resto de su vida juntas. Sabía que si cualquiera me hubiera sugerido lo mismo cuando Josef partió para Inglaterra, hubiera detestado a esa persona con cada fibra de mi ser. Pero desde nuestro traslado, un año antes, había sido testigo de las redadas para los trenes que partían al «este». Había notado que la mayoría de aquellos a los que habían enviado eran enfermos, ancianos o mujeres embarazadas. Y, ahora, cuando llegaba un nuevo transporte, incluso enviaban al este a algunos de los prisioneros sanos. Me quedaba claro que cualquiera que fuera el sitio al que los nazis estaban enviando a estas personas, tendría que ser un sitio mucho peor que Terezín.

No quise imaginar el horror y el sentimiento de traición que Rita debe de haber sentido al oírme decirle esto. Estoy segura de que esperaba que le brindara mi apoyo, que le dijera que hablaría con Oskar para convencerlo de lo mal que estaba.

—Supongo que no tienes ni la más mínima idea de lo que es tener un bebé creciendo en tu interior, Lenka. —Me miró con los ojos de un animal acorralado—. Si lo supieras, jamás me dirías lo que me acabas de decir.

—Rita —le respondí, con mi voz quebrándose, aunque le hablé en el más suave murmullo—, sí sé lo que es estar embarazada.

No di mayores detalles acerca del aborto espontáneo, de la tristeza de perder mi única conexión con mi marido, que había muerto ahogado en el congelado mar. Ya había demasiada tristeza a nuestro alrededor. Simplemente le tomé la mano y se la estreché.

ଔ

Durante las siguientes dos semanas, veo a Rita batallar entre el temor de Oskar por su seguridad y su deseo por preservar la vida que está creciendo en su interior. En este desolado gueto, donde no crecen ni árboles ni flores, la capacidad para crear una vida sigue siendo un milagro. ¿A cuántas mujeres había oído decir que ya no menstruaban y que creían que sus demacrados cuerpos eran totalmente incapaces de concebir durante los presurosos y poco románticos encuentros con sus novios?

Rita me da a entender su decisión sin hablar directamente al respecto. Ahora, cuando se sienta, coloca ambas manos sobre su vientre como si sus dos palmas pudieran proteger lo que está creciendo secretamente dentro de ella.

Cuando habla, no mira hacia delante, sino hacia su regazo.

—Oskar está enfermo de preocupación —me dice—. La única manera en que puedo hacerlo callar es colocando su mano aquí. —Quita una mano y le da unas palmaditas a su vientre. Ya tiene cuatro meses de embarazo y todavía no se detecta más que un mínimo abultamiento —. Siento palpitaciones —dice con su rostro sonrojado de felicidad—. Sé que no parezco embarazada, pero lo siento. —Miro a Rita y trato de alejar el temor y disfrutar de la vista de mi amiga tan viva, tan plena de vida.

ଔ

Oskar le dice que quiere que se casen antes de que nazca el bebé. Elabora un anillo improvisado con algo de alambre y se hinca para proponerle matrimonio justo después de que ha terminado su día de trabajo en el *Lautscher.*

En Terezín no hay compromisos largos. Al cabo de unos días se casan en la habitación del Consejo de Mayores. La noche antes de su boda, las chicas de la barraca de Rita se ponen de acuerdo para lavarle el cabello. Colocan una gran cubeta debajo de la toma de agua del lavabo, donde permanece por varias horas, recolectando gotas de agua hasta que tienen la suficiente para lavar su cabeza. Su cabello es corto y está recortado alrededor de su anguloso rostro, pero dos chicas se paran junto a ella y arman un alboroto mientras usan sus dedos para arreglárselo lo mejor que se puede.

Rita usa un viejo vestido café con un raído dobladillo y un viejo cuello. Se ve solemne: una novia sin adorno alguno. No hay un velo que pueda usar, ni una sola flor para tomarla entre sus dedos blancos.

Se aparece Teresa y silenciosamente le dice a Rita que le ha traído algo para que se lo ponga.

Le entrega a Rita un pequeño paquete envuelto en papel periódico. El paquete, que parece no pesar nada cuando lo coloca entre las manos de Rita, repentinamente parece volverse pesado y digno de reverencia mientras Rita lo abre con cuidado.

Todas miramos asombradas cuando al abrir las capas de papel periódico se revela un pequeño ramillete construido con tiras de lienzo de colores, unido al centro con una tira de fieltro amarillo; un brote en plena floración hecho con nada más que sobras.

—Es para tu cabello —dice Teresa suavemente.

Retira un pequeño trozo de alambre del bolsillo de su vestido.

—Toma. Puedes usar esto para fijarlo a tu cabello o quizá para colocarlo arriba de tu oreja.

Rita le toca el rostro, luchando por contener sus lágrimas.

—Gracias, Teresa. Gracias. —Ahora, sus dedos rodean el rostro de la chica. Le besa ambas mejillas—. Sólo tú podrías crear algo así de bello de la nada.

Teresa se sonroja, avergonzada.

—No es nada, en realidad…. yo… yo. —No puede más que tartamudear ante toda la atención que ha atraído su regalo—. Sólo quería que tuvieras una flor.

Es cierto, Rita no tiene un ramo de bodas, pero se ve bella con su ramillete hecho a mano en el cabello, sus manos cruzadas en actitud protectora sobre su vientre ligeramente abultado. Cuatro amigos de Oskar sostienen palos de madera, con una sábana blanca haciendo las veces del toldo nupcial sobre sus cabezas. Todos los contemplamos mientras el rabino principal del gueto evoca las siete bendiciones. Se coloca una vieja botella de vidrio dentro de un pañuelo y Oskar lo estrella bajo su bota.

—*Ani L'Dodi v'Dodi Li* —les pide el rabino que se digan el uno al otro—. Yo le pertenezco a mi amado y mi amado me pertenece a mí.

Reflexiono acerca de esas palabras y recuerdo mi boda. Parece tan lejana y, sin embargo, como si hubiera sido apenas ayer al mismo tiempo. Trato de refrenar mi llanto ante el recuerdo.

Las demás chicas aplauden para felicitar a la pareja y las veo levantar sus dedos distraídamente hacia su cabello. Todas estamos deseando otra época, cuando podía haber una abundancia de flores —o incluso sólo un manojo— que pudiéramos colocar detrás de nuestras propias orejas.

௸

El vientre de Rita no crece más que una hogaza de pan. Usa el mismo holgado vestido café que siempre se ha puesto. Aprende a caminar todavía más erguida para que el poco peso adicional se note aún menos. Tomo menos bocados de pan para mí misma y vierto la mitad de mi sopa en una lata vieja. Le llevo la mitad de mi porción de pan y la aguada sopa con un trozo de nabo a su barraca.

—Come —le ordeno.

Rechaza la comida.

—No necesito más de lo que me dan —insiste—. Por favor, no guardes tu comida para mí, Lenka. Tú también necesitas comer.

—Lo vas a necesitar para cuando venga el bebé —digo.

Dejo los alimentos allí, a pesar de las protestas de Rita. Más tarde, cuando me topo con Oskar, noto lo delgado que se ve.

—Yo también le trato de dar mis raciones —me cuenta—. Las rechaza, pero no me voy hasta que veo que se las come.

—Tú también necesitas mantenerte fuerte —le respondo, y toco su codo en un gesto de conmiseración.

෴

En la siguiente ocasión en que le llevo comida a Rita, usa un tono de voz más fuerte conmigo.

—Lenka, esto se tiene que acabar. Lo digo en serio.

—No entiendo —le contesto—. Tú necesitas comer más, para ti y para el bebé.

—¡No quiero comer más! ¡No puedo inflarme más que esto, o van a sospechar que estoy embarazada y me llevarán!

La miro, sus grandes ojos verdes ahora están llenos de un temor salvaje.

—Pero el bebé necesita nutrirse, Rita. —Casi no puedo decir las palabras.

—El bebé tomará lo que necesite de mí. Sólo quiero que nazca en Terezín… —Empieza a sollozar—. Tengo demasiado miedo de ir a cualquier otro sitio.

Ahora entiendo lo que está diciendo. De modo que hago lo único que se me ocurre: tomo a Rita entre mis brazos, justo como recuerdo que lo hizo mamá cuando yo misma estaba embarazada y aterrada hace tanto tiempo en Praga, esperando que el calor de mi abrazo le dé al menos la mitad del consuelo que recuerdo que me dio el de mi madre.

37

Josef

Uno de los primeros regalos que recibí de mi nieto Jason fue un pisapapeles que hizo cuando tenía tres años. Era una piedra que había pintado de azul, con dos ojos blancos y negros y una nariz de fieltro naranja. Aún se encuentra sobre mi escritorio, junto a mis papeles y a un lado de las fotografías de los miembros de mi familia, ahora todos ya adultos.

Adoro ese pisapapeles. Cada vez que lo coloco sobre un montón de facturas o sobre un bloc de papel, recuerdo el día en que lo trajo a casa del preescolar.

En aquel entonces me decía «*abelo*», lo más cercano a abuelo que le era posible. Lo sacó de su pequeñísima mochila roja y me lo entregó.

—Para ti, *abelo.*

Lo sostuve en mi mano y sonreí. La piedra estaba envuelta en papel encerado, su pintura opaca todavía un poco húmeda; la nariz de fieltro estaba descentrada y los dos ojos de plástico se movían de un lado al otro.

—Lo atesoraré —le dije. Fuimos a la cocina y lo pusimos

a secar sobre una servilleta de papel. Después, nos lavamos las manos juntos; el agua quedó pintada de azul.

Cierro los ojos y recuerdo a mi nieto cuando era así de pequeño. La primera vez que lo llevé a algún lado, sólo los dos, fuimos al Museo Metropolitano de Arte y lo conduje a través del Templo de Dendur, explicándole la historia de los egipcios, la magia de los jeroglíficos y la maldición que había caído sobre aquellos que habían explorado las tumbas. La alegría de su primera visita al Zoológico del Parque Central, la dulzura de su primer chocolate helado en Serendipity y el asombro de nuestra primera visita al Planetario Hayden, donde me preguntó si cada estrella representaba a alguien que hubiera muerto.

Su comentario me dejó sin habla. ¿Acaso no era un pensamiento maravilloso imaginar que cada alma alumbraba el cielo nocturno? Tomé su mano y la mantuvo encerrada en la mía. Mientras la proyección de los planetas y las estrellas llenaba el oscuro domo, vi la mirada de asombro que inundó su rostro y simplemente quise poder verlo así eternamente. Quería ser testigo de la manera en que experimentaba el mundo, de la forma en que aprendería a abrirse camino en él. Y a medida que lo vi crecer, lamenté todo aquello de lo que me había perdido con mi propio hijo. Jakob me mantenía a distancia, o quizás era yo el que la había creado. Jamás lo sabría del todo.

Pero lo que sí sabía era que quería que mi nieto y yo nos quedáramos pegados a los asientos del planetario para contar cada una de las estrellas junto a él. ¡Y cómo deseaba que su idea fuera cierta! Que, en la muerte, me convertiría en una estrella. Suspendido en el firmamento, brillando con intensidad sobre él; protegiéndolo con una luz blanca y pura.

ᘉ

Su prometida es bella, elegante y refinada. Su cabello rojo me recuerda al de la mamá y hermana de Lenka.

A lo largo de los años, había conocido a algunas de sus

novias. La morena a la que había conocido en la Universidad Brown en su primer año de estudios, la que no se rasuraba las piernas y defendía los derechos de los animales con tal fervor que parecía que era su religión. La voluptuosa chica italiana de su segundo año, cuyos senos eran tan frondosos que no podía dejar de pensar que empezaría a lactar en cualquier momento, y la gemela que tenía un ojo café y otro azul, con su cara toda ángulos y su cuerpo todo curvas.

Además, estuvo la chica británica a la que conoció en su tercer año de estudios universitarios, en el extranjero, que tenía la risa más adorable que jamás había escuchado y que me encantó a pesar de que yo contaba con casi ochenta y cinco años y llevaba viudo casi diez.

Cuando inició sus estudios en leyes, sus visitas empezaron a hacerse más espaciadas. Estaba muy ocupado, de modo que pude entenderlo. Estaban sus estudios, la presión de obtener buenas calificaciones y la atracción del alcohol y la música en los bares de Nueva Inglaterra.

No había estado saliendo con Eleanor más de un año cuando anunciaron su compromiso y, para ese entonces, sólo la había conocido una vez, en el departamento de Rebekkah en la noche de *Rosh Hashaná*, el Año Nuevo judío. Era callada y educada. Podía ver que era inteligente por la forma cuidadosa en que elegía sus palabras y por su interés en los libros que llenaban los estantes de la casa de mi hija.

Esa noche, había llevado a mi hijo conmigo, y fue la gentil amabilidad de Eleanor hacia él la que me conquistó por completo. Se sentó junto a él y trató de sacarlo de su aislamiento. Ya para ese momento mi hijo contaba con cincuenta años, una barba encanecida y su cabello presentaba entradas que acentuaban el brillo de su piel tirante y roja.

Le preguntó qué era lo que estaba leyendo y él le dictó una lista tan extensa que estuve seguro de que la marearía. Pero minutos después, los oí hablando de un título en detalle y observé un ligero brillo de luz en sus ojos. Quise ir hasta ella para besarla, me sentía tan feliz de que Jakob finalmente hubiera conectado con alguien.

Observé cómo Jason sonreía radiante en su compañía. Cómo cuando ella estaba de pie él no podía más que acercársele. Esa noche, me convertí en un observador insaciable, viendo también a mi propia hija, con los primeros mechones grises adornando sus cerrados rizos, cortando *bagels* y asegurándose de que hubiera queso crema y pescado ahumado suficiente para todos. Miré cómo Benjamín, ahora bien asentado en la mediana edad, todavía parecía estar enamorado de ella. Y esa mirada me reconfortó, porque pronto estarían celebrando treinta y tres años de matrimonio y no era cosa fácil mantener el fuego del amor ardiendo durante tanto tiempo.

Esa noche, mi hijo y yo nos quedamos despiertos hasta tarde y miramos televisión. El leve zumbido me recordó los momentos de silencio entre su madre y yo. No pude más que sentir tristeza porque Amalia no vería la boda de Jason, ni compartiría la alegría de conocer a su bella novia. Pero después pensé en el comentario de mi nieto, hacía casi veinte años antes, en el planetario, y esperé que tuviera la razón. Que ella estaría allí, observando en su estilo callado, una de las muchas estrellas que arrojaban su resplandor hacia la Tierra.

38

Lenka

Según sus propios cálculos, Rita tenía cerca de seis meses de embarazo. Cuando me detenía en el taller del *Lautscher*, casi siempre estaba sentada, todavía pintando postales.

Su mano seguía firme. Observé las escenas con caballos y pacas de paja, a la madre y al bebé sentado sobre su regazo, a la escena de la Natividad que había pintado en abundancia a pesar de que apenas nos encontrábamos en septiembre.

Teresa estaba parada en su esquina frente al caballete, pintando una reproducción de *La novia judía* de Rembrandt. ¿Acaso las SS habían comisionado el cuadro como una forma cruel de ironía, o era una representación de la silenciosa rebeldía de Teresa? Miré rápidamente hacia el lienzo y vi el oro y rojo del vestido de la novia ejecutados en las delicadas pinceladas de Teresa.

—Es bellísimo —le dije.

—Espero que no conozcan el título —me respondió—. Simplemente me dijeron que pintara otro Rembrandt.

Le sonreí y me vio directamente a los ojos.

—Seguramente sabes que dicen que la esposa de Rembrandt era judía.

Asentí con la cabeza y las dos nos sonreímos una a la otra con satisfacción.

Pero al voltear a mirar a Rita, observé lo pálida que se veía.

—¿Cómo estás? —le pregunté, dándole un toquecito en el hombro.

Estuvo en silencio unos momentos.

—Me siento cansada, pero estoy mucho mejor que tantos otros aquí.

Yo sabía la verdad de lo que estaba diciendo. Había habido un brote de tifus y el dispensario estaba a reventar. Las temidas redadas continuaban. A aquellos internos que no estaban a la altura se les enviaba al este, a Polonia.

Veíamos el humo que se elevaba del crematorio del gueto, sus dos chimeneas en llamas con los cuerpos de los que habían muerto en el dispensario o en el trabajo. Y aunque las ejecuciones eran los inusuales ahorcamientos de los que habían tratado de escapar, había dos horcas que permanecían en el centro del gueto como una fría advertencia para todos nosotros.

Y, aun así, cada semana llegaban trenes nuevos con más y más judíos.

En ocasiones, oíamos rumores de alguien que había escuchado información del Consejo de Mayores de que unos mil estarían llegando desde Brno; otro día podían ser cincuenta desde Berlín y una semana después eran otros mil de Viena o algunos cientos de Múnich o Kladno. Veíamos a los recién llegados caminando por la calle desde las ventanas de nuestros sitios de trabajo: mujeres que sostenían a sus bebés con un brazo y que cargaban su maleta con la otra. Los jóvenes o solteros siempre caminaban al frente, los ancianos y viudos quedándose atrás.

Me recordaban a una procesión fúnebre; estos hombres, mujeres y niños que avanzaban con una mirada de muerte y derrota en sus rostros. No podía imaginarme cómo el gueto, ya sobrepoblado, podía darle cabida a una persona más.

Una tarde, justo antes del toque de queda, Rita me confió que la noche anterior había visto a Fritta en la barraca donde ella vivía. Había ido a dibujar a la mujer a la que conocían como la adivina, una mujer anciana que siempre traía puesto un andrajoso chal.

Rita vivía en uno de los dormitorios del ático donde, debido al ángulo de la línea del tejado, no había literas de tres niveles. Sólo había colchones de paja sobre el piso y unas cuantas bajas camas de madera.

Fritta encontró a la adivina en una esquina, sentada junto a una ventana atestada de cacharros y ollas de metal.

—La dibujó rápidamente en tinta —me contó Rita. Su cabello blanco atado con un trapo, sus lentes, su quijada abierta y su boca sin dientes.

—No dijo nada mientras lo miraba hacer el dibujo —agregó—. Fue algo maravilloso de ver. —En segundos, había exagerado el peso de su cabeza sobre el estrecho cuerpo, la longitud de sus enflaquecidos brazos y sus dos enormes ojos.

Rita describió cómo había dibujado la ventana junto a la que estaba sentada como si se hubiera abierto de par en par, aunque permaneció completamente cerrada. Dibujó la pared de ladrillos del edificio de junto como si se hubiera roto por la mitad. Dibujó el lado de una de las murallas, un viejo y enclenque árbol en el patio y una vieja reja de hierro en la pared. En una de las esquinas del papel, había unos trapos colgados sobre una cuerda que ondeaban como banderas blancas.

—Le tomó menos de una hora —susurró Rita—, y la adivina le preguntó que si quería que le leyera las cartas.

—¿Y él qué contestó? —Ahora estaba fascinada por su historia.

—Dijo que, tristemente, ya sabía lo que le esperaba.

Hice un gesto de desaprobación con la cabeza.

Rita cerró los ojos, como si ella también conociera su destino.

—La adivina no lo contradijo.

☙❧

Seguí escuchando rumores de los muchos dibujos y pinturas que estaban elaborando Fritta y su colega, Leo Haas, en secreto, pero sólo vi dos de ellos, y eso por error. Una mañana, había llegado al cuarto de dibujo temprano ya que quería recolectar algunos materiales para mamá antes de la llegada de los demás.

Cuando llegué, la habitación todavía estaba a oscuras. Había una sola luz incandescente en la parte trasera. Me acerqué, únicamente para ver una sola figura encorvada sobre el lavabo. Era Fritta.

—¿Señor? —Mi voz resonó con mucha más fuerza de lo que quería. Al escucharla, Fritta volteó de inmediato. Una de sus manos debe de haberse movido hacia un lado e hizo que un frasco de vidrio se estrellara en el piso.

—¿Lenka? —dijo al darse vuelta—. ¡Me espantaste!

—Lo siento tanto, lo siento, señor… —Debo haber sonado como una niña nerviosa al tratar de disculparme. De inmediato corrí a donde se había caído el frasco y traté de recoger el desorden con las manos.

—No, Lenka, no lo hagas. —Estiró una mano para detenerme—. Te vas a lastimar y, entonces, ¿de qué me vas a servir? —Se dirigió rápidamente a una esquina de la habitación para tomar una pequeña escoba y se hincó para recoger los trozos de vidrio.

—Ya deberías saber que no te debes acercar así de sigilosa a alguien antes de horas de trabajo. —Se veía más perplejo que molesto—. ¿Y por qué estás aquí tan temprano? ¿Qué tal que alguien te sorprende?

Trabajaba de manera rápida y eficiente mientras me hablaba, empujando las esquirlas de vidrio sobre un trozo de cartón para tirarlas en un cesto de basura cerca de su escritorio.

Lo seguí mientras caminaba.

—Lo siento, señor, debí haber tenido más cuidado. —Evité su mirada. Mis palabras quedaron atrapadas en mi garganta mientras trataba de inventar una justificación para mi llegada temprano—. Sólo… sólo quería adelantar el trabajo de esas ilustraciones de la tubería para las SS —mentí. Parada junto a él, no pude evitar ver dos recientes dibujos en tinta sobre su escritorio.

El primero era un dibujo de la llegada de un transporte. El segundo era de un dormitorio de ancianos en Kavalier. Mostraba tres cuerpos esqueléticos, de nuevo hechos en tinta, pintados como si se estuvieran viendo a través de los barrotes de una ventana en forma de arco. Sus cuerpos estaban devastados por la inanición; los ojos y mejillas hundidas, los cuellos alargados, retorciéndose bajo las delgadas cobijas de sus literas.

—No es necesario que llegues más temprano, Lenka. Las horas que ya trabajas para los alemanes son más que suficientes.

Asentí con la cabeza y volví a mirar los bosquejos sobre su escritorio. Fritta debe de haberlo notado, porque sus ojos repentinamente encontraron a los míos y me miró fijamente como diciendo: «No me preguntes nada acerca de estos dibujos».

Se dio la vuelta de inmediato y los volteó.

Un segundo después, los dos escuchamos el sonido de pasos. Volteamos al unísono. Era Haas.

—¡¿Qué demonios está haciendo aquí?! —exclamó al verme.

—Lo siento… —empecé a balbucear la misma excusa que le había dado a Fritta, pero Haas levantó la mano para detenerme. Era evidente que no quería escuchar mis justificaciones.

—Kish —ladró. Kish era el mote que usaba con Fritta—. Acordamos que no habría nadie más.

Volteé a ver a Fritta, que estaba mirando a Haas directamente a los ojos.

—Lenka es tan diligente que quería adelantar su trabajo. —Ahora, sus ojos se abrieron mucho, como indicándole a Haas que no dijera más.

Por unos segundos, se dio una comunicación silenciosa entre los dos. Haas levantó una de sus oscuras cejas y Fritta asintió con la cabeza. Su diálogo mudo terminó con cada uno viendo al otro intensamente. Haas pareció comprender que mi único delito había sido llegar en un momento inoportuno.

—Muy bien. —Fue Fritta quien rompió el silencio—. Creo que Lenka ya entendió que no debe llegar al trabajo antes de lo que se espera.

—Sí, señor.

—No queremos que los alemanes sepan que estamos aquí, de modo que hagamos un pacto entre los tres de que esto no se mencionará jamás.

—Sí, señor —volví a decir mientras inclinaba la cabeza. Miré a Haas, que ahora estaba buscando algo en la habitación con la mirada.

—Ahora bien, quiero que regreses a tu barraca, Lenka.

Levantó los dibujos con velocidad y los enrolló para formar un tubo de papel con tal rapidez que casi no pude ver más que el apresurado movimiento de sus manos.

—No hablemos más de esto.

Volví a asentir.

Fritta volteó hacia Haas.

—Regreso en una hora, cuando lleguen los demás —dijo.

Haas ya estaba sentado frente a su escritorio, dándonos la espalda. Inclinó la cabeza un par de veces.

Fritta se guardó el tubo de sus dibujos bajo un brazo y los dos salimos rápidamente y en silencio de la habitación.

39

Lenka

Ahora Rita está en su séptimo mes de embarazo. Observo su cuerpo a través del vestido, su panza parecida a un pequeño melón. Se encuentra gravemente desnutrida y nadie podría sospechar que está encinta.

Está agotada; es algo que se puede ver con sólo mirarle el rostro. Esta vez, cuando la visito en el *Lautscher*, veo que sus manos tiemblan mientras pinta.

Teresa me ve de lado desde su caballete y hace un gesto solemne de desaprobación con la cabeza. Yo asiento. Rita no se ve nada bien.

—Creo que deberíamos ir al dispensario —le digo.

Hace un gesto de negación y sigue pintando mientras le hablo. Sus breves pinceladas con la acuarela se están regando por toda la hoja.

—No le diremos a nadie que estás embarazada; simplemente diremos que no estás bien.

—Prefiero quedarme aquí antes que arriesgarme a contraer tifus o algo peor —dice, volteando a verme. Baja su pincel—. Ya se lo dije a Oskar, de modo que por favor simplemente déjame trabajar, Lenka.

La dureza de su tono me sorprende, pero trato de no sentirme ofendida.

La miro presionar las palmas de sus manos contra la mesa en la que está trabajando, con su espalda ligeramente inclinada hacia delante, el ligero perfil de su vientre presionando la tela de su vestido.

Y entonces oigo la exclamación de Teresa.

Debajo del bajo banco de madera, entre las piernas de Rita, hay un charco de agua que va creciendo.

40

Lenka

Teresa corre por Oskar. Él y yo cargamos a Rita hasta el dispensario. Allí, el bebé nace dos meses antes de tiempo entre los enfermos y miserables. El varoncito de Rita tiene un cuerpecito no mayor al de un cachorrito recién nacido.

Está vivo, pero apenas. Está de color azul y cabría en la palma de mi mano. Cuando lo acerca a su pecho, no tiene leche que darle.

Jamás olvidaré el sonido de su llanto. Un quejido agudo, pero tan bajo que es casi imperceptible. Pero incluso en su debilidad, en la desesperación del bebé por vivir, el sonido es atronador.

☙

Oskar está junto a la cama de Rita. Su piel es de color ceniciento y me recuerda al color de una gaviota. Sus ojos cafés están llenos de lágrimas.

Llaman a uno de los rabinos, que sugiere que al bebé le pongan Adi, que en hebreo significa: «mi testigo». Rita lo sostiene contra su pecho, convencida de que sus chupeteos pueden hacer que brote su leche.

Me marcho para respetar su privacidad, pero antes de que transcurra una hora veo a uno de los amigos de Oskar frente a mí.

—Quieren que dibujes al bebé —me dice. Respira jadeante por haber corrido a encontrarme.

—Es urgente —exclama—. No hay mucho tiempo.

Corro a mi barraca y encuentro un trozo de papel. Es el más grande que tengo, pero aun así no es más grande que un plato. Las orillas están desiguales, pero está limpio y no tiene marca alguna. En mi bolsillo, meto dos trozos pequeñísimos de carboncillo. No tengo nada más, ya que le he dado todo a mamá, Friedl y los niños.

Cuando llego al dispensario, el bebé sigue aferrado a su pecho vacío.

—No tengo leche —me dice Rita, llorando. Bajo mi hoja de papel y me acerco para abrazarla. Beso su frente y, después, la de Adi. Me siento y los contemplo a ambos. Mi bella Rita, con su cabello rubio empapado de sudor, sus mejillas encendidas, sus ojos inundados de lágrimas. Los rasgos del bebé, sin el beneficio de la grasa de bebé, son idénticos a los de Rita, pero en relieve afilado. La elevada frente inclinada, la nariz afilada y respingona, los pómulos en forma de hoz. El rostro de Rita está inclinado hacia Adi, con su minúsculo cuerpo envuelto en los temblorosos brazos de su madre.

El rostro de la criatura es exquisito y delicado; su piel sigue rosada por el poco sustento que Rita pudo darle dentro de su vientre; pero, con cada minuto que pasa, el color del cuerpecito empieza a desvanecerse. Aparece un tono azulado en la punta de sus dedos que se extiende a sus extremidades y, después, a su cara. Puedo ver cómo el rostro de Rita se tensa por el dolor mientras trata de acercarlo más hacia ella para calentarlo.

—¡Se está poniendo azul! —grita—. ¡Oskar, está helado! ¿No tenemos nada con qué cubrirlo? —chilla como animal asustado.

Oskar se quita su sucia camisa y trata de colocarla sobre el bebé. Veo que Rita hace una mueca. La mugre en la camisa es más que evidente, como probablemente también lo es su olor. Aquí no hay cobijitas bordadas como las que recuerdo envolvieron a Marta. Este triste trozo de tela será el primero, y quizás el último, que toque la piel del bebé.

Ahora Rita está más allá de la desesperación a medida que la respiración del bebé se vuelve cada vez más laboriosa, su color ya no es azul, sino blanco porcelana.

Empiezo a dibujarlos. Veo que las primeras líneas se consolidan en una imagen de madre e hijo, sus rostros surgiendo en un trozo precioso de papel robado. Dibujo la cara de Rita acurrucada cerca de la de su hijo: la mejilla de este contra su pecho, sus rasgos tan idénticos como dos gotas de agua. Quiero capturar su vida con la adición del más leve toque de color, pero no tengo ni un solo pastel ni un tubo de pintura. El carboncillo que sostengo entre mis dedos ya no es más que polvo en mi mano. Y entonces me viene una idea en un acto de desesperación casi primitiva. Veo mis descuidadas manos, mis cutículas quebradizas, y empiezo a jalarlas. Rasgo la piel hasta que brota sangre de las orillas de mis dedos. Exprimo las gotas de sangre sobre diversas partes del dibujo: las mejillas, boca y senos de Rita y las extremidades del bebé. Mi dibujo, que primero tenía la intención de mostrar el amor entre madre e hijo, ahora se convierte en un grito desafiante, plasmado en negro y rojo.

41

Josef

Jamás les dije nada a mis hijos o a mi nieto acerca de Lenka. Crecieron pensando que sus padres se habían encontrado frente al telón de fondo de la guerra, dos personas desplazadas en un país extranjero que se casaron en un intento compartido por olvidar.

Creo que Rebekkah lo explicaría como el deseo de empezar de nuevo, de formar una nueva familia, porque la de cada uno se había desvanecido como una brizna de humo, por un deseo tan apremiante que había explotado en nuestro pecho y había ofuscado nuestro juicio.

Creo que mi hijo diría que me casé con Amalia simplemente porque era mejor que estar solo.

Y yo les diría a mis dos hijos, si acaso algún día me preguntaran cuál era la verdad, que había sido un poco de las dos cosas.

ઝ

Cuando mi hija estaba en la universidad, me enteré de que se me había enlistado incorrectamente entre los fallecidos del

SS Athenia. Rebekkah lo descubrió mientras examinaba rollos de microfichas una noche en la biblioteca de la escuela.

Me lo contó discretamente durante unas vacaciones, cuando nos encontrábamos solos en el departamento, con dos tazas de té frente a nosotros.

La copia fotostática que Rebekkah había hecho del periódico se encontraba sobre la mesa. La miré antes de tocarla. El encabezado indicaba que Roosevelt había firmado una proclamación de la neutralidad de Estados Unidos. Debajo del mismo, junto a un artículo más pequeño que hablaba de la incursión de fuerzas francesas en Alemania, había una fotografía del *Athenia* y el anuncio de que se habían confirmado ciento diecisiete fallecidos. Mi nombre, el de mi padre, mi madre y mi hermana estaban entre los que se listaban.

—¿Papá, estás bien? —me preguntó Rebekkah. Había estado viendo el papel durante varios segundos, pero me estaba costando trabajo creer que lo que estaba viendo era cierto. Sabía que había habido un tremendo caos cuando el barco de rescate había atracado en Glasgow. Yo había reportado el fallecimiento de mis padres y mi hermana a un encargado, y la única explicación que se me ocurría era que cuando le había dado mi nombre accidentalmente lo había incluido entre los de los perdidos.

—Esto no puede ser —dije. Mi estómago estaba dando tumbos y pensé que podría indisponerme.

—Es como si te hubieran dado una segunda vida —me dijo. Había una cualidad juvenil en su voz y, al mismo tiempo, una profunda comprensión que iba más allá de sus años. Recuerdo que estiró la mano más allá de la taza y tocó mi mano.

Pero yo no estaba pensando en mi hija y sus sentimientos de compasión. En lugar de ello, en mi cabeza daban vueltas pensamientos acerca de mi amada Lenka. Seguramente habría leído sobre esto en los periódicos checos. Habrá creído que yo había muerto.

Recuerdo que me excusé y le dije a mi hija que necesitaba acostarme. Me sentía mareado; sentí que me estaba atragantando. Lenka. Lenka. Lenka. La vi embarazada, vestida de negro, creyéndose abandonada. Aterrada. Sola.

Mi culpa me estaba sofocando. Había sentido esta presión inmisericorde por años. Las cartas a la Cruz Roja. Búsquedas que habían llegado a callejones sin salida. Cartas que afirmaban que habían enviado a Lenka a Auschwitz y que se presumía que había muerto.

¿Era esto lo que significaba estar enamorado? ¿Llorar por una eternidad un error que había cometido tontamente? ¿Cuántas veces reviví esas últimas horas en el departamento? Debí insistirle que viniera conmigo. Debí haberla envuelto en mis brazos para no dejarla ir jamás.

Y mi candor me atraviesa como picahielos. Una herida dolorosa, lenta, sangrante.

Cierro la puerta de mi habitación mientras mi hija se acaba su té. Estiro los brazos y pienso en Lenka. Todos estos años y lo único que quiero es abrazarla, reconfortarla.

Pedirle perdón.

Pero lo único que escucho es el silencio y, después, el sonido de Rebekkah llevando nuestras tazas al fregadero.

Estrujo mis manos en un nudo.

Aire y recuerdos. Los oculto profundamente en mi corazón.

42

Josef

Después de la guerra, empecé a buscar a Lenka a través de canales más oficiales. La Cruz Roja había creado centros de búsqueda en todo el país, de modo que me registré en uno en la Parte Alta del Lado Oeste. Iba una vez por semana, ya fuera en el intenso frío o en la lluvia torrencial, para ver si habían localizado a Lenka.

Hice una petición oficial y llené formulario tras formulario.

En mi primera visita, la mujer que me estaba ayudando me conminó a que tuviera paciencia.

—Estamos trabajando con organizaciones judías en toda Europa —me dijo—. Denos tiempo; nos comunicaremos con usted de inmediato si tenemos alguna noticia.

Pero no esperé a que me hablaran. Seguí yendo semana tras semana, cada miércoles al mediodía. La regularidad de mis visitas me hacía sentir que no me estaba dando por vencido. Jamás falté a mi cita semanal.

Mes tras mes.

Pronto, se convirtió en un año.

—Cada día crece la lista de supervivientes —me informaron—. Recibimos nombres nuevos constantemente, así que hay esperanzas.

A lo largo de ese primer año, llegué a conocer a casi todas las personas que trabajaban en la oficina. Geraldine Dobrow se convirtió en mi administradora de caso designada.

Una tarde, en febrero, empezamos lo que se había convertido en nuestra cita semanal normal.

—Señor Kohn…

—Josef —respondí—, por favor, llámeme Josef.

—Señor Kohn —repitió.

Sentí que no me estaba escuchando. Quería gritar. Me había dado la misma respuesta cada vez que me citaba con ella.

—¡NECESITO QUE ME AYUDE A ENCONTRARLA! —hablé más fuerte de lo que debí. La espalda de la señorita Dobrow se enderezó contra el respaldo de su silla giratoria. Escribió algo en mi archivo. Estaba seguro de que me recomendaría que fuera a ver a un terapeuta o, peor aún, que abandonaría mi caso por completo.

—Señor Kohn —repitió con firmeza—. Por favor. Necesita escuchar lo que le estoy diciendo.

—La escucho. —Suspiré y me dejé caer contra el respaldo de mi silla.

—Comprendo su frustración —indicó—. Le aseguro que sí. Estamos tratando de encontrarla. —Aclaró su garganta. Señaló por la ventana de su oficina a la fila que corría por el corredor—. Cada persona que viene a vernos está en busca de algún ser amado.

—Es sólo que necesito encontrarla.

—Lo sé.

—*Tengo* que encontrarla. —Me percaté de lo desesperado que sonaba, pero no podía evitarlo—. Le hice una promesa.

—Sí, lo entiendo. Muchas personas hicieron promesas… Pero tiene que creerme cuando le digo que estamos haciendo nuestro máximo esfuerzo por ayudarlo, por ayudar a todas las demás personas que están en su misma situación.

Quería creer en la bondad de esta mujer, pero no podía contenerme; me enfurecía.

No tenía idea de lo que se sentía ir a su oficina para que me dijera que no se había hecho ningún progreso. Era imposible que comprendiera por lo que estaba pasando; lo que esas personas que había señalado fuera de su ventana estaban pasando. ¿Cómo podía empezar a comprender lo que era para nosotros buscar a alguien que estaba a un océano de distancia? Día tras día, a los estadounidenses los inundaban con fotografías de los estragos de la guerra en Europa: las pilas de cadáveres; las tumbas colectivas; las historias que estaban surgiendo acerca de lo que los nazis les habían hecho a los judíos.

De modo que, sí, en más de una ocasión me había sentado frente a la señorita Dobrow y simplemente había ocultado mi cabeza entre las manos; o había golpeado mis puños contra su escritorio; o había maldecido con frustración porque su oficina no estaba haciendo lo suficiente para ayudarme.

Y la mayoría de las veces se quedaba en silencio frente a mí, con sus manos puestas sobre una enorme pila de sobres de manila.

—Desde un principio le dije, señor Kohn, que podría llevarse mucho tiempo, muchísimo tiempo, localizar a su esposa.

Respiró profundamente.

—En este momento, Europa es un desastre. Dependemos de las pocas organizaciones judías que quedan allá y que están apenas haciendo registro de los vivos y listas de los muertos —carraspeó—. Necesita prepararse para lo que podría ser una búsqueda realmente larga. Como ya se lo he repetido en muchas ocasiones, necesita armarse de paciencia.

Me miró directamente a los ojos.

—Y necesita prepararse para la posibilidad de que no haya sobrevivido.

Me estremecí.

—Está viva —le dije a la señorita Dobrow—. Está viva.

No me respondió. Fue la única vez en que recuerdo que haya bajado la mirada.

CR

Perseveré a pesar de todo. Por seis años, una vez por semana, acudí a esa oficina. El centro de búsqueda seguía recibiendo nuevas listas de Auschwitz, Treblinka y Dachau, así como de campos más pequeños como Sobibor y Ravensbrük. Listas tanto de los vivos como de los muertos.

La señorita Dobrow fue reemplazada por la señora Goldstein y, después, por la señorita Markowitz. Y, después, un día, me dijeron que habían encontrado el nombre de Lenka en una lista de Auschwitz que, para entonces, era conocido como el más temido de todos los campos. Su nombre, junto con el de su hermana y ambos padres.

—Creemos que los gasearon a todos el día en que llegaron al campo —me dijo—. Lo siento muchísimo, doctor Kohn.

Me dio una copia de la lista del transporte.

«*Lenka Maizel Kohn*», decía a máquina. Presioné la lista contra mis labios.

—Si necesita estar a solas —me dijo la señorita Markowitz, tocándome el hombro—, tenemos una habitación especial…

No recuerdo gran cosa después de eso, excepto por una pequeña habitación donde había varias otras personas conmocionadas sentadas en sillas de plástico a mi alrededor. Recuerdo haber oído a dos chicas jóvenes que recitaban el *kadish*. Recuerdo que vi a otras personas que se abrazaban y lloraban. Pero también había algunas como yo. Solas y demasiado impactadas como para siquiera llorar.

43

Lenka

Le di a Rita el dibujo de ella y su bebé tan pronto como lo terminé. Lo coloqué junto a su camilla y abracé a Oskar, que ahora temblaba en su deshilachada camiseta, sus costillas se levantaban contra la tela raída.

—Gracias, Lenka —dijo, tratando de recuperar la compostura—. Atesoraremos esto hasta el último día de nuestras vidas.

Asentí, incapaz de hablar. Miré a mi amiga, que seguía aferrándose a su bebé ahora carente de vida.

Quise darle un apretón a la pierna de Rita a través de la cobija. Aún recuerdo lo que sentí al tocarla. La sensación de que no quedaba ya nada de carne, sólo huesos.

Lo único que pude hacer fue abrazarla lo más cuidadosamente posible.

No volteó a mirarme. Ni siquiera podía oírme. Cuando me fui, estaba susurrando la canción yidis «*Eine Kinderen*» en el oído de la criatura muerta.

ॐ

Me gustaría poder decir que Rita se recuperó después de la muerte de su bebé, pero eso sería una mentira. ¿Quién podría recuperarse de una pérdida como esa? Observé a mi amiga debilitarse cada vez más. No podía pintar. Sus manos temblaban demasiado y no podía concentrarse. Era como si su voluntad por vivir se hubiera muerto junto con Adi.

Terezín no toleraba tal ineficiencia. Te permitía vivir —e incluso quizá crear— dentro de sus murallas, siempre y cuando tu trabajo le resultara valioso al Reich. Cierto que podías morir en el dispensario de tifus o en tu camastro de inanición, pero tu fallecimiento se consideraba como una mera inconveniencia. Y cuando ya no eras necesario, o cuando las barracas estaban demasiado llenas y se necesitaba espacio para el primer transporte que llegara, simplemente te enviaban al este.

A las pocas semanas de la muerte de Adi, a Rita se le notificó que habrían de transportarla. Oskar no recibió la notificación, pero se ofreció a acompañarla, ya que no estaba dispuesto a quedarse en Terezín sin ella.

No se nos permitía caminar con ellos al momento de su partida, de modo que tuve que despedirme de ellos la noche anterior.

Oskar había llevado a Rita para verse conmigo fuera de mi barraca justo antes del toque de queda. La sostuvo erguida con su brazo. Rita se veía como Adi en la primera ocasión en que lo vi. Estaba casi transparente excepto por las venas azules de su garganta, que se asomaban a través de su piel.

Ahora no era mucho más que un fantasma. Sus pálidos ojos verdes eran del color blanquecino del jade color manzana, su cabello rubio del color de las cenizas. Era poco más que una mortaja cansada y vacía que contenía huesos como de gorrión y una infinidad de dolor. Abracé a mi amiga. Susurré su nombre y le dije que nos volveríamos a ver después de la guerra.

Su marido afirmó con la cabeza y me apretó la mano. Luego puso su mano bajo su camisa y sacó el dibujo de Adi y Rita, que tenía enrollado y metido en la pretina del pantalón.

—Tómalo —dijo—. Nos da miedo llevarlo a donde vamos. —Se estaba atragantando con sus palabras—. Estará más seguro contigo, donde no puede perderse.

Tomé el dibujo y le dije que lo mantendría a salvo.

—Los buscaré después de la guerra y se los devolveré. Lo prometo.

Oskar colocó un dedo contra sus labios, indicándome que no necesitaba decir más. Sabía —de la misma manera en que yo supe que Lucie lo haría cuando le di mis posesiones más preciadas antes del transporte— que haría cualquier cosa para mantenerlo fuera de peligro.

☙

Escondí el dibujo entre dos trozos de cartón debajo de mi colchón, pero empecé a temer que el peso de tres mujeres pudiera lastimarlo de alguna manera. Después lo coloqué en mi maleta, pero pronto me encontré atormentada por el temor de que alguien pudiera robarlo.

Pero, pensé, ¿quién se robaría un simple dibujo de una madre y su hijo? No podía utilizarse para hacer algún trueque; no tenía valor alguno excepto para mí, Rita y Oskar.

De modo que el dibujo permaneció en mi maleta un tiempo y traté de no pensar en él con demasiada frecuencia. Me consideraba sólo como su cuidadora temporal, cuyo trabajo era mantenerlo seguro hasta que sus legítimos dueños pudieran recuperarlo. Pero de vez en vez subía por la escalera de nuestra barraca para asegurarme de que seguía oculto y fuera de peligro.

☙

Terezín estaba todavía más abarrotado. Más tarde, en diversos libros, me enteraría de su población exacta. Para 1943 había más de cincuenta y ocho mil hombres, mujeres y niños dentro de las murallas de un pueblo que se había construido para alojar a siete mil.

Y con la llegada de cada nuevo transporte, cientos y, a veces, miles, eran despachados al este.

Chicas con nombres que me eran ajenos como Luiza, Annika y Katya empezaron a llenar las camas de mi barraca, que alguna vez habían estado ocupadas por muchachas con nombres checos como Hanka, Eva, Flaska y Anna.

Aumentaron las peleas dentro de las barracas. Las chicas estaban irritadas por la falta de sueño, por el hambre y por trabajar tanto que la piel de sus dedos alguna vez elegantes se convertía en jirones sangrientos.

Una chica le roba a su propia madre; su hermana menor la acusa de ello. Su pelea inicia con insultos verbales, sólo para empeorar. Pronto, están peleando como animales, tirándose del cabello e, incluso, una de ellas muerde el brazo de la otra. La matrona del dormitorio trata de separarlas. Observo, muda. A menudo he compartido el poco pan que tengo con mamá o Marta, pero no puedo más que preguntarme cuánto tiempo pasará antes de que me vuelva como ellas.

Los robos en las barracas están fuera de control. Artículos que alguna vez se hubieran considerado basura —un peine roto, una única agujeta, una cuchara de madera— se convierten en bienes que pueden intercambiarse por algo más valioso: un cigarrillo, un poco de mantequilla, un pedazo de chocolate. Dormimos vestidas; algunas de nosotras con los zapatos puestos por temor a que, si los dejamos debajo de nuestra litera, alguien se los lleve.

Todo está en riesgo de perderse por obra de otro par de manos hambrientas, y cualquier cosa que no sea de utilidad está sujeta a que alguien no tenga el menor empacho de arrojarla al brasero para alimentarlo. Pienso en el dibujo que se encuentra en mi maleta y sé que cuando venga el invierno alguien lo encontrará y lo utilizará para quemarlo, una cosa sin valor más que alguien decidirá arrojar dentro de la estufa vacía con tal de obtener un segundo más de calor.

CB

En noviembre de 1943, Berlín ordena que se realice un censo. Una mañana, a las 7 a. m., se convoca a la totalidad del gueto a una amplia llanura en el perímetro externo de las murallas. Se nos obliga a permanecer allí sin abrigos, algunos sin zapatos, hasta que se cuenta a cada persona. Estamos allí toda la mañana, toda la tarde y, después, toda la noche. No se nos proporciona comida ni agua y no se nos permite ir al baño. Después de que finaliza el conteo, para llegar a un total de más de cuarenta mil personas, nos conducen en la oscuridad de vuelta a las barracas. Pasamos junto a los cuerpos de cientos de personas que no toleraron el trance de diecisiete horas, sus cuerpos inertes en el lugar exacto en el que cayeron.

☙

En el departamento técnico sigo trabajando en el proyecto al que me asignaron. Termino catorce dibujos que muestran la construcción en progreso de la vía férrea que conduce al interior del gueto y empiezo a hacer otros que muestran la adición de nuevas barracas. Fritta me dijo que estaba satisfecho con mi trabajo, aunque Leo Haas rara vez me dirigía una mirada. En ocasiones, escuchaba que discutían acerca de algo desde una de las esquinas del taller. Haas levantaba los brazos al aire, con su rostro enrojecido de frustración.

—Estos son excelentes —me dijo Fritta una tarde después de examinar una de las hojas a la luz—. Es una lástima que tengas que desperdiciar tus energías con estas tonterías —movió la cabeza en un gesto de desaprobación—. En otros tiempos, tus talentos se hubieran aprovechado mejor.

Mientras dice esto, quiero interrumpirlo y gritar: «¡Sí! ¡Utilicemos este talento que tengo para un mejor propósito! Déjenme participar en lo que usted y Leo están haciendo. Déjenme hacer dibujos de los transportes, o del humo que sube desde el nuevo crematorio…».

Pero mi voz queda atrapada en mi garganta. Lo miro, esperando que comprenda que estoy ansiosa por trabajar en cualquier tipo de movimiento clandestino que se esté forjando dentro del campo.

Creo que intuye lo que estoy pensando. Posa una de sus grandes manos sobre mi hombro.

—Lenka —susurra—, cuando todo esto acabe, siempre tendrás pinceles y papel para hacer un registro de lo que sucedió. Hasta ese entonces, no hagas nada que pueda poner en peligro tu seguridad y la de tu familia.

Asiento con la cabeza y regreso con mis dibujos a mi restirador. Coloco mis codos sobre su superficie y dejo que mi cabeza descanse en mis manos por unos momentos a fin de recobrar la compostura. Cuando me enderezo, Otto me está mirando y logro sonreírle.

෬

Una tarde, mientras espero en la fila para recibir mi ración del mediodía, me percato de que Petr Kien está parado tras de mí.

—¿Qué te apetece el día de hoy, Lenka? ¿Sopa de agua con una rebanada de papa o sopa de agua con un nabo negro?

Me sorprende que sepa cómo me llamo.

—Creo que huele a col podrida.

Se ríe.

—Siempre huele a podrido, Lenka. Eso seguramente ya lo sabes.

—¿Dónde está Otto? —me pregunta.

Lo miro: el apuesto rostro y la melena de cabello negro que me recuerdan a Josef.

Repentinamente me siento ofuscada. ¿Será posible que siempre me haya observado?

—La esposa de Otto pudo comer con él el día de hoy —respondo. Me había sentido feliz de ver la inusual mirada de placer en el rostro de Otto cuando se apresuró a reunirse con ella.

Petr no menciona a su esposa, aunque sé que está casado. Nos sentamos en un banco fuera de las barracas Magdeburgo, sorbiendo la sopa sin saborearla.

Una sola brizna de col flota sobre la superficie.

❧

Petr era una luz clara y brillante; Otto una franja melancólica de sombra. Los amaba a ambos. Tener una amistad con esos dos hombres de personalidades tan contrastantes me sostenía. Petr se ofrecía a ilustrar cada programa operístico, cada cartel que anunciaba una obra de teatro o concierto. No podía dejar de dibujar ni siquiera durante la hora de la comida, ni tampoco cuando terminábamos de trabajar en el departamento técnico, ni incluso cuando sólo quedaban unas cuantas horas antes del toque de queda.

Aunque Petr se arriesgaba a dibujar abiertamente, lo que elegía pintar no era polémico en absoluto. Principalmente, hacía retratos.

Lo observé una noche mientras trabajaba en el boceto de una mujer llamada Ilse Weber, su mano levantada hacia su mejilla, con sus ojos oscuros e inteligentes, sus labios ligeramente curvados en una sonrisa. En otra ocasión, dibujó a Zuzka Levitová en tinta negra, con sus grandes ojos de rana plasmados en una caricatura y su enorme pecho brotando de un vestido a cuadros que él representó en rápidos trazos cruzados.

—Me gustaría poder trabajar con la misma rapidez que tú —le digo una noche.

El simple hecho de mirarlo me trae una gran dicha. Pinta una acuarela de Adolf Aussenberg en una paleta de rosas y azules, la delgada figura mirando hacia abajo, sus manos puestas sobre las rodillas. Pero es el dibujo de Hana Steindlerová el que resulta más encantador.

—Una mujer atraviesa cuatro etapas a lo largo de su vida —me explica. Primero, dibuja a Hana como una muchacha joven: sus rasgos difuminados, su lápiz creando ligeras sombras sobre su rostro. Junto a este, un rápido boceto de ella como seductora: sus manos detrás de la cabeza, su cabello revuelto, su blusa desabotonada mostrando la sugerencia de sus senos, su ombligo, la suave curva de sus caderas. La imagen más grande de ella es como esposa y madre: su rostro más serio, su expresión de profunda reflexión. En la esquina inferior derecha, la imagen final es un rápido apunte de una niña con el cabello corto, los ojos entornados, su sonrisa casi pícara.

—Ese me fascina —comento—. Es tanto la imagen de la hija de Hana como Hana misma cuando era niña.

—Exactamente —me dice, y puedo ver en sus ojos la sensación de felicidad que proviene de sentirse comprendido.

Cada día lo miro en el patio trabajando en otro retrato. Está el retrato de Frantiska Edelsteinová, el de Eva Winderová con sus grandes cejas y sus ojos esperanzados, la impactante representación de Willy van Adelsberg, el joven holandés, su largo cabello y carnosa boca tan seductoramente representados que parece tan bello como cualquier chica. Con Petr estoy constantemente maravillada.

Y después está Otto. Mi dulce y conmovedor Otto. Él trabaja en color. Acuarelas. *Gouache.* Pinta imágenes que lo atormentan. Los crematorios, el almacén de ataúdes frente a la morgue, las largas filas para comida, los viejos orando sobre los cuerpos de los fallecidos.

Lo veo ocultar sus dibujos entre las hojas de su trabajo oficial. Jamás los comparte conmigo, pero tampoco los oculta de mi mirada. Cuando se marcha al final del día, los coloca en la pretina de su pantalón. Siempre rezo para que nadie lo detenga de camino a las barracas. No puedo imaginarlo tolerando cualquier forma de castigo físico y me estremezco ante la idea de que lo transporten al este.

C3

Después de meses de observar a Petr trabajando en sus retratos, finalmente me pregunta si puede pintarme.

Estamos sentados en la misma banca de siempre, pero ahora el aire anuncia la llegada del otoño. Puedo detectar el enfriamiento del viento y oler el perfume de las hojas que se secan. La tierra roja y seca forma un velo polvoso sobre mis zapatos.

Me pide que me quede más tarde una noche en el departamento técnico. Hay cierto riesgo en lo que me pide. El más evidente, que un soldado alemán descubra que hemos roto las reglas, y el que se refiere a que rompa mi promesa a Fritta de no acudir al estudio fuera de las horas de trabajo.

—Pero Fritta querrá que nos vayamos con todos los demás —le digo. No quiero parecer cobarde por mencionar el riesgo de que nos descubra un alemán—. No le gusta que haya gente sola allí. En alguna ocasión, cometí el error de llegar temprano… y le prometí que jamás lo volvería a hacer.

—No te preocupes; hablaré con él. Tenemos un arreglo.

Levanto la ceja, pero él se muestra evasivo y no da mayor explicación.

Esa tarde, después de que los demás guardan su trabajo y se dirigen a la puerta, Petr y yo permanecemos en nuestro sitio.

Otto se queda un poco más, sus ojos van de mí a Petr.

—¿Todo bien contigo, Lenka? —me pregunta. De nuevo, me recuerda a mi padre. Su dulce preocupación y la suavidad de su voz al hacerme preguntas, siempre cuidadoso de no parecer demasiado atrevido o directo.

Me pregunto si Otto cree que Petr y yo estamos teniendo un amorío. Aunque Petr está casado, las aventuras no están fuera de toda posibilidad en este sitio. Cuando todo el mundo está convencido que habrá de morir pronto, un cuerpo cálido, un corazón que palpita los puede llevar a hacer cosas que jamás hubieran contemplado con anterioridad.

Otto nos mira y después se dirige hacia la puerta.

—Los veo mañana —dice. Hay tristeza en su voz.

—Sí, Otto. —Trato de parecer despreocupada—. Nos vemos mañana.

Me hace un lento gesto con la mano y me lanza una mirada paternal de advertencia. Sonrío y niego con la cabeza.

Petr no se preocupa en despedirse. Saca cinco tubos de pintura de un cajón. Sus manos son fuertes y seguras; sabe la paleta que quiere emplear antes siquiera de plasmar la primera pincelada.

Azul cadmio. Blanco de titanio. Siena tostada.

—Siéntate —me ordena. Obedezco sin pensar. Me siento mareada ante el mero pensamiento de sus ojos sobre mí y de que me ha considerado merecedora de pintarme.

Exprime los pigmentos con cuidado, con reverencia. Pequeñas manchas oleosas sobre una pequeñísima bandeja de latón. Desenrolla un trozo de lienzo que estaba oculto detrás de una pila de dibujos sobre su mesa. Sus orillas están deshilachadas, la forma imprecisa; ni cuadrada ni rectangular.

No hay bastidores sobre los cuales fijarlo, de modo que miro cómo Petr lo alisa con sus manos y coloca dos tachuelas sobre las esquinas superiores para sostenerlo sobre su mesa.

—No me veas a mí, Lenka; mira hacia la puerta.

Eso es lo que hago. El marco de madera, la vista imaginaria de mis compañeros mientras entran y salen, la sombra de aquellos que llegaron a Terezín antes que yo y que se marcharon antes de que conociera sus nombres.

Los minutos pasan; quizás ya haya transcurrido una hora. Pronto estaremos en aprietos, ya que iniciará el toque de queda. Mi corazón late atronadoramente dentro de mi pecho. Mi cuerpo está invadido por el temor de que un soldado alemán se asome para inspeccionar el estudio y por la emoción que me provoca ver a Petr trabajar. Ahora está pintando con mayor velocidad. Su muñeca viaja por el lienzo con la velocidad de alguien que patina sobre hielo.

Mis pensamientos se están apoderando de mí. Una parte de mí quiere saltar de mi asiento para obtener un lienzo, mi propia paleta de colores. Nos imagino a Petr y a mí como imágenes de espejo, cada una pintando el reflejo de la otra.

—Estate quieta, Lenka —me dice—. Por favor.

Ahora, los minutos parecen horas.

Me siento terriblemente sedienta. Me viene una imagen de pintura que se absorbe en una tela seca y árida. Me empieza a doler el cuello y la idea con la que he estado luchando por reprimir surge a la superficie como una herida abierta.

Me abruma un sentimiento de soledad. Nadie me ha tocado; nadie me ha tocado de la manera en que añoro que me toquen en este momento con los ojos de Petr sobre mí, su mano moviéndose con destreza y el sonido del pigmento húmedo rozando el lienzo.

—Lenka —me dice—, no cierres los ojos.

Me sonrojo.

—Sí…, lo siento. Perdón. —Casi me siento avergonzada de estar teniendo estos pensamientos.

Observo su cabello negro, los ángulos de su rostro, la blancura de sus dedos mientras sostienen su pincel. Siento que algo se agita en mi interior, un impulso por besarlo. Añoro estar cerca de alguien. Casi he olvidado lo que se siente estar en los brazos de alguien más.

Trato de pensar en la esposa de Petr, Ilse. Los imagino acostados juntos, la apresurada pasión de su sexo, no un festín para los sentidos, sino la veloz saciedad de un ansia.

—Lenka, no te muevas; ya casi terminamos. Sí…, eso es, ya casi terminamos.

Miro hacia el lienzo. Soy piel del color de la crema, cabello oscuro que cae tras el ángulo de mis hombros. Dos ojos azul blanquecino. Mi mirada intensa. Mi enfoque aguzado y resuelto. Mi rostro más bello de lo que creo que es en la realidad.

44

Lenka

Después del cuadro es como si Petr y yo fuésemos amantes que jamás se han tocado. Me ha observado, estudiado; me ha mirado con ojos penetrantes. Pregúntale a cualquiera a quien hayan pintado y te dirá que jamás se ha sentido tan vulnerable como cuando ha estado bajo la mirada de los ojos de alguien más. Con o sin ropa, sigues estando desnuda.

 beginalign

Al día siguiente, a la hora de la comida, le pregunto si está realizando pinturas secretas además de los retratos.

Al principio, no responde nada. Se queda mirando fijamente a su tazón de sopa turbia y permanece en silencio.

—Lenka —dice al fin—, no quiero mentirte... —levanta la vista y sus ojos encuentran los míos—, pero no quiero involucrarte.

—Pero es que quiero involucrarme, Petr. ¿Qué más puedo hacer? ¿Acaso se supone que todos los días siga haciendo dibujos de la vía férrea para una caterva de nazis que sólo están esperando la oportunidad de verme muerta?

Petr aleja su plato de sí y se queda mirando hacia delante. Frente a nosotros, nuestros compañeros están comiendo sus raciones sin pensar. Hambre antes que gusto. Me recuerdan a un ejército de hormigas que llevan a cabo cada movimiento, cada tarea, sin pensar.

—Sí, Lenka, estoy haciendo dibujos secretos, si eso es lo que quieres saber.

Después me confirma lo que he sospechado, que de hecho existe una red clandestina de pintores que están registrando las atrocidades. Petr está trabajando con Fritta y Haas y con otro hombre llamado František Strass, que tiene familiares no judíos por fuera. Están luchando por hacer llegar los cuadros a personas que quieren exponer las atrocidades del gueto.

☙

Strass, un astuto negociante que había sido un exitoso comerciante con una pasión por coleccionar arte checo, ahora estaba dirigiendo su propia empresa de trueques desde su barraca en Terezín. Junto con algunos otros prisioneros, intercambiaba los alimentos que recibía en paquetes de suministros —botes de mermelada o cajas de chocolates, galletas o cigarros— por las cosas que necesitaba dentro del campo. Pero también estaba contrabandeando los cuadros de algunos de los artistas que trabajaban en el departamento técnico a sus familiares no judíos en el exterior. Haas y Fritta, un pintor llamado Ferdinand Bloch e incluso Petr y Otto le estaban pasando sus trabajos secretos a él.

Una vez que tenía los dibujos en su posesión, Strass sobornaba a dos hermanos checos que eran policías dentro de Terezín para que los sacaran del gueto.

—Strass ha logrado sacar nuestros cuadros para algunos de sus familiares y otras personas que apoyan nuestra causa.

—¡Dios mío! —Casi no puedo contener mi emoción.

—Lo sé, Lenka, pero esto tiene que permanecer en secreto. Prométemelo. La situación es más peligrosa que nunca. Los familiares de Strass se han puesto en contacto con algunas personas en Suiza. Dicen que incluso podrían publicar algunos de nuestros trabajos para mostrarle al mundo lo que realmente está sucediendo.

જી

Le cuento a Petr acerca del dibujo de Rita y su bebé que está escondido en mi maleta.

Estamos fuera de las barracas Magdeburgo antes del toque de queda.

—Lenka, podrían hacer una inspección. —Está visiblemente preocupado por mí—. Hace unas semanas registraron la barraca de Strass. Debajo de su colchón encontraron algunos dibujos que, por fortuna, no eran de naturaleza política, pero aun así los alemanes están en estado de alerta en busca de *greuelpropaganda*.

—¿*Greuelpropaganda*? —No sabía lo que significaba la palabra.

—Se refiere a cualquier tipo de cosa que presente al Reich en una luz desfavorable. La traducción literal sería «propaganda de horror».

—¿Imágenes terroríficas de lo que sucede en Terezín? —le pregunto a Petr.

—Sí, Lenka. —Para por un momento y me mira directamente a los ojos—. La verdad, por decirlo de otra manera.

જી

Petr y yo nos quedamos juntos por lo que parecen ser horas. Estoy retorciéndome las manos.

—¿Qué hago con el dibujo de Rita y Adi?

Me mira como si no estuviese pensando en mi pregunta, sino como si buscara algo que decir. ¿Soy la única que percibe esa extraña sensación de deseo entre los dos? Esa sensación que recuerdo de ese verano tan lejano en Karlovy Vary.

En Terezín no hay argollas de matrimonio, pero trato de obligarme a ver la imagen de una en la mano de Petr.

Siento que me ahogo mientras me mira.

¿Fue mi mano la que tomó la suya primero o la suya que tomó la mía?

Aún no lo puedo recordar, pero sé que sentí que la calidez de su mano me invadía por completo cuando primero cubre mis nudillos y después aprieta mis dedos con tal fuerza que siento que podrían romperse ante la intensidad de la misma.

—Petr —susurro, pero interrumpe lo que está a punto de salir de mis labios y en un instante vuelve a hablar del cuadro.

—Dáselo a Jíří. Él sabrá qué hacer con él —dice finalmente.

De nuevo, aprieta mi mano. Aunque las manos de los dos están heladas, siento que me quemo y quiero llorar.

Por meses he querido decirle que yo, también, he estado añorando la oportunidad de registrar la verdad, de enviar mis dibujos al exterior como lo están haciendo Haas y Fritta, pero ahora esos sentimientos se han visto enlodados por el deseo de algo que es todavía más imposible.

No me besa como imaginé que podría hacerlo; como esperaba que lo hiciera. Simplemente me mira a los ojos.

Y cuando lo hace, ¿ve a una mujer que añora la sensación de su piel? ¿O a una artista que está casi igual de ansiosa por usar su talento para el bien de los demás?

Estoy segura de que percibe ambas cosas, pero elige responder sólo a una.

—Dale tu pintura a Jíří y no hagas nada más para ponerte en peligro —me dice—. La situación es más peligrosa en este momento que nunca. Las inspecciones van a seguir…, incluso podrían intensificarse. —Veo dolor en su mirada—. Jamás debí decírtelo, Lenka.

Siento que nuestros dedos se separan y el fuego que había entre nosotros repentinamente se siente como el agua tibia de un baño. La mano de Petr cuelga a su lado antes de hurgar torpemente en su bolsillo en busca de una pluma.

—No te involucres en nada de esto, Lenka. Prométemelo.

Asiento con la cabeza.

✓

Jíří es uno de los ingenieros más confiables y talentosos de Terezín. Al igual que Fritta, fue miembro del prestigioso *Aufkommando* al que se le ordenó que llevara a cabo los dibujos técnicos para la expansión del campo.

—He estado aquí desde el principio —me dice—. Conozco hasta el último rincón de este sitio.

Desenrolla mi dibujo.

—Es bellísimo, Lenka.

—¿Conoció a Rita Meissner? —le pregunto—. Es de ella y de su hijo, Adi.

—No, lo siento, no la conocí.

Sigue observando mi dibujo.

—Murió justo después de nacer y enviaron a Rita y a Oskar al este unos meses después —pausé—. Le prometí a ella y a su marido que lo cuidaría lo mejor posible.

Jíří asiente con la cabeza.

—Sé lo importantes que son estos dibujos y cuadros. Son la única documentación que las generaciones futuras tendrán de Terezín. No te preocupes, Lenka, esconderé tu cuadro en un sitio seguro.

Me dice que hará un cilindro de metal para el dibujo y que lo esconderá en el sótano de la barraca Hamburgo.

—Hay una pequeña antecámara cuando bajas por las escaleras —me indica—. Cuando llegue el momento en que lo necesites, búscalo allí.

No me dice que ha llevado a cabo esta tarea para Fritta y Haas en muchas ocasiones anteriores. Años después, me enteré de que había envuelto el cilindro de aluminio en un trozo de tela, como un sudario, y que después lo enterró cuidadosamente. Los trabajos de Fritta y Haas estaban enterrados en otros sitios: los de Fritta en el campo y los de Haas detrás de unos ladrillos en la pared de una de las barracas. Pero mi dibujo era igual que el de ellos; una cápsula de tiempo del dolor de Terezín, colocado en secreto dentro de las paredes mismas del campo.

45

Lenka

En Terezín reinaba la hambruna. Reinaba la enfermedad. Reinaban el agotamiento y el hacinamiento. Pero a pesar de las condiciones terribles y el abrumador sentimiento de desesperación, logramos crear arte de alguna manera.

Los nazis habían prohibido traer instrumentos musicales al interior del campo, ya que no los consideraban necesarios. Karel Frölich había logrado llevar su violín y su viola, Kurt Maier un acordeón. Después, estaba la leyenda del chelo: su dueño, antes de que lo transportaran, lo había desmantelado en una docena de piezas; una vez dentro de Terezín, lo había vuelto a armar. Se descubrió un viejo piano con una sola pata. Estaba recargado contra una pared, sostenido con materiales adicionales y, bajo los diestros dedos de Bernard Koff, regresó a la vida.

Al paso del tiempo, los músicos de Terezín se volvieron más rebeldes. Flotaban rumores alrededor del campo de que Rafael Schachter, uno de los directores musicales más talentosos y queridos del gueto, estaba organizando una presentación del *Réquiem* de Verdi.

—Un réquiem es una misa de difuntos —me dijo Otto, moviendo la cabeza en un gesto de desaprobación—. ¿Habrá perdido la razón?

—Está siendo valiente —le respondí—. Está protestando contra la injusticia de su aprisionamiento.

—Le van a meter una bala en la cabeza. Eso es lo que se va a ganar si persiste con esto.

—No hicieron nada cuando los niños escenificaron *Brundibár*.

—Esto es diferente, Lenka. Esto es el equivalente musical de un levantamiento.

No sabía qué creer. Lo que sí sabía era que el Consejo de Mayores se había enterado de la idea de Schachter y no estaban muy de acuerdo con que un coro judío hiciera una representación de una misa católica. Argumentaron que Terezín era el único lugar bajo control nazi en el que todavía se podía representar cualquier obra judía; algo que se había prohibido en todas partes.

Schachter no se dejó disuadir.

—Es una de las pocas libertades que nos quedan —dijo en defensa propia—. Los alemanes cantan sus lemas nazis, sus marchas. Hagamos nuestro réquiem en nuestros propios términos. Nuestras voces elevadas y unidas.

Schachter hizo campaña a favor del apoyo de las personas dentro del campo y muchos se le unieron. Su representación de *La novia vendida* era legendaria. Había dirigido la ópera de pie ante el piano destartalado, con el instrumento apoyado sobre diversas cajas de madera apiladas. Yo estuve entre el público cuando se llevó a cabo la representación de la ópera; la noche había sido tan fría que el agua que se había dejado dentro de las ollas se había congelado y los asistentes habían tenido que apiñarse para mantenerse calientes, pero recuerdo que la representación nos embelesó. Incluso muchas personas lloraron de agradecimiento. En contraste con la austeridad a nuestro alrededor, el sonido de esas voces evocó tal tormenta de emoción que cuando eché un vistazo al público no sólo pude ver lágrimas de alegría, sino también lágrimas de esperanza y de éxtasis.

Los cantantes del coro de Schachter le eran salvajemente leales. Una vez que obtuvo el permiso del Consejo de Mayores para realizar el réquiem, empezó a trabajar en lo que se transformaría en una verdadera obra maestra teatral. Sería su propio acto de rebeldía contra la tiranía de los nazis, acompañada por la música de Verdi.

Ciento veinte cantantes eligieron prestar sus voces en apoyo a la causa de Schachter. Durante uno de los ensayos, reunió a sus cantantes y les dijo:

—Son unos valientes por unírseme. Sí, somos judíos cantando un texto católico —respiró profundamente—, pero este no es un réquiem cualquiera; esto es algo que cantaremos en honor a todos nuestros hermanos y hermanas caídos, por nuestras madres y padres. Por nuestros amigos… que ya han perecido en sus manos.

☙

En los días anteriores a la presentación, Petr elaboró carteles en tinta negra y oro que anunciaban la producción. Le ayudé a pegar los carteles alrededor del campo. Me embriaga la emoción de escucharla.

Mis frágiles padres ven esta ocasión como una gran velada de celebración. Mamá hace lo que puede para mejorar su apariencia, mordiéndose los resecos labios para colorearlos y pellizcándose las mejillas para darse rubor. Pero no vamos a un teatro nacional decorado con oro, no hay un vestido de terciopelo con un collar de perlas para mamá, ni un traje negro con chaleco de seda para papá. Mamá está en sus harapos, su cabello es totalmente blanco. Son dos ancianos, sombras transparentes de lo que alguna vez fueron.

Esa noche, mis padres, mi hermana y yo nos amontonamos con cientos de otros alrededor del escenario improvisado. El piano de una pata está en el centro del escenario y revive bajo las expertas manos de Gideon Kein. Frölich se yergue con su violín, acariciando sus cuerdas para hacerlo cantar, rivalizando incluso con las mejores voces del coro.

Incluso ahora, que soy una vieja, cuando escucho a un violinista, no existe ningún otro que me haga llorar de la manera en que lo hizo Karel Frölich la noche en que tocó en Terezín. Cuando lo vi esa noche, con el instrumento acurrucado entre su cuello y su huesudo hombro, sus ojos cerrados y su mejilla ahuecada presionada contra su madera, hombre y violín parecían fundidos en un abrazo eterno.

Estoy segura de que no fui la única que sintió escalofríos por todo el cuerpo. Con las manos unidas, esas ciento veinte personas cantaron más bellamente, más poderosamente que cualesquiera otras que jamás haya oído antes o después.

Pero unos pocos días después de esa representación nos dimos cuenta de que los nazis no habían ignorado el mensaje que habían enviado. Cada uno de los cantantes que había participado en el coro partió en el primer transporte al este. Rafael Schachter permaneció en Terezín.

Schachter repitió su presentación y, de nuevo, todos los ciento veinte miembros del nuevo coro fueron trasladados al este.

La tercera y última vez que se representó el réquiem en el campo Schachter sólo logró reunir a sesenta cantantes para la presentación.

La ironía de la situación no se pasó por alto.

Cada persona que había participado en el coro para el réquiem había estado cantando una misa para su propia muerte.

46

Josef

En los años que han transcurrido desde la muerte de Amalia es frecuente que me despierte a medianoche con el corazón acelerado y la mente aturdida por sueños que no logro comprender. Imagino que escucho el sonido de mi localizador o la voz de la operadora del servicio de recepción de llamadas que me dice que estoy retrasado para asistir a un parto. Escucho la voz de mi hija que me llama, tan frecuentemente como lo hacía de niña, para pedirme un vaso de agua, para encontrar su osito de peluche perdido o simplemente para asegurarse de que mi esposa y yo estamos en casa. Y después están los ataques de ansiedad que me acosan ya tarde por la noche, cuando la casa está en silencio y Jakob se ha quedado dormido con la televisión prendida, y me quedo en cama despierto, pensando: «¿Cómo es que he llegado a ser tan viejo, a estar tan solo?».

Empujo las cobijas con mis pies arrugados. Los dobladillos de mi piyama están luidos y tienen partes ya rotas, pero aún no la he reemplazado. Fue un regalo de Rebekkah en el Día del Padre años atrás. Aún puedo recordar la caja de Lord & Taylor, la rosa roja, la elegante escritura negra y el grueso listón blanco en un moño. «Verde, para que combine con tus ojos», me dijo, y después de arrugar las nubes de papel de china y de colocar la piyama de vuelta en la caja, quise besar a mi niña en el centro de la frente, aunque para ese entonces ya contaba con casi cuarenta años.

A menudo me pregunto si esa es la maldición de la vejez: sentirte joven en tu corazón mientras tu cuerpo te traiciona. Puedo sentir la flacidez de mi sexo, contraído dentro de mis calzoncillos, y aun así cerrar los ojos y recordar aquellos pocos días con Lenka antes de que mi familia y yo partiéramos para Inglaterra. La puedo ver acostada en mi cama: mi torso sobre ella, sus ojos quemándome el alma.

Puedo ver sus brazos jalándome hacia ella, deslizándose alrededor de mis hombros, sus manos apretándose tras mi nuca. Puedo ver la palidez de su garganta cuando echa la cabeza hacia atrás, ese manantial de cabello oscuro regándose sobre la almohada, su estrecha cintura entre mis manos.

En ocasiones, me torturo evocando el peso de Lenka entre mis brazos. Trato de obligarme a recordar el sonido de su risa, que suena nerviosa cuando la acuesto sobre la cama. La sensación de profundidad inacabable cuando la penetro, cuando viajo a través de su cuerpo. Cuando le hacía el amor —cuando estaba dentro de ella— parecía no acabarse jamás.

En mis sueños, levanto su cabello; beso su cuello, sus párpados; beso sus hombros, su boca perfecta.

Encuentro su columna con mi dedo y trazo la forma de cada vértebra mientras ella se envuelve a mi alrededor. Sus piernas se aferran a mí como si estuviera escalando un árbol, asiendo mi espalda con tal fuerza que me aprieta contra su cuerpo tan intensamente que siento que mis huesos dejarán una marca sobre su piel.

Y en estos pensamientos sigo siendo un joven de veintitantos años, vital y fuerte. Tengo la cabeza cubierta de cabello negro, mi pecho no es cóncavo, sino robusto, y mi corazón no requiere de medicamento alguno. Soy el amado de Lenka y ella es mi amada, y en estos sueños no hay amenazas de guerra y no existe la necesidad imperiosa de pasaportes, visas de salida, navíos que serán atacados con torpedos y cartas que jamás recibirán contestación. Son sueños.

Míos.

Absurdos. Viejos. Míos.

Y no me permiten descansar jamás; quizá no me permiten morir.

Mi cabeza está colmada de sueños; mi corazón está colmado de fantasmas.

Me siento en la orilla de la cama y meto los pies en mis pantuflas. Ajusto la estación del radio y me quedo dormido con la música de Duke Ellington.

Y vuelvo a soñar. Después me despierto, me limpio la saliva de los labios y deslizo una mano al interior de mi piyama para confirmar que todavía estoy entero.

Y, cruelmente, siempre lo estoy.

47

Lenka

Seguí trabajando el mismo número de largas horas en mi restirador en el departamento técnico. Algunos días, casi no podía ver de regreso a las barracas. Era frecuente que tuviera que repetir mis dibujos porque mis manos empezaban a temblar. Había oído a otros quejarse de esto mismo. La fatiga, la deshidratación y la falta de alimentación estaban ocasionando que nuestros cuerpos se deterioraran. Nuestros vientres eran cóncavos; nuestra piel, amarilla. Éramos como mapas de huesos y piel amoratada.

A pesar de mi deterioro físico, mi admiración por Fritta sigue creciendo. Jamás lo veo haciendo el trabajo destinado a Strass, pero observo que está creando un libro para conmemorar el tercer cumpleaños de su hijo. «Qué padre tan maravilloso», pienso para mis adentros. Hay tan poco que darle a un niño en Terezín; Fritta está creando algo de alegría tan sólo con su pluma y pinturas. Empiezo a inventar excusas para pasar junto a él, para verlo trabajar y vislumbrar alguna de sus ilustraciones. Lo veo dibujar a su niño como una pequeña figura en caricatura, con dos grandes ojos negros, mejillas redondas y una naricita de botón. Piernas regordetas y un mechón rebelde de pelo en la cabeza.

Una tarde, Fritta se acerca a mí y me dice: «Lenka, está terminado».

—¿Señor? —le pregunto—. ¿Qué está terminado?

—Mi libro para Tomáš. —Lo coloca sobre mi escritorio—. Sé que has estado echándole miradas.

Sonrío.

—Supongo que no fui de lo más discreta —digo.

Se ríe entre dientes. Es la primera vez que lo he escuchado reír en todos los meses que he trabajado con él.

—Dime lo que piensas.

Me deja allí con el libro. Debe de haberle pedido a alguien que lo cosiera, ya que está encuadernado en una gruesa tela color café.

«Para Tomíčkovi en tu tercer cumpleaños. Terezín, 22 de enero de 1944», escribió Fritta en la primera página.

Pero son las coloridas imágenes en las páginas las que me quitan el aliento. Muestra al pequeñito parado frente a la ventana de una gran fortaleza, con sus pies desnudos sobre una maleta en la que está escrito su número de transporte: AAL/710. Fuera de la ventana hay un cuervo que vuela contra el firmamento, la copa de un árbol solitario y el ángulo de un techado rojo. Las otras ilustraciones que le siguen, todas ellas elaboradas en tinta negra e iluminadas con pinceladas de acuarela, son sus deseos para su hijo. Pinta un enorme pastel de cumpleaños con tres altas velas. Lo pinta parado con los brazos estirados, vestido con guantes de colores brillantes y un abrigo de lana, entre una ráfaga de nieve. Lo pinta como lo imagina a futuro: Tomi en un impermeable a cuadros con una cachucha de tela similar, fumando una pipa. Le pregunta, al fondo de una de las páginas: «¿Quién habrá de ser tu novia?». Y pinta a Tomi en un esmoquin con sombrero de copa, llevándole flores a una bella muchacha.

La última página del libro está dedicada con un deseo: «El presente es el primero de una larga colección de volúmenes que pintaré para ti».

Cierro el libro y se lo devuelvo a Fritta.

—Es bellísimo —le digo.

Pero es mucho más que bello: es conmovedor, es desgarrador. Más precioso que si una de las cajas de regalos que ha dibujado Fritta pudiera transformarse en una realidad para salirse de la página.

Veo los largos dedos de Fritta recoger el libro. Le da una leve sacudida y sonríe.

—¿Crees que le guste, Lenka? —Baja la mirada para contemplar el libro—. Quiero que le sirva de silabario para que aprenda a leer y a escribir.

Ahora es Fritta quien parece un niño pequeño, sobrecogido por el regalo que habrá de darle a quien más ama.

—Lo atesorará toda su vida —le digo.

—Gracias, Lenka —expresa con enorme amabilidad. No sé si me siento más conmovida por el hecho de que sólo a mí me permitió ver este bello regalo que ha hecho para su hijo, o si es por haber pronunciado mi nombre con tal ternura. Me parece que me mira con la misma expresión que vi en los ojos de mi padre hace tantos años y, por un breve momento, vuelvo a sentirme como si fuera una niña pequeña. Mi padre, con un regalo secreto en su bolsillo, sus cálidos brazos a mi alrededor, sus ojos felices de verme contenta con lo que me obsequia.

48

Josef

Unos cuantos meses antes de la boda de mi nieto, decidí poner mis asuntos en orden. Ya había cumplido los ochenta y cinco años. Mi cabello era gris, mi piel manchada por demasiados años bajo el sol y mis manos tan arrugadas que casi no podía reconocerlas. Durante cierto tiempo había pensado que sería incorrecto que mis hijos encontraran mis viejas cartas a Lenka. Estaba seguro de que cambiaría lo que sentían por mí. Cuestionarían mi matrimonio con Amalia y me despreciarían por amar al fantasma y no a la mujer, su devota madre, quien me había servido la cena durante treinta y ocho años.

De modo que saqué la caja que contenía las cartas a Lenka que me habían devuelto y que había guardado debajo de la cama durante tanto tiempo.

Quité la liga que había mantenido las cartas juntas y guardé las tres que me había enviado mientras estuve en Suffolk.

Los sobres blancos estaban amarillentos, pero el sello en alemán que indicaba a la oficina postal «Devuélvase al remitente» aún era del color de la sangre.

Las cartas no se habían abierto en casi sesenta años. Mi intención era leer cada una, prender la parrilla de la estufa y quemarlas después.

No prendí el tocadiscos. Leería cada carta en silencio, una tras otra. Sería mi *kadish* a Lenka, una manera de llevar a cabo el ritual del duelo por ella que, de una manera u otra, había evitado todos estos años.

Tomé la primera:

Querida Lenka:

Ruego a Dios que hayas recibido mi última carta en la que te describí cómo me rescataron cerca de las costas de Irlanda. Las personas del pueblo adonde nos llevaron fueron increíblemente amables. Cuando llegó el barco, nos dieron la bienvenida con comida y ropa, y ofrecieron alojarnos en sus casas. Esperé tres días para recibir noticias de mamá, papá y Věruška, pero mis peores temores se vieron confirmados cuando el capellán del pueblo me informó que la hélice del *Knute Nelson*, el barco que había acudido a salvarnos, había destruido su bote salvavidas. No puedo describirte lo mucho que he llorado en estos tres días. Todos se han ido y mi soledad se siente como una negrura que amenaza con tragarme entero. Mi único consuelo es saber que estás a salvo. Ruego a Dios que nuestro niño esté creciendo y esté sano. Cierro los ojos y te imagino con tus mejillas sonrosadas, tu largo cabello negro suelto y tu vientre abultado. Es la imagen que me arrulla, mi único tesoro.

Ya estoy en Nueva York. Sé que han pasado semanas y que seguramente estás exhausta de preocupación, pero no gastes tus energías en tales pensamientos. Estoy bien y me esforzaré lo más que pueda para traerte a ti y a toda tu familia hasta acá lo más pronto posible. El primo de mi padre me ha ayudado a conseguir un empleo en una escuela y necesito ahorrar dinero para comprobar que cuento con los medios para mantenerlos a todos. Confía en mí; trabajaré como jamás antes lo había hecho.

Te mando todo mi amor y mi devoción eterna.

Tuyo por siempre,

J.

Prendo la estufa, la flama azul se eleva como una espada con la punta anaranjada. Fuego.

Las demás cartas habían sido un tanto de lo mismo. «Lenka», escribo, a pesar de que devuelven todas mis cartas. Otros han recibido respuestas de sus seres amados en Europa, aunque gran parte de lo que escribieron está tachado por los censores. Pero las mías seguían regresando.

«Estoy perdiendo las esperanzas».

Fuego.

«¿Te está llegando alguna de mis cartas?».

Fuego.

«Estoy preocupado».

Fuego.

Y está la última carta que escribí poco antes de conocer a Amalia, fechada en agosto de 1945.

Amadísima Lenka:

No he sabido de ti en casi seis años. Es gracioso lo obstinado que es el espíritu. Probablemente podría seguirte escribiendo por toda la eternidad si pensara que mis palabras pudieran llegar a ti de alguna manera. Sigues viva en mi memoria, Lenka.

Me arrepiento tanto de tantas cosas, mi amor. Ahora me queda más claro que nunca que jamás debí haberte dejado. Fuiste tan valiente, pero debí insistirte en venir conmigo o haberme quedado hasta que todos pudiéramos marcharnos. Ese error me tortura todos los días.

Cada mañana, cuando despierto, y cada noche, cuando me acuesto, me pregunto si estás viva y si tenemos un hijo. Ruego a Dios que sea sano y fuerte. Que tenga tus ojos azules, tu piel blanca y esa boca tuya, tan perfecta que incluso ahora, al cerrar los ojos, puedo imaginar sus besos.

273

Estarás feliz de saber que después de pasar dos años en la escuela nocturna, ahora puedo hablar, leer y escribir en inglés lo suficientemente bien como para ingresar a la escuela de Medicina. Estoy repitiendo muchos de los cursos que tomé en Praga, pero es una bendición poder volver a estudiar, aprender y prepararme para el futuro, sea el que sea.

Estoy pensando especializarme en obstetricia, en parte por respeto a mi padre y en parte porque la idea de traer vida a este mundo me brinda un enorme consuelo.

Amada mía, ruego que esta carta te encuentre. He perdido toda esperanza, pero, al mismo tiempo, no puedo aceptar que le esté escribiendo a un fantasma. Te amo.

Tuyo por siempre,

J.

El aroma a papel quemado. Las puntas de mis dedos casi quemadas mientras las orillas del papel se ennegrecen y se rizan.

Fuego.

Deseaba que esa fuera la última carta, pero sabía que existía una más. Era la última del montón. El sobre todavía estaba intacto. No había un sello que indicara «Devuélvase al remitente. Dirección desconocida». Ni siquiera tenía un sello postal. Jamás la había enviado.

Mi amada Lenka:

No cuento con una dirección adonde enviar esta carta, pero la estoy escribiendo de todos modos porque es la única manera en que puedo despedirme. Han pasado seis años desde que recibí noticias de ti. Las tres cartas tuyas que me llegaron hasta Inglaterra son el único tesoro de mi vida. Cada noche, antes de acostarme, las vuelvo a leer y trato de imaginar el sonido de tu voz.

A pesar de cada día, mes y año que han pasado, jamás desapareciste de mi corazón, pero cada vez se hace más difícil recordar el suave sonido de tu respiración junto a mí, la cadencia de tus palabras o el aroma de tu cabello.

Aun así, los recuerdos también pueden ser amables. Eres eternamente bella a mis ojos; puedo recordar con la misma claridad de siempre la simetría de tu rostro, el color rosado de tus labios, la gentil curvatura de tu barbilla.

La Cruz Roja me informa que has muerto en un sitio llamado Auschwitz. Dijeron que llegaste en uno de los últimos transportes desde un lugar llamado Terezín con tu madre, tu padre y tu hermana.

Terezín y Auschwitz son nombres que he visto en los diarios. Las imágenes que se han publicado son tan terroríficas que mi mente no puede creer que el hombre pudiera concebir algo así de malvado. No puedo imaginar que tú, mi amadísima Lenka, hayas perecido en un lugar como ese. No escribiré en este papel que te encuentras entre las pilas de cadáveres, entre las ráfagas de cenizas negras. Sólo me permitiré pensar en ti esperándome. Mi prometida. Tú, Lenka, la chica en la estación de trenes de Praga, con el prendedor de mi madre en la palma de tu mano.

Sé que me estoy engañando, pero sólo eso puedo hacer si he de sobrevivir.

Tuyo por siempre,
Josef

La había colocado en un sobre en el que únicamente había escrito: «Lenka Kohn».

Ahora, el sobre estaba abierto y la carta temblaba en mi mano. Sobre la flama humeante, recité el *kadish*.

Yitgadal veyitkadash Shemé Rabá.
Bealmá di brá Jireuté
Veyamlij Maljuté bejayejón ubeyomejón
Ubejayei dejol Beit Yisrael
Baagalá ubizman kariv veimru
Amén. Ye'he Sheme Rabá mevaraj
Leolam ulealméi almayá…

Dejo caer esta última carta en el fuego y pienso en Lenka. A medida que flotan las cenizas del papel, la veo vestida de novia entre mis brazos y, finalmente, dejo que flote en los cielos como un ángel. Trato de no evocar la imagen de mis hijos, ya que no necesitaban conocer el dolor de corazón que antecedió a su madre. Es sólo mío para cargar, para llevar a la tumba; para incinerarlo en una sola flama que arde.

49

Josef

La semana antes de la boda de mi nieto no logro conciliar el sueño.

El insomnio es la habitación de los inquietos. Quítate las cobijas y saca las piernas. Voltea el reloj hacia la pared y ni siquiera prendas la luz, porque siempre puedes ver tus problemas con más nitidez en la oscuridad.

Si aquellos a los que amamos nos visitan en nuestros sueños, aquellos que nos atormentan casi siempre acuden a nosotros en nuestro despertar.

Y en esas noches en vela aparecen todos ellos. No, no Lenka; pero sí mi padre; mi madre; Věruška.

A menudo puedo anticipar su llegada, en especial cuando se ha de establecer un parteaguas en la familia: la noche anterior a mi boda con Amalia, el día antes de la ceremonia de circuncisión de mi hijo, en el *Bar* y *Bat Mitzvá* de mis hijos, en la boda de Rebekkah y, ahora, en la de su hijo.

En otras ocasiones, aparecen sin razón alguna. Tres figuras que se ven iguales a como se veían diez, veinte y, ahora, sesenta años atrás.

A aquellos que creen que los muertos no los visitan les digo que tienen cataratas en el alma. Soy un hombre de ciencia, pero creo en los ángeles de la guarda y en el acoso de los fantasmas. Con mis propios ojos he experimentado el milagro de la vida, la complejidad de la gestación y, de todos modos, creo que algo tan perfecto como lo es un bebé no puede crearse sin la asistencia de Dios.

Por ende, cuando los muertos vienen a visitarme, no hago ni el intento de cerrar los ojos. Me incorporo en la cama y les doy la bienvenida. Aunque mi habitación permanece en total oscuridad, los veo tan claramente como si estuvieran en mi sala, con la luz de la lámpara de pie iluminándolos.

Papá. Un traje gris. Los lentes rotos sobre la frente. Su cabeza calva y sus ojos arrugados.

En sus manos perfectamente lozanas sostiene un libro que me leyó cuando yo era un niño, *La historia de Otesánek*.

Mamá. Trae puesto un traje negro con botones dorados. Alrededor de su cuello cuelga un largo collar de perlas. En sus manos sostiene una caja de fotografías. Contiene una de mí montado a caballo en Karlovy Vary cuando era un niño y otra de mi *Bar Mitzvá*. Siempre me he preguntado si alguna vez colocó una de Lenka y de mí después de nuestra boda con las demás fotos de la familia que contenía esa caja.

Věruška. Envuelta en tafeta color escarlata. Sus ojos oscuros y relucientes. Siempre lleva con ella algo que no puedo discernir del todo. Hay marcas sobre un papel, pero no puedo determinar si es algo que está escrito o imágenes trazadas en un cuaderno. Hay mañanas en las que estoy convencido de que es un carnet de baile con unos cuantos nombres escritos en él. En otras ocasiones me digo que es un pequeño cuaderno de dibujo con un bosquejo para alguna de sus pinturas. En todas las ocasiones en que me visita veo su rostro libre de arrugas y quiero tomarla de la mano y platicar con ella.

Věruška, mi hermana, bailando y riéndose por los pasillos de nuestro departamento atestado de libros, con el dobladillo de su falda por encima de sus rodillas.

Muchas noches de insomnio me pregunté si no debía llamarlos por sus nombres, pero siempre temí que los niños pudieran escucharme o que, incluso, Amalia, con todo y lo compasiva que era, se preocupara de que yo hubiera perdido finalmente la razón.

Pero no importaba; no era necesario que les hablara. Porque eso es la esencia de las apariciones de estos espectros: casi nunca se comunican a través de las palabras.

Cada vez que me visitaba mi familia, sabía que volvería a venir. La única excepción fue cuando aparecieron dos noches antes de la boda de Jason. Tuve la clara sensación de que era la última ocasión en que vendrían.

Intuí que era su visita final porque, al aparecer, todos estaban sonriendo. Incluso los ojos de mi hermanita tempestuosa brillaban de alegría.

Me quedé recostado en la cama, con mi piyama húmeda por mi sudor de anciano, y los estudié una última vez.

Papá se colocó los lentes sobre la nariz y ya no estaban rotos. Mamá abrió su caja frente a mí y, al tope, estaba nuestra foto familiar de bodas que mostraba a Lenka, la novia reluciente.

Y Věruška volteó su papel hacia mí y reveló un dibujo de dos manos entrelazadas.

Intento levantarme para tocarlos. Me parecen increíblemente reales mientras relucen en medio de la noche. Al estirar mi mano para tocarlos, veo que ahora soy más viejo que el fantasma de papá y percatarme de ese hecho me impacta profundamente.

¿Cómo es posible que un hijo sea mayor que el fantasma de su padre? ¿Cómo es que una madre sigue consolando a su anciano hijo desde su tumba submarina? ¿Y cómo es que una amada hermana alguna vez pudiera perdonar a su hermano cuando es tan evidente que la decepcionó?

Tiemblo; me convulsiono. Me pregunto si esta visita es señal de que estoy a punto de morir.

Trato de levantarme y mis piernas se estremecen mientras trato de acercarme a donde se encuentran parados.

Recuerdo el sonido del golpe seco de mi cuerpo al caer sobre la alfombra. Tengo un vago recuerdo de la puerta que se abre, de las pesadas pisadas de mi hijo que se acerca a mí y de la sensación de sus brazos al levantarme.

—Papá —susurra—, ¿estás bien?

Le digo que lo estoy. Le pido un vaso de agua y me deja para ir por él.

No recuerdo haberlo visto regresar, pero cuando despierto el vaso está allí.

Soñé que no era mi hijo quien me regresaba a la cama, sino los tres miembros de mi familia. Que se habían reunido a mi alrededor y me habían colocado sobre el colchón, que me habían arropado con las cobijas y me habían arrullado para que conciliara el sueño.

Y supe que desde ese momento, si alguno de ellos volviera a visitarme, no padecería de otra noche de insomnio; que sería como cuando Lenka viene a mí... en sueños.

50

Lenka

En la primavera de 1944, nos informan que unos invitados especiales habrán de visitarnos en Terezín y que se llevarán a cabo ciertas mejoras. El comandante Rahm, que ahora está a cargo del gueto, ordena más transportes al este a fin de abrir espacio para el *embellecimiento* del gueto. Ya se han transportado dieciocho mil personas desde Terezín y ahora demanda que se envíen a todos los huérfanos al este. Después, a todos los enfermos de tuberculosis; y unas semanas después ordena que se transporte a otros siete mil quinientos prisioneros. Cunde el pánico en el gueto cuando empiezan a separar a diversas familias. Una mujer ruega que se la coloque en la lista después de que se le informa que habrán de transportar a su hijo al este. En la estación se da cuenta de que su hijo no se encuentra presente y que no dicen su nombre. Se desata un caos cuando las SS la obligan a subirse al vagón para ganado; está gritándoles a los soldados que la bajen, pero no pueden hacer ninguna excepción ya que debe cumplirse la cuota que ha ordenado Rahm. Esa noche veo a su hijo adolescente sollozando inconsolable afuera de las barracas

Sudetes. Algunas personas están tratando de consolarlo, pero él se está sacudiendo como un animal moribundo.

—Estoy solo —dice una y otra vez—. Estoy solo.

Esa noche no puedo quitarme el sonido de sus gritos de la cabeza. Estiro la mano para tocar a mi hermana, que se estremece al sentir mis dedos.

No despierta de su sueño, pero me tranquiliza simplemente tener su cuerpo tan cerca del mío. Cualquier cosa menos estar aquí completamente a solas.

෯

Terezín se está convirtiendo en un escenario. En los meses que siguen se aplica pintura fresca a la parte exterior de las barracas, repentinamente aparece un café provisional y derriban la barda que rodea la plaza central.

Podemos ver que sacan literas de algunas de las barracas para que ahora la mitad de las personas duerman y ocupen esos espacios. A muchos de nosotros, en especial a las mujeres y a los niños, se nos da ropa nueva y zapatos que sí son de nuestra talla.

Se les dice a los hombres que organizan las óperas y conciertos que se les permitirá hacer presentaciones y que deben preparar algo para impresionar a los visitantes.

Hans Krása reúne a los niños para volver a montar una presentación de *Brundibár*. Rafael Schachter convence al coro para que canten algo que los observadores no olvidarán jamás.

A mi padre, que después de nuestro segundo año aquí no es más que un esqueleto cubierto de piel a causa de los arduos trabajos, se le ordena que ayude a crear un pequeño estadio deportivo.

Se arman equipos para un partido de futbol. El dispensario se limpia y se le provee de ropa de cama nueva. A las enfermeras les dan uniformes pulcros y almidonados, y a los pacientes más enfermos se les envía al este en el primer transporte. En el centro del gueto se desmantela la gran carpa de circo donde se obligaba a más de mil internos a hacer trabajos fabriles, y en su lugar se colocan pasto y se plantan flores. Junto a la plaza, se construye un quiosco para la presentación de obras musicales, además de un patio de juegos para los niños al otro lado de una de las barracas.

 CZ

Tres meses antes de la visita programada de la delegación de la Cruz Roja, los guardias llevan a cabo una inspección tanto en el departamento técnico como en la barraca donde vive František Strass. Un periódico suizo publicó uno de los dibujos que Haas logró enviar al exterior y la Gestapo de Berlín ha puesto el grito en el cielo. Esta será mala publicidad para los alemanes y podría minar sus intentos por ocultar las verdaderas condiciones de Terezín ante la Cruz Roja y el mundo en general.

Durante la búsqueda, los oficiales a cargo encuentran más dibujos prohibidos, pero las obras no están firmadas. La gran mayoría de los dibujos de Fritta ya están enterrados dentro del cilindro que Jíří construyó para él. Otto escondió su propio trabajo dentro de una de las paredes de la barraca de Hannover y los dibujos de Haas están ocultos en su habitación en el ático de la barraca Magdeburgo. Por fortuna, mi dibujo también está enterrado.

CZ

No se hizo ningún arresto, pero la tensión dentro del departamento técnico está al máximo. Cada vez que acudo a trabajar, puedo percibir el temor.

—Sigan trabajando —nos dice Fritta mientras nos sentamos frente a nuestras mesas de dibujo—, no debemos retrasarnos.

CZ

El 23 de junio de 1944, arriba la delegación de la Cruz Roja acompañada por miembros del ministerio danés. También vienen con ellos oficiales de alto rango de Berlín. El comandante Rahm ha montado una escena de calidad cinematográfica para su llegada y, de hecho, la totalidad de la visita se filma para transmitirse al mundo entero. El documental se titula *El Führer regala a los judíos una ciudad.*

A medida que los hombres descienden de sus vehículos militares, las chicas más bellas de Terezín les dan la bienvenida; sostienen rastrillos en sus manos y sus bellas figuras están envueltas en mandiles limpios. Cantan mientras los hombres ingresan por las rejas de la ciudad.

La orquesta de Terezín toca música de Mozart. Hay verduras frescas a la vista en una tienda. Panaderos con las manos en guantes blancos colocan hogazas de pan recién hechas en los estantes. Hay una tienda de ropa donde podemos readquirir los pantalones o vestidos que se nos confiscaron.

Hay café verdadero en nuestro *café judío*. Repentinamente, nuestros niños tienen una escuela real, comida más que suficiente y atención médica adecuada.

Se nos ordena que aplaudamos cuando uno de los equipos de futbol meta un gol. Se nos sirven platos colmados de comida, salsa y pan recién hecho; todo ello servido en mesas con manteles y cubiertos limpios.

Mientras la delegación de la Cruz Roja camina por el campo, un equipo de filmación alemán documenta la visita.

Hacemos reverencias con nuestra ropa y zapatos nuevos, nuestras caras limpias y nuestro cabello arreglado, ya que se nos da acceso a regaderas y nos dan peines y cepillos. Dormimos en barracas con la mitad de la población normal de personas, la otra mitad ya va de camino al este. Se nos permite cantar y bailar. Los hombres hacen una fila en la oficina postal para recibir paquetes falsos que están vacíos. Los niños hacen su presentación de *Brundibár* y los miembros de la Cruz Roja aplauden con entusiasmada aprobación, sin comprender las implicaciones políticas de la producción.

Pero una semana después de su partida, todos los lujos y libertades que se nos han otorgado desaparecen tan abruptamente como se nos dieron. Al cabo de veinticuatro horas, se vuelven a colocar las literas adicionales en las barracas, se desmantela el estadio y reaparece la barda alrededor de la plaza central. Se desvanece la comida, así como el café en el restaurantito provisional. Las mesas con los manteles y cubiertos limpios terminan en un camión que va camino a Berlín.

51

Lenka

Poco después de la partida de la Cruz Roja voltean al departamento técnico de cabeza. El comandante Rahm irrumpe violentamente en el estudio con otros dos oficiales de las SS. Les grita insultos a Fritta y Haas. Demanda ver aquello en lo que están trabajando. Pero Haas no se inmuta. Levanta un cartel que ha estado haciendo para el gueto. Tiene una ilustración de un bote de basura y, debajo del mismo, las palabras: «RECOJA SU BASURA». Noto que las manos de Fritta están temblando cuando saca un cuadernillo de ilustraciones técnicas de su escritorio.

Los dos oficiales de las SS caminan alrededor de la habitación, asomándose por encima de nuestros hombros.

Rahm se queda parado en la puerta y nos insulta a todos. Nos advierte que nos cuidemos de pintar cualquier cosa que pueda ser ofensiva para el Reich. De salida, toma su fuete y lo estrella contra una mesa cubierta de botellas de tinta. El resto de la tarde, sigo terriblemente alterada. Barremos los vidrios hechos añicos, pero el charco de tinta negra se filtra en el interior de las baldosas del piso. Incluso después de lavarla varias veces, la mancha sigue allí, del color y la forma de una nube de tormenta.

Las SS hacen más visitas sorpresa al *Zeichenstube,* el nombre alemán del departamento técnico. Todos seguimos trabajando con las cabezas gachas y los ojos apartados, sin atrever a mirarnos unos a otros. Durante una de las inspecciones, un soldado de las SS arranca un cuaderno de dibujo de las manos de uno de los artistas y siento que el corazón se me paraliza por el temor de que algún dibujo personal pudiera salir volando de entre alguna de sus hojas.

A la semana siguiente, nos sacan al pasillo de manera aleatoria y nos registran. Cuando me llaman, me siento enferma, a punto de desmayarme.

—¡Te llamé a *ti*! —me ladra el oficial de las SS. Me levanto a tropezones de mi silla y lo sigo al pasillo.

—Brazos y piernas abiertas —dice.

Coloco las palmas de mis manos contra la pared; mis rodillas tiemblan cuando abro las piernas.

—¿Acaso voy a encontrar un lápiz por aquí? —pregunta, mientras su mano se mueve entre mis muslos. Su roce me enferma. Su aliento hiede a keroseno. De nuevo me toca y siento que estoy a segundos de que me viole.

Y entonces volteo mi cabeza hacia él. Parece sorprenderse, como si el verme a los ojos lo hubiera sacado de golpe de su maldad.

—¿Qué carajos miras? —Me vuelve a empujar, pero en esta ocasión me arroja hacia la puerta. No miro atrás. Ahora les está gritando a otros en el pasillo. Corro hacia la entrada del departamento técnico.

Una vez dentro, corro hacia mi escritorio y mi silla. Siento que voy a vomitar lo poco que tengo en el estómago.

Trato de recobrarme. Miro los rostros de los que están a mi alrededor y a los que aún no han llamado. Todos tiemblan de miedo. Si tuviera el valor de representar la escena que me rodea en una pintura, nuestras caras tendrían un color verde enfermizo.

␣

El 17 de julio de 1944, se les ordena a Fritta, Haas y al artista Ferdinand Bloch que se reporten a la oficina del comandante Rahm. También llaman a mi amigo Otto. «No, a Otto no», rezo en mi interior. Tengo el corazón en la garganta. Miro, mi cuerpo está temblando, mientras Otto se levanta de su silla. Se estremece visiblemente cuando lo toman por el brazo y desesperadamente quiero aferrarme a él y jalarlo de vuelta a su silla. La cabeza me da vueltas.

Sus ojos se fijan en los míos, que están tan grandes como platos. Sé que tengo que hacerle alguna señal para que no haga nada que pueda enojar a los oficiales. Trato de susurrarle que permanezca en calma. Quiero decirle que todo va a estar bien, aunque presiento que algo terrible está a punto de sucederles a los tres.

Una hora después, otro oficial de las SS se presenta y le ordena a un joven arquitecto de nombre Norbert Troller que también se presente en las oficinas de Rahm.

Más tarde esa noche, Petr me dice que habló con una mujer que se llama Martha y que hace la limpieza en las barracas de lujo donde se localiza la oficina de Rahm. Escuchó parte del interrogatorio que les hicieron a mis compañeros. Es amiga de Petr y le ha hecho trueques por algunas de sus pinturas. Tres días antes, las había ocultado en una puerta ahuecada.

En un principio, el comandante Rahm no lleva a cabo el interrogatorio de los artistas. Deja la primera ronda de preguntas a cargo de su segundo, el teniente Haindl, quien los acusa de hacer propaganda de horror en contra del Reich y de ser parte de un complot comunista.

Los artistas lo niegan todo. Afirman que su único delito es hacer uno que otro bosquejo inofensivo. Ni son comunistas, ni están implicados en ningún tipo de complot.

Con todo y eso, Haindl sigue atacándolos. Quiere los nombres de sus contactos en el exterior. Les muestra un periódico de Suiza y demanda saber la identidad de la persona que pintó la imagen que aparece en la primera página.

—¡Pedazos de mierda ingratos! ¡¿Cómo se atreven a pintar imágenes de cadáveres?! —Azota el puño contra la mesa—. Les damos de comer, les damos un techo sobre sus cabezas. ¡La mitad del maldito mundo se muere de hambre!

Los artistas juran que no tienen la más remota idea de lo que está hablando.

Integrantes de las SS los interrogan por separado. Tratan de lograr que cada uno de los artistas informe acerca de los otros. Sostienen cuadro tras cuadro frente a ellos y demandan saber quién los hizo. Cada pregunta recibe la misma respuesta. Los artistas insisten en que «no saben nada».

Los ánimos de Haindl y Rahm alcanzan el grado máximo de furia. Empiezan a tundir a los artistas. Haas no grita aunque lo patean una y otra vez. Fritta insulta a sus interrogadores, pero lo silencian con una bota contra su boca. La señora Martha narra que la peor golpiza se la propinan a Otto. Después de golpearlo con los puños, le destrozan la mano derecha con la culata de un rifle. Su grito fue tan terrible, tan horripilante que, dice: «Tuve que cubrirme los oídos… Incluso ahora todavía puedo escuchar el sonido de sus gritos de dolor».

Al caer la noche, ve que los suben a un vehículo militar en el que ya se encuentran la esposa de Fritta, Hansi, y su hijo Tommy; la esposa dc Haas, Erna; y la esposa de Otto, Frída, junto con su joven hija, Zuzanna. El vehículo se dirige al *Kleine Festung*: el Pequeño Fuerte.

␣␣␣ℭℬ

El Pequeño Fuerte está en las afueras del gueto, en la ribera derecha del río Ohře.

Todos sabemos que pasan cosas horripilantes en ese sitio y que nadie enviado allí regresa jamás. Había rumores de que los soldados de las SS obligaban a los prisioneros a llenar carretillas de tierra con sus bocas y que los golpeaban hasta matarlos o que los ejecutaban de manera rutinaria.

Con la partida de nuestros líderes, mis colegas y yo estamos perdiendo cualquier tipo de confianza que alguna vez pudimos tener.

—Todos estaremos en el primer transporte al este —dice alguien.

—No van a desperdiciar el espacio de los vagones —agrega otro—. Simplemente nos colgarán en la horca.

—Estúpidos de mierda —dice uno de los más recién llegados, refiriéndose a Fritta, Haas, Bloch y Otto—. Todos vamos a pagar por lo que hicieron.

—¿Qué hicieron? —pregunta una muchacha joven—. ¿Qué hicieron?

—¡Cállense, con un carajo! —Petr estrella la palma de su mano contra su escritorio—. ¡Vamos, todos, simplemente cállense la boca y pónganse a trabajar!

Ahora, el departamento técnico se convierte en un sitio de desesperación.

En los días siguientes, observé cómo mi amigo Petr perdió la capacidad para dibujar. Sus manos temblaban de manera incontrolable. Lo vi tomar una de sus manos y posarla sobre la otra para tratar de controlarse y aparentar que trabajaba.

Todos los que trabajamos en el *Zeichenstube* descubrimos que se han hecho búsquedas en nuestras barracas. Miro a los soldados llegar y revolver todas nuestras habitaciones. Voltean las literas y arrojan nuestros colchones de paja al piso. Suben las escaleras hasta los estantes en que están almacenadas nuestras maletas. Las abren y vacían sus contenidos en el piso. Cuando abren la mía, veo que mamá cierra los ojos y baja la cabeza hasta el pecho, como si rezara, rogando que no haya hecho ninguna estupidez.

Al voltear mi maleta, lo único que sale de ella es una funda adicional. Mamá y Marta exhalan silenciosamente en dirección al piso.

ca

Pero aun así no me salvo de un interrogatorio. La Gestapo interroga a cada una de las personas del departamento.

Nos hacen preguntas en una habitación con paredes color café y un solo foco que pende del centro del techo. Esparcidos sobre una mesa hay dibujos que plasman las dificultades de la vida en el gueto.

Rahm se yergue sobre mí y levanta uno de los dibujos. Es un bosquejo en lápiz y tinta del interior del dispensario. Las figuras, con caras demacradas y costillas protuberantes, están dibujadas con furiosos trazos negros. Hay varios cuerpos acostados en una sola cama. Los muertos están apilados en el suelo.

—¿Le parece conocido este dibujo?

Niego con la cabeza.

—No, señor.

—¿Quiere decirme que no sabe quién hizo este dibujo?

De nuevo, le digo que no.

Lo acerca a mi cara. La hoja de papel cuelga tan cerca de mí que puedo oler la humedad de la fibra pulposa.

—¡Véalo más de cerca! —me ordena—. ¡No le creo!

—Lo siento, señor. No reconozco al artista.

Rahm estira la mano para tomar otro dibujo. Este muestra el hacinado interior de uno de los dormitorios. Sólo necesito un segundo para ver que es una de las composiciones de Fritta.

Una y otra vez, Rahm toma dibujos de la mesa. Cada uno de ellos carece de firma, pero cualquiera familiarizado con los detalles de las líneas y de la composición podría identificar a sus creadores. De inmediato puedo ver que uno de ellos es de Fritta por lo vigoroso de los trazos, por la manera que tiene de plasmar el absurdo y la desesperanza de la vida en el gueto. En los dibujos de Haas puedo intuir la angustia en cada línea garabateada, en la aguada fantasmagórica de la tinta y en los rostros que casi saltan de la página como apariciones.

Pero nada les digo a estos oficiales alemanes que me ladran, ordenándome que identifique a los artistas. Estrellan sus puños contra la mesa y me preguntan si conozco a los contactos de los pintores en el exterior. Me dicen que han «interceptado» estos dibujos y que encontrarán más.

—Si existe un movimiento clandestino dentro del gueto, lo encontraremos y lo aplastaremos —me gruñe Rahm.

De nuevo, les digo que no sé nada.

Por alguna razón, quizá porque están ahorrando sus energías para darles una paliza a mis colegas, no me golpean a mí. Y, finalmente, después de lo que parecen varias horas de un interrogatorio incesante, me dicen que puedo marcharme.

Al caminar hacia la puerta de salida, observo sobre un escritorio el periódico suizo con el dibujo del campo publicado en la primera plana. Quiero sonreír al saber que la gente de Strass ha tenido éxito en lograr que uno de los dibujos de mis colegas llegue al mundo exterior.

୦ଽ

Sin nuestros colegas, el departamento técnico parecía carente de vida y plagado de temor. Los que quedamos no hablamos acerca de nuestros interrogatorios, pero a menudo veía hacia las sillas vacías en las que mis amigos trabajaron algún día y, en cada ocasión, quería llorar.

Fritta, Haas y Otto permanecieron encerrados en el Pequeño Fuerte hasta octubre. Hubo rumores de que la Gestapo había torturado a Ferdinand Bloch hasta matarlo y que la mano de Otto había quedado permanentemente lisiada y que jamás volvería a pintar. Empecé a percibir una diferencia notable dentro del gueto. El número de transportes que iban al este aumentó de modo que ahora miles de nosotros desaparecíamos de la noche a la mañana. Fui testigo del ahorcamiento de alguien que trató de escapar. Era un chico de no más de dieciséis años, y hasta este día puedo ver cómo lo obligaron a meter la cabeza en el lazo

292

como si acabara de suceder. Su mirada de confusión y temor mientras el oficial alemán le gritaba insultos justo antes de que el piso se abriera bajo sus pies. Y después hubo un terrible incidente que involucró a un muchachito que trató de trepar por una reja para conseguirle algunas flores a su novia.

—¡¿Flores?! —le había gritado el oficial de las SS. Segundos después, vi cómo el oficial le pasó por encima al muchacho con un tractor y dejó el ensangrentado cuerpo enredado en las llantas como advertencia para todos nosotros.

A principios de octubre envían a Hans, que casi cumplía los cinco años, al este con sus padres. Afuera de la barraca, su madre me cuenta que deben partir al día siguiente. Sostiene la mano de Hans, con su muñeca tan flácida como la de una flor marchita. Extiendo mi mano para acariciar su cabellera.

—¿Tendrás algún lápiz, Lenka? —me pregunta.

Sus ojos se ven inmensamente tristes. Incluso en la actualidad puedo cerrar los ojos y rememorar los de Hans, tan verdes como las hojas de primavera. Las sombras de su cara lo hacen ver como si estuviera bajo un embrujo. Hurgo en mis bolsillos esperando encontrar un trozo de carboncillo que darle, pero no encuentro nada, lo que me atormenta.

—Todavía falta tiempo para que te marches —le prometo.

Ilona, su madre, me dice que Friedl, su maestra y colega de mamá, también estará en su transporte.

Extiendo los brazos y los abrazo a ambos. Siento la dureza de sus costillas y el corazón de Hans, que late fuertemente a través de su ropa. Susurro en su oído: «Te quiero, mi dulce niño».

Esa noche, justo antes del toque de queda, lo encuentro en la cama de su barraca. He envuelto dos pedacitos de carboncillo que me robé dentro de un trozo de papel de estraza. Encima, dibujé una pequeña mariposa con tinta y pluma. «Para Hans», escribí, «5 de octubre de 1944. Que tus alas siempre vuelen alto con cada nuevo viaje».

52

Lenka

A pesar de la ausencia de Friedl, mamá y las maestras principales de la casa de los niños, Rosa Englander y Willi Groag, siguen trabajando con los pequeños de Terezín, pero cada día que pasa contenemos la respiración preguntándonos si recibiremos nuestros papeles de transporte. El 16 de octubre de 1944, se le notifica a la esposa de Petr que se la van a llevar y él elige acompañarla. No me informa acerca de su decisión; me entero de ello cuando veo su silla vacía. Es sólo entonces, después de que le pregunto a alguien que dónde podría estar, que me dicen que ha partido en el transporte de esa mañana de manera voluntaria.

Siento que estoy más allá de las emociones. Desde mi interrogatorio, casi no queda nada dentro de mí. El 26 de octubre, nos enteramos de que la Gestapo también ha enviado a Fritta y a Leo Haas en el transporte hacia el este. Me siento incapaz de llorar. Soy como una máquina. Subsisto con poco más que aire.

En noviembre de 1944, se le informa a mi madre que van a transportarla.

Esa noche, después de enterarnos de la noticia, nuestra familia se acurruca fuera de las barracas. Los largos y agotados brazos de papá rodean a mamá que ahora es tan frágil que parece que podría romperse bajo la presión de su abrazo.

—Niñas, su madre y yo lo hemos discutido. Mañana voy a ofrecerme para ir con ella en el transporte. Ustedes dos permanecerán aquí.

Sus palabras resuenan de manera estremecedora en mis oídos. Un eco de aquella época hace tantos años, cuando papá insistió en que me fuera con los Kohn y que dejara atrás al resto de la familia.

—¿Y ahora estás diciéndome que no puedo ir con ustedes? —pregunto de tal manera que es imposible que no reconozca la ironía de la situación.

—Lenka —me dice—, por favor.

—Llegamos aquí como familia y nos iremos como familia.

—No —me responde—. No hay duda de cómo es la vida aquí en Terezín. Tu madre y yo estaremos más tranquilos si sabemos que permanecerán aquí.

—Pero, papá… —Ahora es Marta quien lo interrumpe—, no podemos separarnos. Es posible que las fronteras cambien después de la guerra y qué pasaría si nos viéramos obligados a quedar de un lado y ustedes del otro…

Papá niega con la cabeza y mamá simplemente no puede dejar de llorar.

Esa noche, le dije a Marta que no se preocupara; que iría yo misma al Consejo de Mayores y que pondría nuestros nombres en la lista del transporte. Y eso fue exactamente lo que hice.

ℜ

Mi padre se puso furioso cuando se enteró de mi transgresión.

—¡Lenka! —me gritó. Su rostro parecía una calavera. Tenía un moretón azul justo debajo de su ojo izquierdo; evidentemente, alguien lo había golpeado desde la última vez que lo había visto—. Tanto tú como yo sabemos que las dos están más seguras aquí en Terezín que en el transporte.

—El gueto está cambiando —le digo—. Ya no nos sentimos seguras aquí. ¿Qué diferencia puede haber en otro lugar?

Está temblando frente a mí. Quiero estirar la mano y tocar su herida. Quiero encontrar veinte kilogramos de carne para poderlos colocar sobre su esqueleto. Quiero sentir que puedo abrazarlo.

—No nos podemos separar —insisto.

—Lenka…

—Papá, si nos separamos ahora, ¿qué sentido tiene haberme quedado desde un inicio?

Ahora estoy sollozando. Mis ojos son como las compuertas de una presa.

—No nos podemos separar ahora; ni nunca jamás, papá, ni nunca jamás.

Asiente con la cabeza. Sus párpados se cierran como dos cortinas del grosor de un papel.

—Ven acá —susurra. Abre sus brazos y me pone contra su pecho.

Y por un solo segundo puedo olvidar el olor, la mugre, el esqueleto hueco y cóncavo en que se ha convertido mi padre. Somos dos fantasmas entrelazados. Soy su hija. Y el corazón de mi padre late contra el mío.

 C3

Ese noviembre había más de cinco mil personas en nuestro transporte. Se nos puso en cuarentena la noche anterior. Nos levantaron al despuntar el alba y sombríamente cargamos nuestras maletas y mochilas, ahora notablemente más ligeras que con los cincuenta kilogramos que habíamos traído a Terezín. Ya no teníamos nada de comida que llevar con nosotros y mucha de la ropa que habíamos traído se había desintegrado hacía mucho. Mientras caminábamos al vagón para ganado que nos esperaba, unos periódicos volaron por la acera. Me esforcé por ver los titulares. Uno de los hombres de nuestro transporte trató de agacharse para tomar uno de ellos, pero uno de los soldados que nos supervisaba le dio un culatazo en la parte trasera de la cabeza.

❦

¿Es necesario que narre la siguiente parte de mi historia? ¿Es indispensable que detalle lo que fue estar dentro de ese vagón, la forma en que estábamos apretados unos contra otros, cómo se desbordó sobre nuestros pies la olla que servía como letrina, o que el vagón estaba tan oscuro que lo único que podía ver era el blanco de los ojos de mis padres y de mi hermana? Hasta el día de hoy puedo ver el temor, el hambre. En uno de los últimos recuerdos que tengo de mi madre, parece una loba en estado de inanición. Su cabello es blanco y áspero. Podría servirse sopa en los cuencos vacíos de sus mejillas o recolectar lágrimas en los valles debajo de sus ojos.

Recuerdo el aspecto del raquítico brazo de mi padre alrededor de los hombros de Marta. El viaje de tres días —el arrancar y detenerse del tren—, la negrura absoluta del vagón, el hedor, los agónicos empujados a una esquina lejana con todo y sus maletas. Sabíamos que el lugar al que iríamos sería todavía peor que Terezín. Apretada contra mi hermana, escucho que susurra palabras que jamás he podido olvidar, sin importar el número de años que han transcurrido.

—Lenka, ¿dónde está el Gólem ahora?

Hay un terrible traqueteo cuando finalmente llegamos. Se abre la puerta del vagón y hombres de las SS con pastores alemanes que jalan de sus correas con ferocidad nos gritan que nos bajemos. Saltamos del tren a la nieve que nos llega hasta las rodillas. Prisioneros enjutos vestidos con pantalones y camisas a rayas, con gorras sobre sus cabezas rapadas, cargan cajas, con rostros agotados y carentes de emoción. Veo un cartel que dice: «AUSCHWITZ», un nombre que no conozco.

Miro hacia el cielo color acero y veo chimeneas que vomitan

humo negro. «Seguramente, allí es donde trabajaremos», pienso. Fábricas para el esfuerzo de guerra alemán.

Qué equivocada estaba.

୧୪

Nos dicen que dejemos nuestras maletas en una pila, cosa que me parece extraña. En Terezín, se nos tenía permitido portar nuestras pertenencias y, mientras miro la enorme montaña de maletas y mochilas, las cuales están marcadas con los números de nuestro primer transporte, pero sin portar nuestros nombres verdaderos, me pregunto cómo lograrán regresarnos el equipaje correcto.

Se ordena a los ancianos y a los niños que se formen del lado derecho. Los jóvenes y más vitales del lado izquierdo. A mi padre lo hacen a un lado con tal rapidez que lo pierdo de vista en segundos.

A mi madre también la colocan a la derecha con los ancianos, los enfermos y los niños. Recuerdo que pensé que esto era una bendición, que no tendría que trabajar tan arduamente como el resto de nosotros que todavía parecíamos fuertes. «Cuidará de los niños», me dije a mí misma. «Encontraré las cosas que necesite, igual que en Terezín, y seguiré enseñándoles a dibujar».

¿Cuántas veces he regresado a esa última imagen que tuve de ella? Mi madre alguna vez bella sosteniéndose de pie como garceta. Su largo cuello blanco estirado por encima del escote de su vestido roto y sucio. Su espalda encorvada esforzándose por mantenerse derecha. Ya es una aparición, su piel es traslúcida como el cascarón de un huevo. Ojos verdes acuosos. Nos mira a Marta y a mí y nos comunicamos a través de nuestro temor. Como si fuera un código propio de gestos secretos —el rápido parpadear de nuestros ojos, el temblor de nuestros dedos que no nos atrevemos a levantar—, le digo a mi madre que la amo. Me uno a ella, a pesar de que mi hermana y yo estamos en una fila y ella en otra. Mi madre. Hasta el día de hoy la conservo encerrada en mi mente, apresada en un abrazo eterno.

☙

Nos obligan a caminar entre la nieve en dirección a una reja de hierro negro y a las chimeneas con sus oscuras volutas de humo. Los ventisqueros se sienten como agujas de hielo contra la piel, empapándome las medias. Mi abrigo negro de Praga está completamente desgastado y lleno de agujeros.

Las personas están pidiendo sus maletas.

—Recibirán sus cosas más adelante —ladran los de las SS.

Los perros echan espumarajos por el hocico. Me aterra el aspecto de sus dientes afilados y sus encías rosas.

No hay un Consejo de Mayores que nos dé la bienvenida, como en Terezín. No hay filas organizadas que se mueven lentamente. En lugar de ello, hay caos y gritos constantes. Otros prisioneros nos pegan con palos y nos ordenan en polaco o en alemán que nos mantengamos en la fila. Marta está caminando frente a mí; sus movimientos mecánicos me sugieren que está como en trance. Quiero acercarme a ella, tomarla de la mano y decirle que estamos juntas, que nos protegeremos la una a la otra, pero tengo demasiado miedo. Veo el vaho de su aliento en el gélido aire, veo que sus piernas están temblando.

Caminamos más lejos y pasamos por la reja. Leo la inscripción sobre el portón que dice, en alemán: «*ARBEIT MACHT FREI*», «El trabajo los hará libres».

Las torres de vigilancia arrojan haces de una enceguecedora luz blanca. Contra el alambre de púas, veo los cadáveres masticados de aquellos que no pudieron huir de los perros.

Nos arrean hacia un edificio de madera y nos ordenan que nos desnudemos completamente. Hay prisioneros sentados detrás de escritorios que escriben el lugar del que venimos y nuestros nombres, y que nos dicen que firmemos las tarjetas donde apuntan esta información.

Entramos en un pasillo. Estamos tiritando; nuestros cuerpos no tienen grasa que nos aísle del frío. Vemos las líneas de las costillas de cada uno y el serpentear de nuestras vértebras. Quiero rodear a Marta con mis brazos para cubrirla; a mi hermanita a la que soy incapaz de proteger.

Tratamos de cubrirnos con nuestras temblorosas manos, pero no tiene caso. Pronto nos ordenan que quitemos las manos mientras dos hombres nos rasuran las axilas y los genitales. Un hombre trabaja en las axilas mientras otro trabaja más abajo. Después, me enteraría de que a todos los prisioneros los rapan, menos a aquellos en transportes checos. Por alguna razón, a nosotras nos permiten que conservemos nuestro cabello.

Nos llevan a otra habitación donde nos bañan con una manguera de agua helada y donde mujeres de las SS, vestidas con botas de montar y con fuetes en las manos, nos dan ropa que ponernos. Ya para este momento he aprendido que todo en Auschwitz funciona de manera eficiente. Todo es tan metódico y preciso como la línea de producción de una fábrica bien administrada.

Me dan un costal café como vestido que es demasiado grande para mí y un par de zuecos de madera que me quedan tan mal que casi no puedo caminar con ellos.

Esa noche nos dicen que nos agazapemos en el piso de cemento con las cabezas agachadas. Si las levantamos, se nos golpea con un palo.

Ahora estoy segura de una cosa: la fe que todavía tenía en Dios mientras estábamos en Terezín ha desaparecido por completo.

ೞ

A la mañana siguiente me encuentro acostada en el piso. Marta no está a mi lado y el miedo se apodera de mí. Me incorporo y vomito, escupiendo bilis en la nieve.

Una chica a la que conozco de Terezín me está jalando hacia algún lugar.

—Nos van a gasear —susurra—. ¿No hueles el crematorio? Le digo que no le creo.

—Es cierto —me dice mientras me sigue jalando. Señala hacia las dos altas chimeneas que recuerdo de ayer—. Arden todo el día y toda la noche —agrega—. Todos vamos a morir.

Le digo que está equivocada. Le digo que no puede ser.

—Nos necesitan para ayudar con el esfuerzo de guerra. ¿Por qué nos matarían ahora después de todos esos años en Terezín?

Deja de hablar, pero sigue jalándome de la mano mientras caminamos hacia una luz que está delante de nosotras. No tenía razón acerca de lo que nos iba a suceder. En lugar de gasearnos, nos envían a una habitación donde nos tatúan números en los brazos.

Recibí el número 600454, y esa fue la noche en la que perdí mi nombre: Lenka Maizel Kohn. A partir de ahora tendría que responder a mi número e identificarme únicamente por el mismo. Me convertí en una serie de seis números azules, inscritos para siempre en mi piel.

Marchamos hacia nuestras barracas y fue allí donde encontré a Marta. Era una de diez mujeres en una litera. Estaba acostada de lado, contemplando su número. Me miró y vi que estaba demasiado asustada, y demasiado cansada, como para siquiera llorar.

ଓ

Al romper el alba, nos llaman y nos dicen que debemos mover unas grandes piedras de una parte del campo a otra. Es trabajo mecánico y estúpido, concebido para agotarnos y humillarnos. Escuchamos un silbato estridente y vemos cómo obligan a los hombres de las barracas a correr en círculos. Ejecutan a los que no corren con la suficiente velocidad, su sangre empapa la nieve sucia de hollín.

En las paredes de las barracas, los alemanes han pintado consignas. En la nuestra, está escrito: «LA LIMPIEZA ES SAGRADA».

Me reclutan para pintar números en las placas de metal que se utilizan para designar cada barraca.

En nuestra barraca, encuentro a Dina, mi antigua amiga de Praga. La última vez que la había visto fue en la calle fuera de nuestro departamento, cuando había ocultado su estrella amarilla en el bolsillo para poder ver *Blancanieves* de Disney.

Hace más de un año, me cuenta, pintó un mural en la barraca de los niños del campo con témpera. Me dice que Freddie Hirsch, a quien conoció durante su estancia en Terezín, le había pedido que lo pintara.

—Estuve en Terezín apenas dieciocho meses. Cuando recién llegué a Auschwitz, un amigo me llevó a la barraca de los niños, donde vi una enorme y aburrida pared frente a mí —murmulla—. Vi la pared y me imaginé que estaba en un cabaña suiza. Empecé a pintar macetas y después vacas y borregos al fondo. A medida que se me acercaron los niños, les pregunté qué querían que les pintara y todos ellos me dijeron que querían a Blancanieves.

La escuché, fascinada.

—Había visto la película varias veces en Praga y la había pintado miles de veces en mi cabeza —prosiguió—. Hice a los enanos tomados de las manos en un baile alrededor de Blancanieves. ¡Deberías haber visto las caras de los niños cuando terminé!

Me dijo que los niños incluso habían podido utilizar el mural como telón de fondo para una obra de teatro secreta que representaron. Hizo una corona con papel y la pintó de color dorado para la reina. Tomó pintura negra, tiñó tiras de papel de ese color y las adhirió a la corona para que pareciera cabello negro.

Aunque se suponía que la obra se presentaría en secreto, algunos de las SS la habían visto.

—Uno de los guardias le contó al doctor Mengele que había pintado el mural y ahora pinto retratos de los gitanos de su clínica.

Esa noche caí rendida de agotamiento y soñé con el mural de mi amiga en un deseo de que todo esto no fuese más que un cuento de hadas, un encantamiento lanzado por la reina malvada, y que la bella Blancanieves pronto despertaría para frustrar su maléfico plan.

53

Lenka

He tenido un sinfín de pérdidas en mi vida; las puedo contar como las cuentas que llevan los beduinos. Cada cuenta calentada y pulida por una mano nerviosa. Mantengo este rosario en mi cabeza, cada cuenta con un color propio. Josef es de un color azul profundo, su muerte del color del océano. Mis padres, quienes abandonaron este mundo en una imperdonable chimenea de humo, son del color de las cenizas y Marta del blanco más puro. La suya está al centro de mi sarta de cuentas.

Mi hermana y yo trabajamos en Auschwitz juntas, lado a lado, en una habitación contigua al crematorio. Después de que las SS hubieran ordenado que se desnudaran a los hombres, mujeres y niños seleccionados para la cámara de gas, nuestro trabajo era revisar sus cosas.

Había montones de abrigos y sombreros; pilas de vestidos y calcetines; alteros de mamilas de vidrio; cantidades y cantidades de chupones y zapatitos negros. Hasta el sol de hoy, no puedo ver una pila de ropa recién lavada en mi casa. La doblo y guardo con rapidez, no sea que tenga que ver una montaña de ropa que me recuerde a Auschwitz.

୧୬

Nuestras órdenes eran hurgar de rodillas entre la ropa para revisar cada artículo de manera individual. Nos dijeron que abriéramos las costuras en busca de piezas de oro escondidas y que revisáramos los bolsillos para ver si aún contenían dinero. También buscábamos en el interior de las cabezas de las muñecas para tratar de encontrar algún collar de perlas o brazalete que pudiera hallarse dentro de sus cráneos de porcelana.

Todos los días, trabajábamos desde el amanecer y hasta el crepúsculo. Las cámaras de gas y el crematorio funcionaban los siete días de la semana, las veinticuatro horas del día. En la mañana, al llegar, la ropa estaba amontonada casi hasta el techo. Nuestros dedos aprendieron a trabajar con agilidad, a sentir el dobladillo de las prendas, no para revisar la precisión de las puntadas, sino con el sentido de búsqueda de una persona ciega que detecta las letras en un libro escrito en braille.

Yo trataba de estar en un trance mientras trabajaba. No quería pensar en la pobre y desesperada mujer que había ocultado su anillo de bodas en el forro de su abrigo, los aretes de diamantes cosidos en el cuello de una blusa o las pequeñas piezas de oro que encontré en el ala de un sombrero forrado de pieles.

A Marta y a mí nos habían ordenado que todo lo que encontráramos lo colocáramos dentro de cajas. Yo hacía lo que me habían dicho. Ni siquiera levantaba la mirada mientras descosía dobladillos y cortaba forros de seda. Trabajaba como una persona que ya estaba muerta. ¿Cómo podía no hacerlo cuando oía los gritos de los pasajeros del último transporte que hacían fila afuera, chillando cuando se daban cuenta de que estaban a punto de gasearlos? ¿Y el llanto de los niños o de las madres que rogaban por las vidas de sus hijos? Por cada pieza de oro que descosía de la tela, uno de esos gritos se cosía en mi interior. Hasta el día en que respire mi último aliento, jamás podré borrarlos de mi memoria.

Por más débil y cercana a la muerte que me pareciera que estaba mi hermana cada día que pasaba, poseía una rebeldía que jamás pude comprender del todo. Como trabajábamos lado a lado, hubo una vez en que la vi tomar alguna de las piezas de joyería que encontramos para arrojarla en la letrina.

—¿Qué estás haciendo? —siseé, furiosa—. ¡Si te ven, te van a fusilar!

—¡Prefiero que me fusilen a que se queden con cualquiera de estas cosas! —Tenía la falda de terciopelo de una mujer entre sus manos, que eran como las de un cadáver. Ya no parecían ser las manos de mi hermana, sino garras; todas tendones y huesos.

—Si el judío que limpia las letrinas encuentra ese diamante, quizá pueda hacer un trueque para salvar su vida...

—Te fusilarán —le respondí—, y si supieran que somos hermanas, me fusilarían a mí primero para hacerte ver y después te dispararían a ti también.

Pero Marta se negó a ceder.

—Lenka, si les doy todo..., es como si ya hubiera perdido la vida.

Esa noche, me acurruqué aún más contra mi demacrada hermana. Sentí la delgadez de su pelvis junto a la mía y la aparente falta de peso de su brazo cuando lo echó sobre mí en su intranquilo sueño. Era como si me estuviera aferrando a la jaula de un ave; sus costillas, como alambres; su cuerpo ya hueco.

Si hubiera sabido que era la última vez que la tocaría, la hubiera abrazado con tal fuerza que sus huesos habrían saltado de la delgada tela de su piel.

A la mañana siguiente, un soldado de las SS vio cómo mi hermana arrojaba un prendedor a la letrina. Le gritó y le preguntó qué estaba haciendo. Marta se quedó parada como cisne congelado. Sus blancas piernas sobresalían del dobladillo de su vestido café, pero no detecté ni un solo estremecimiento.

—¡Métete allí dentro y ve por él, sucia puta judía! —gritó. Al principio, Marta no se movió. Mi bella hermana pelirroja. El soldado se le acercó con el rifle apuntado directamente a su rostro—. ¡Métete en la letrina ahora mismo, pedazo de mierda judía!

La vi parada, mirándolo directamente a los ojos y con una voz firme, no un susurro, y sin el más mínimo asomo de duda, mi hermanita pronunció su última palabra con absoluto desafío.

—No.

Y, entonces, justo frente a mí, con la velocidad que sólo el mal puede imprimir, el soldado le disparó a Marta en la cabeza.

54

Lenka

Mis padres se desvanecieron en el aire de Auschwitz y mi hermana quedó enterrada en su tierra empapada de sangre. Pocas semanas después de la muerte de Marta, los alemanes, presintiendo que los soviéticos llegarían al campo en cuestión de días, empezaron a movilizarnos por miles a otros campos aún más hacia el este. Barracas enteras se vaciaban de la noche a la mañana.

A principios de enero de 1945, nos levantaron justo después de la medianoche y nos obligaron a salir al aire gélido. Podíamos ver las fábricas que se quemaban en la distancia. Incluso el crematorio parecía estar ardiendo.

—Están quemando la evidencia —susurró una de las muchachas—. Los soviéticos ya deben de estar en sus fronteras.

Después de que los alemanes nos llamaran a cada uno por nuestros números, comenzaron a gritarnos para que empezáramos a caminar. Estábamos medio dormidos y completamente demacrados, de modo que muchos de nosotros empezamos a tropezar en la nieve. Le disparaban a todo el que cayera. Sus cuerpos no emitían sonido alguno al caer a la tierra congelada.

La única evidencia de sus muertes era el hilo de sangre que corría de sus cráneos.

⚜

Nos arrearon en la nieve de enero, como ganado que esperaban que feneciera antes de llegar a la llanura. Miré mientras casi cada una de las personas que caminaba delante de mí caía para no levantarse jamás. A otros les dispararon porque caminaban demasiado lento y a otros más por mirar a los nazis con ojos desesperados. La razón por la que sobreviví fue gracias a la mujer que caminaba justo detrás de mí, quien, en su dolor, pensó que me asemejaba a su hija muerta. Cuando me caí, me levantó. Cuando estuve a punto de morir de hambre, me hizo comer nieve. Las pocas veces en que se nos permitió detenernos, sostuvo mis pies congelados entre sus manos y se arrancó una mascada de la cabeza para vendar mis dedos sangrantes. No tengo idea qué fue de ella, y hasta el día de hoy, me gustaría haber tenido la oportunidad de agradecerle. Porque fue esa mujer desconocida, quien creía determinadamente que yo era su hija, la que me mantuvo de pie cuando hubiera sido mucho más fácil morir.

Marchamos tres días antes de llegar a Ravensbrück, donde las SS siguieron golpeando y disparándoles a los que estuvieran demasiado débiles como para mantenerse de pie. Permanecí allí sólo tres semanas antes de que se me transportara por tren a otro campo más pequeño llamado Neustadt-Glewe. Allí, nos llevaron a otras quince chicas y a mí a una fábrica de aviones. Durante tres meses, cavé trincheras antitanque parada en el frío sin nada más que los vestidos de arpillera color café y zapatos de madera y lona. Cada día y cada noche, las demás chicas y yo mirábamos al cielo y escuchábamos el sonido de los aviones estadounidenses o soviéticos que sobrevolaban el campo y, aunque parezca increíble, jamás pensamos en la posibilidad de nuestra liberación. Sólo suponíamos que bombardearían la fábrica y que seríamos parte de las bajas desafortunadas.

Pero a principios de mayo sucedió lo impensable. Una mañana nos despertamos para encontrar que las SS habían abandonado el campo por completo en medio de la noche. Se habían escabullido como cobardes, de modo que cuando llegaron los estadounidenses, lo único que encontraron fueron las pilas de cadáveres y aquellos de nosotros que estábamos tan cercanos a la muerte como se podía aún estando vivos.

Estuvimos allí unas cuantas semanas, antes de que los soviéticos se hicieran cargo del campo y nos evacuaran a los centros de personas desplazadas que se estaban erigiendo por toda Alemania. Y fue allí, en un campo pequeño fuera de Berlín, donde conocí a un soldado estadounidense llamado Carl Gottlieb.

De la misma manera en que una madre puede amar a un niño huérfano o un niño puede amar a un gatito abandonado, así fue como Carl se enamoró de mí.

No pude haberle resultado atractiva. No pesaba más de treinta y siete kilogramos y, aunque en las barracas checas no nos habían obligado a raparnos, mi cabello negro estaba tan sucio e invadido de piojos que parecía una alfombra vieja y apelmazada.

Carl me dijo que se había enamorado de mis ojos. Dijo que eran del color del Ártico; que pudo ver un sinfín de travesías en su azul pálido.

Años después, le dije que sólo con el nacimiento de nuestra hija era que finalmente habían aprendido a derretirse.

No podría decir que amaba a mi marido en el momento en el que nos casamos; pero era viuda, huérfana y estaba completamente sola. Permití que este hombre cálido y apuesto me tomara bajo su cuidado. Permití que me diera de comer sopa a cucharadas. Dejé que me acompañara al dispensario para que me revisaran los médicos. Incluso me permití sonreír cuando bailaba con sus amigos soldados con la música de sus radios.

Y cuando me dijo que quería llevarme a su hogar en Estados Unidos, estaba tan cansada que hice lo único que todavía podía hacer.

Le di mi mano en matrimonio.

55

Lenka

Regresé a Praga en la primavera de 1945. Carl no pudo acompañarme porque no le dieron permiso para abandonar Alemania, pero le insistí en que estaba lo suficientemente fuerte como para viajar sola y no tuvo más remedio que dejarme ir.

Qué extraño fue viajar a través de una Alemania devastada por la guerra para después llegar a Praga, que había sufrido muchos menos daños por los bombardeos y ataques que habían destruido a gran parte del resto de Europa. Aquí estaba mi vieja ciudad, aparentemente intacta. Las lilas estaban floreciendo y la intensidad de su perfume llevó lágrimas a mis ojos.

Caminé como en un trance hasta nuestro viejo departamento en la ribera del Smetana y descubrí que estaba habitado por una familia de funcionarios del Gobierno. La esposa, que abrió la puerta, tenía una expresión cercana al horror.

—Ahora, este es nuestro departamento —dijo, sin invitarme a entrar—. Tendrá que hablar con el comité de reubicación para que le consigan otra vivienda.

No sabía adónde dirigirme para pasar la noche y ya empezaba a hacer frío. Y, entonces, recordé a mi amada Lucie.

Caminé de vuelta a la estación y tomé el primer tren a su pueblo en las afueras de Praga.

ભ

En una casa pequeña cercana a la estación, no me recibió Lucie, sino su hija Eliška, tocaya de mi madre, que ahora ya tenía casi diez años. La pequeña era la viva imagen de Lucie, con la misma piel blanca y el mismo cabello negro. Con esos mismos ojos almendrados.

—Tu madre y yo fuimos amigas… —Mi voz empezó a quebrarse mientras trababa de explicarme—. Te dieron el mismo nombre de mi madre —dije sollozando.

La chiquilla asintió con la cabeza y me condujo hasta la pequeña sala. Sobre el marco de la chimenea estaba el retrato de bodas de Lucie y Petr. Había pequeños platos pintados a mano en una vitrina y un pequeño crucifijo de madera colgado en una de las paredes.

Eliška me ofreció algo de té en lo que esperaba a su madre y yo acepté. No pude evitar mirarla fijamente mientras prendía la estufa y sacaba algunas galletas de una lata. En el tiempo en que nosotros pasamos la guerra muriendo en campos de concentración, ella había pasado de ser una pequeña que aprendía a caminar a convertirse en una niña al borde de la adolescencia. No sentí amargura, pero de todos modos quedé pasmada ante su transformación.

No fue sino hasta una hora después, cuando Lucie entró por la puerta, que me percaté de lo mucho que había cambiado yo misma. Lucie se quedó parada en la entrada de su sala y me miró como si estuviera viendo a alguien que se había levantado de entre los muertos.

—¿Lenka? ¿Lenka? —repetía una y otra vez, como si no creyera lo que veía. Se cubrió el rostro con las manos y la pude escuchar tratando de sofocar su llanto.

—Sí, Lucie, soy yo —dije al levantarme para saludarla.

Caminé hasta ella y retiré sus manos de su rostro, tomándolas en las mías. La piel era la de una mujer mayor, aunque su rostro seguía siendo el de mi querida Lucie, con sus ángulos aún más pronunciados.

—Todas las noches recé por que tú y tu familia regresaran a salvo —dijo a través de sus sollozos—. Debes creerme. Espero que hayan recibido los paquetes que les envié a Terezín.

No tuve la menor duda de que nos había tratado de enviar provisiones, pero, a decir verdad, era frecuente que robaran dichos paquetes y jamás recibimos ni tan sólo uno de ellos.

—¿Tu madre, tu padre y Marta? —preguntó—. Por favor, dime que están a salvo y bien…

Negué con la cabeza, a lo que ella emitió un grito ahogado.

—No. No. No. —repitió vez tras vez—. Dime que no es así.

Nos sentamos una junto a la otra y nos tomamos de las manos. Le pregunté acerca de Petr, de sus padres y sus hermanos, y me dijo que habían tenido dificultades durante la guerra, pero que todos estaban vivos y con bien.

—Jamás olvidé mi promesa a tu familia —agregó. Se levantó y caminó hasta su habitación; cuando regresó traía la canasta en la que con tanto cuidado había colocado las joyas de mi madre años atrás—. Todavía tengo las cosas de tu madre… y las tuyas, Lenka. Ahora todas te pertenecen —afirmó, colocándolas entre mis manos.

La pequeñita de Lucie se acercó y se sentó junto a ella mientras yo desenvolvía las piezas una a una. Las preciosas alianza y gargantilla de mi madre, el relicario de la madre de Josef y mi propio anillo de bodas de oro, con la inscripción que llevaba dentro.

—Gracias, Lucie —dije al abrazarla. Jamás pensé que volvería a tener nada que le perteneciera a mi madre.

Ella no podía pronunciar palabra y la vi mirando en repetidas ocasiones hacia su hija.

—Te pusimos el nombre de la madre de Lenka —le dijo finalmente—. Esta noche le cederás tu cama y dejarás que Lenka duerma en tu habitación, Eliška.

La pequeñita parecía confundida por mi presencia. Era evidente que no tenía recuerdo alguno de quién era yo, y mucho menos de cómo, hacía tan sólo algunos años, la había mirado andar sus primeros pasos.

—Es un honor tenerte aquí, Lenka, y quiero que te quedes el tiempo que necesites.

☙

Me quedé toda una semana, y en ese tiempo averigüé que el joven que había trabajado con mi madre, Willy Groag, había salido liberado de Terezín. Había regresado a la ciudad con dos maletas llenas de dibujos infantiles que la colega de mi madre Friedl le había confiado a otra colega, Rosa, la noche antes de que la enviaran a Auschwitz. Eran cuatro mil quinientos dibujos.

Leo Haas también había sobrevivido a Auschwitz y había regresado a Terezín para sacar sus dibujos de los lugares donde los había ocultado. Él junto con el ingeniero Jíří, quien también había sobrevivido a la guerra, habían ido a la llanura en la que estaban enterrados los dibujos de Fritta y habían cavado con palas hasta localizar el tubo de aluminio que contenía todo el trabajo de este último.

Años después, me reuní con Haas y me enteré de que él y su esposa habían adoptado al hijo de Fritta, que había quedado huérfano después de la guerra. Haas parecía menos rígido de lo que había sido en Terezín. Ya nada quedaba del tono displicente que yo recordaba; ahora hablaba como si fuéramos iguales, como si nos hubiésemos transformado en tales simplemente por haber sobrevivido. Mientras tomábamos té, me contó de cómo había cargado a Fritta, enfermo y frágil a causa de la disentería, del vagón para ganado al llegar a Auschwitz y cómo él y un colega habían tratado de cuidarlo para que recuperara la salud.

—Fritta sólo duró ocho días oculto en una de las barracas —me contó—. Un médico amigo nuestro trató de administrarle líquidos con un gotero, pero murió en mis brazos.

—¿Petr y Otto? —Dije sus nombres de manera tentativa, como si mis recuerdos de ellos estuvieran a punto de estrellarse entre mis manos.

—A Petr y a su esposa los gasearon pocos días después de que llegaron.

—¿Y Otto? —Mi voz se estaba quebrando.

—Otto... —Negó con la cabeza—. La última vez que lo vieron vivo fue en Buchenwald, pero murió unos cuantos días antes de la liberación. —Haas, que jamás había mostrado sus emociones, hizo un esfuerzo por recobrar la compostura.

—La última imagen que alguien dice haber tenido de Otto fue hincado a un lado del camino con un trozo de carbón en su mano izquierda mientras la otra caía inerte a su lado. Estaba tratando de hacer bosquejos de los cadáveres a su alrededor sobre un trozo de papel no mayor a este tamaño... —Haas trazó un círculo alrededor de la palma de su mano.

Levanté mi propia mano hacia mi boca.

Haas simplemente se limitó a negar con la cabeza.

Dado que jamás habíamos sido íntimos, no le conté mi propia historia. La historia de cómo había regresado a Terezín unos pocos meses después de la liberación.

Después de despedirme de Lucie, tomé un tren que siguió la misma ruta que había llevado a mi familia hasta Bohušovice años antes. Aunque ahora no llevaba una mochila, sino sólo una pequeña bolsa de lona, el peso de los fantasmas de mis padres y de mi hermana pesaban tanto como una tonelada de ladrillos atada a mis espaldas.

Caminé en silencio por el camino de tierra hasta llegar a las rejas del gueto. Sentí como si regresara a un extraño sueño, a un sueño recurrente acerca de una obra de teatro; en esta versión, la escenografía era la misma, pero había desaparecido todo el elenco. No estaba la escena familiar de Petr caminando por la calle con su cuaderno de dibujo y su bote de tinta. No quedaba rastro de la imagen alguna vez omnipresente del carretón que cargaba una montaña de maletas o un grupo de ancianos que ya no podía caminar. Por el contrario, prácticamente no había una sola persona en este sitio antes abarrotado.

Tuve que parpadear varias veces para adaptarme a la vista de un Terezín vacío. El gueto se había convertido en un pueblo fantasma.

Las barracas también estaban totalmente vacías y sólo había algunos soldados aliados que patrullaban las calles.

—¿Qué está haciendo aquí? —me preguntó uno de ellos.

Me congelé de inmediato, repentinamente aterrada, con la adrenalina fluyendo por todo mi cuerpo. Me llevaría toda una vida deshacerme de ese terror. Aunque ahora, técnicamente, era una mujer libre, aún no lo podía creer del todo.

—Dejé algo aquí —Mi voz temblaba. Metí la mano en mi bolso para mostrarle la tarjeta de identificación que me habían dado al momento de la liberación—. Estuve presa aquí y quiero ver si todavía está aquí lo que estoy buscando.

—¿Es algo de valor? —preguntó el soldado. Tenía una sonrisa chueca y le faltaba uno de sus dientes inferiores.

—Lo es para mí. Es un dibujo que hice.

Se encogió de hombros, evidentemente desinteresado.

—Pase, pero no se lleve todo el día.

Asentí con la cabeza y me apresuré a caminar hasta la barraca Hamburgo.

℘

Si las sombras poseyeran un aroma, sería el del olor de Terezín. Todavía podía oler el hedor desesperado de los cuerpos hacinados, de las paredes húmedas, de los pisos de tierra. Pero mientras bajaba por las escaleras al sótano del barracón, se me ocurrió que esta era la primera vez en que escuchaba el sonido de mis propias pisadas dentro de Terezín. Repentinamente me sentí helada, el mismo eco de mis zapatos reforzaba lo sola que realmente estaba.

Traté de pensar en Carl para calmar mis nervios. Traté de

escuchar su voz en mi cabeza diciéndome que me mantuviera firme. Acudiría aquí y encontraría mi dibujo, y una vez que lo tuviera en mis manos, abandonaría este lugar para siempre.

અ

Había entrado en una antecámara en el sótano, justo como me la había descrito Jíří. Me quedé parada un momento, como una niña en una casa de espejos, sin saber dónde buscar ni dónde empezar a cavar. Pateé el piso de tierra con la punta de mi zapato. El piso se sentía duro y compacto.

Metí la mano en mi bolso y saqué una pequeña pala que había tomado prestada de Lucie. Me levanté la falda y me puse de rodillas, como un animal que busca algo perdido en la tierra.

Me dije que no dejaría de cavar hasta que lo encontrara. No me detendría un solo momento. Desenterraría el dibujo de Rita y Adi de la misma manera en que lo había creado, con las cutículas rotas, las manos cansadas y la piel resquebrajada, mi propia sangre hundiéndose en la tierra.

અ

Me tomó casi dos horas encontrar el dibujo. Allí estaba, justo como lo había prometido Jíří, dentro de un delgado tubo de metal.

56

Lenka

Me casé con mi segundo esposo en el consulado estadounidense de París. Otra docena de parejas, todas formadas por soldados con novias europeas, esperaba afuera. De camino, compramos unas flores en la Rue du Bac y tropecé por las calles empedradas, mis pies estaban desacostumbrados a zapatos que me quedaran como debían. Usé un traje azul marino y me arreglé el cabello de manera sencilla, con un simple broche color café sobre la oreja.

Después de la ceremonia, Carl me preguntó dónde quería ir a celebrar.

Lo único que quería en el mundo entero era un plato de *palačinka*.

—Crepas —le dije. Y él apretó mi mano como uno lo haría con una criatura.

Me imaginé como una joven a la mesa de mi madre. La tela blanca calada, el plato de porcelana amontonado con crepas llenas de jalea de chabacano y espolvoreadas con azúcar glas.

—Qué fácil es complacerte —dijo mientras sonreía.

Encontramos un pequeño café y nos sentamos. Ordené crepas con mantequilla derretida y jalea y él un *croque monsieur*. Brindamos con tazas de té caliente y compartimos una copa de champán. Perdí mis flores de regreso a casa.

Esa noche, en un pequeño hotel de la ribera izquierda, Carl me hizo el amor, susurrando que me amaba y que se sentía dichoso de que fuera su esposa. Recuerdo que temblé entre sus brazos. Vi mis extremidades blancas y esqueléticas enredadas en las suyas, mis tobillos en torno a la curva de su espalda. Sus palabras me parecían estar destinadas a otra persona. ¿Quién era yo como para evocar tales sentimientos? Ya no pensaba en mi corazón como un órgano destinado a la pasión, sino como uno cuyas lealtades estaban reservadas únicamente a la sangre que bombeaba por mis venas.

Ya en Estados Unidos, me esforcé por ser una esposa buena y diligente. Compré el libro de cocina de Frannie Farmer y aprendí a hacer buenos guisados y gelatina de frambuesa con gajitos de mandarina en su interior. Le dije a mi marido lo amable que era cuando me regaló una aspiradora para mi cumpleaños y cuando recordaba traerme rosas blancas en nuestro aniversario.

Pero para poder sobrevivir en este mundo extraño, tuve que aprender que el amor se parecía mucho a la pintura. El espacio negativo entre las personas era tan importante como el espacio positivo que ocupan. El aire entre nuestros cuerpos en reposo, así como las pausas dentro de nuestras conversaciones eran como todas las partes en blanco de un lienzo y el resto de nuestra relación —las risas y los recuerdos— eran las pinceladas que se aplicaban al paso del tiempo.

Cuando abrazaba al que había sido mi marido por cincuenta y dos años, nunca pude escuchar el latido de su corazón exactamente de la misma manera en que había escuchado el de Josef en ese puñado de días y noches que vivimos juntos. ¿Era porque yo había subido de peso con los años y el relleno adicional sobre mi pecho evitaba que sintiera la sangre que recorría su cuerpo de la manera que recordaba que había corrido a través del de

Josef? ¿O acaso era que con un segundo amor jamás estamos tan sintonizados? Mi corazón era menos sensible con este segundo amor; estaba recubierto por una coraza y me pregunto qué más dejó fuera al paso del tiempo.

Mi corazón también tenía grietas en las cuales lograban colarse sentimientos profundos que lo dejaban en carne viva. El nacimiento de mi hija fue una de esas ocasiones. Al tenerla entre mis brazos y al ver mi reflejo en sus ojos azules, sentí una oleada de emociones más abrumadora de la que había sentido jamás. Contemplé cada uno de sus rasgos en su perfección recién nacida y vi la alta frente de mi padre, mi pequeño y estrecho mentón y la sonrisa de mi madre. Y por primera vez observé cómo, a pesar del aislamiento de nuestras propias vidas, siempre seguimos conectados con nuestros ancestros; nuestros cuerpos guardan los recuerdos de aquellos que nos antecedieron, sea en los rasgos que heredamos o en una disposición que está grabada en nuestras almas. Con el paso de los años, me di cuenta del poco control que en realidad tenemos sobre lo que se nos da en este mundo y dejé de batallar con mis demonios. Tan sólo me limité a aceptar que formaban parte de mí; como el dolor de huesos que trato de olvidar cada día al momento de despertar, lucho en mi interior por no mirar atrás, sino por centrarme en cada día nuevo que viene.

Llamé Elisa a mi hija a fin de honrar la memoria de mi madre. La vestí con ropa bella, y cuando apenas tenía cinco años, le di un cuaderno de dibujo. Al verla tomar la colección de lápices de colores por primera vez, supe que ella había heredado su talento de mi familia. No sólo sabía reproducir fielmente lo que veía ante sí, sino que podía ver más allá, por debajo de la superficie; podía ver lo que se encontraba debajo de cada trazo. Mis manos fueron dañadas por los años de privaciones, por el frío y por las condiciones de Auschwitz. Pero de vez en vez, con el propósito de enseñarle algo, tomaba un lápiz o el mango de un pincel y toleraba el dolor a fin de ejemplificar algún concepto para mi hija cada vez más entusiasmada.

Cuando era pequeña, nunca le conté a mi hija los detalles de mi vida anterior a su llegada. Simplemente sabía que tenía el nombre de mi madre.

Pero jamás hablé del humo de Auschwitz. La negrura, las cicatrices mentales, las razones del dolor de mis manos, eso lo mantuve en secreto. Como un fondo de luto que se utiliza bajo la ropa, cosido a mi piel, era algo que estaba conmigo a diario; pero jamás se lo revelé a nadie.

Ni siquiera compartí mi dibujo. Algunas noches, cuando Carl y Elisa estaban profundamente dormidos, iba al clóset de mi recámara, prendía la luz y cerraba la puerta. Allí, en una esquina, detrás de mi caja de costura y de los contenedores de plástico que albergaban mis zapatos y pantuflas, guardé mi atesorado dibujo. Me dolía tenerlo entre objetos tan mundanos, que no tuviera el valor de mostrarlo o de contarle a mi familia de su existencia. Era como una herida abierta que mantenía oculta, pero que atendía en secreto por las noches. En aquellas madrugadas en las que no lograba conciliar el sueño, cuando las pesadillas me ganaban, lo sacaba de su cilindro de metal y me quedaba viendo los rostros de Rita y su hijo recién nacido. Escuchaba la respiración de Carl, imaginaba a mi dulce hija dormida en la habitación de al lado, y finalmente me permitía llorar.

57

Lenka

Di a luz a una sola criatura. Una hija. Por años Carl y yo intentamos tener otro bebé, pero era como si mi cuerpo fuera incapaz de producir más de una cría. Cada trozo de vena, cada fragmento de hueso, me fue arrancado para lograr esa perfección única.

Elisa creció alta y fuerte. Tenía las extremidades norteamericanas de su padre. Corría como potrillo, con las piernas estiradas y dando grandes brincos. Al verla de niña en el patio de juegos en carreras contra los chicos, recuerdo haberme quedado sin aliento. ¿Quién era esta criatura que podía saltar con más velocidad que una gacela, que se deshacía las apretadas trenzas porque adoraba la sensación del aire en su cabello? Era mía; pero era salvaje y libre.

Amaba eso de mi hija. Amaba que fuera tan temeraria, que tuviera pasión en su corazón, que se emocionara ante el sol en su cara y que corriera a la orilla del mar, sólo para sentir las caricias del agua sobre sus pies.

Yo era quien se preocupaba en secreto. Jamás le dije que cada noche tenía que luchar contra la ansiedad que hacía estragos en mi mente, contra la inquietud de que algo horrible pudiera sucederle.

Batallaba contra las ideas que recorrían mi cabeza como si fueran leones en mi interior. Peleaba conmigo misma para no permitir que la negrura de mi pasado se colara en ninguna parte de la vida de Elisa. Tendría una vida pura y dorada sin un rastro de sombra, juré. Lo juré una y otra vez.

Mi hija tenía cinco años la primera vez que me preguntó acerca de mi tatuaje. Jamás olvidaré la ligereza de su dedo cuando trazó los números sobre mi piel.

—¿Para qué son esos números?— preguntó, casi hechizada.

Este era el día que me había atormentado desde su nacimiento. ¿Qué le diría? ¿Cómo podía librarla de los detalles de mi pasado? No había manera en que permitiera que una sola imagen de mi pesadilla ingresara en su bella y angélica cabeza.

Así que, esa tarde, mientras Elisa se sentaba en mi regazo, con sus dedos tocando mi piel y su cabeza contra mi pecho, le mentí a mi hija por primera vez.

—Cuando era niña, me perdía constantemente —le dije—. Este era mi número de identificación para que la policía supiera adónde regresarme.

Por un tiempo, esto pareció bastar. Fue de adolescente, cuando se enteró del Holocausto, que se percató del verdadero significado de esos números.

—Mamá, ¿estuviste en Auschwitz? —recuerdo que preguntó el verano en que cumplió trece años.

—Sí —le respondí, con mi voz quebrándose. «Por favor, por favor», recé, mi corazón daba tumbos en mi pecho. «Por favor, no me preguntes más. No quiero contártelo. Deja esa parte de mí en paz».

Vi cómo se levantaban sus cejas ante la rigidez de mi propio cuerpo y supe que había reconocido el temor que inundaba mi rostro.

Me miró con esos ojos azul hielo que tenía. Con mis mismos ojos. Y en su interior vi no sólo tristeza, sino la capacidad de compasión de mi hija.

—Lo siento tanto, mamá —exclamó, y se acercó para envolver sus largos brazos a mi alrededor y para acurrucar mi cabeza contra su delgado pecho.

Y entendió que no debía preguntarme nada más al respecto.

08

Aunque jamás pronuncié palabra acerca de Auschwitz con mi familia, seguía soñándolo. Si has pasado por un infierno así, jamás te deja. Al igual que el olor del crematorio que perdura por siempre en alguna parte de mi nariz, mis sueños de Auschwitz siempre se encuentran en algún rincón de mi mente, a pesar de todos los esfuerzos que he hecho por deshacerme de ellos.

¿Cuántas veces soñé con la última vez en que vi a mi madre, a mi padre, a mi hermana? Cada uno de sus rostros apareció ante mí en forma espectral con el paso de los años. Pero el peor de todos era el sueño en el que estoy en Auschwitz con mi hija Elisa. Cuando lo tenía, ese sueño me torturaba por días y días.

Los sueños cambiaron a medida que cambió Elisa. Al llegar a la adolescencia, se volvió perezosa como sus amigas estadounidenses. ¿Cuántas veces le pedí que limpiara su cuarto, que recogiera su ropa o que me ayudara a pelar verduras antes de que su padre llegara del trabajo? Pero Elisa jamás toleró ese tedio; todo se centraba en reunirse con sus amigas o con chicos.

Y en esos años, mis sueños siempre comenzaban con el proceso de selección en Auschwitz. Mi bella hija está parada junto a mí, y en el sueño le estoy rogando al soldado de las SS que la envíe al lado derecho conmigo. Le digo: «¡Por favor! ¡Es una buena trabajadora!». Le imploro que la ponga en la fila conmigo. Pero en el sueño siempre separa nuestras manos aferradas con fuerza y la envía a la izquierda. Y despierto, con mi camisón empapado de sudor y Carl tratando de reconfortarme, murmurando que sólo fue una terrible pesadilla.

Siempre en esos momentos, cuando mi esposo me abrazaba, supe que había tenido suerte en encontrarlo. Esas manos sobre mis hombros jamás perdieron su calidez durante todos los años de nuestro matrimonio. Siempre fueron las manos del joven soldado que me encontró en el Campo de Personas Desplazadas, que me trajo un cobertor y una comida caliente; que me dijo en su mal alemán que él también era judío.

Cada noche, antes de dormirme, miraba la fotografía en blanco y negro de él en su uniforme del ejército. Su abundante cabello, sus oscuros ojos cafés llenos de la misma compasión que tuvo desde ese primer día. Así es como llené el lienzo de nuestro matrimonio. Lo poblé de gratitud. Porque, sin importar qué más pudiera suceder, siempre pensaría en Carl como en la persona que me había salvado.

Adaptó al inglés mi nombre como «Lainie» y me dio una buena vida y una hija sana. Ella se dedicó a la lucrativa profesión de la restauración de obras de arte y se convirtió en la madre de mi adorada Eleanor, quien heredó la gracia de cisne de mi madre y que hacía que todos voltearan a contemplarla cada vez que entraba en una habitación. Con los idiomas era como pez en el agua. En su graduación en Amherst se llevó casi todos los premios.

☙

Cuando Carl enfermó, finalmente me convertí en la cuidadora dentro de nuestro matrimonio. Le sostuve la cabeza cuando necesitaba vomitar y le hice platillos de dieta blanda cuando su estómago ya no fue capaz de digerir nada más. Cuando la quimioterapia lo hizo perder su abundante cabello blanco, le dije que siempre seguiría siendo mi apuesto soldado. Sostuve sus manchadas manos contra mis labios y las besé cada mañana y cada noche. En ocasiones, las sostenía contra el centro de mi camisón a medio abotonar para que pudiera sentir el latido de mi corazón. Supe que se acercaba el final del cuadro de nuestro matrimonio y me apresuré a llenarlo con algunas pinceladas más.

Aunque soy una persona muy reservada, puedo decir que nuestro último momento juntos fue quizás el más bello. Esa última noche, después de que lo hubiera arropado en la cama. Le di sus pastillas para el dolor y me estaba preparando para tomar un baño.

—Ven acá —logró susurrar—. Ven a mi lado, antes de que las pastillas me nublen la mente.

Creo que aquellos que tienen el lujo de morir en su propia cama frecuentemente tienen la capacidad de intuir el final que se acerca. Y ese fue el caso con Carl. Repentinamente su respiración se hizo más laboriosa y su piel adquirió una palidez sobrenatural. Pero en sus ojos había fiereza; la absoluta determinación de utilizar cada gramo de sus fuerzas para verme claramente por última vez.

Tomé su mano en la mía.

—Prende la música, Lainie —murmuró. Me levanté y fui al viejo tornamesa para poner su disco favorito de Glenn Miller. Regresé para sentarme junto a él y deslicé mi mano vieja y arrugada en la suya.

Con todas sus fuerzas, mi Carl levantó su brazo como si estuviera a punto de guiarme en un baile. Meció su codo y mi brazo siguió sus movimientos. Me sonrió a través de la bruma de los medicamentos.

—Lainie —dijo—, sabes que siempre te he amado.

—Lo sé —le respondí, y apreté su mano tan fuertemente que temí lastimarlo.

—Cincuenta y dos años... —Su voz era apenas un suspiro, pero seguía sonriéndome con esos oscuros ojos cafés.

Y entonces fue como si mi viejo corazón finalmente se hubiera desgajado por completo. Pude sentir cómo se resquebrajaba esa coraza que con tanto cuidado había mantenido por años. Y las palabras, los sentimientos internos, brotaron como la savia de algún viejo y olvidado árbol.

Fue allí, en nuestra habitación con las descoloridas cortinas y los muebles que habíamos comprado hacía tantos años, que le dije lo mucho que lo amaba también. Le dije cómo por cincuenta y dos años había tenido la bendición de pasar mi vida con un hombre que me había tenido cerca, que me había protegido y que me había dado una hija fuerte y sabia. Le dije cómo su amor había transformado a una mujer que sólo quería morir después de la guerra en alguien que había vivido una vida bella y plena.

—Vuélvemelo a decir, Lainie —susurró—, vuélvemelo a decir.

Así que se lo dije de nuevo.

Y de nuevo.

Mis palabras fueron como un *kadish* para el hombre que no era mi primer amor; pero que era mi amor a pesar de todo.

Se lo dije hasta que finalmente partió.

Querida Eleanor:

Me resulta casi imposible creer que mañana vas a casarte. Siento que he vivido un sinfín de vidas en mis ochenta y un años. Pero una cosa de la que estoy segura es de que los días en los que tú y tu madre nacieron fueron los dos más felices de mi vida. El día que primero te vi, con tu cabello rojo y tu piel tan blanca, quedé sin habla; no pude más que pensar en mi propia madre, tu bisabuela, y en mi amada hermana. Qué maravilloso es que reaparezca este tono de cabello en la familia después de tantos años. Me recuerdas tanto a mi madre. Tienes su misma gracilidad y ese largo cuello que voltea como girasol hacia la luz. No tienes idea de cómo me hace sentir eso; verla vivir a través de la sangre de tus venas, del profundísimo verde de tus ojos.

Ruego que entiendas el significado del regalo de bodas que les estoy dando a Jason y a ti. Lo he tenido conmigo por más de cincuenta y cinco años. Lo hice para una querida amiga que ya no está con nosotros. Lo hice en honor a su hijo, a quien sólo pudo tener entre sus brazos durante unas cuantas horas. Hice este dibujo con mi corazón, con mi sangre, con el deseo más absoluto de que ese momento pudiera permanecer vivo para mi amiga.

Estuvo enterrado bajo un piso de tierra durante la guerra, puesto allí por un hombre que arriesgó su vida por esconder los cientos de cuadros que hombres y mujeres como yo hicimos para recordar nuestras experiencias en Terezín.

Después de la guerra, regresé a Terezín para desenterrarlo. Mis manos trabajaron con velocidad mientras mi pala revolvía la tierra para encontrar el tubo de metal en el que estaba guardado. Finalmente encontré el dibujo enterrado y lloré de felicidad, porque aún estuviera allí, porque mi amiga ya se encontraba con su hijo y su marido en lo que sea que pueda ser el paraíso. Pero el dibujo permanece como testamento de sus vidas, truncadas pero, aun así, llenas de amor.

He esperado hasta este momento para compartirlo. No quise apesadumbrar la vida de tu madre, ni la tuya, con historias de lo que pasé durante la guerra. Pero este cuadro ya no debe estar oculto en un ropero. Ha permanecido en la oscuridad toda su existencia; merece que puedan contemplarlo otros ojos además de los míos.

Eleanor, te regalo el dibujo no por un gesto morboso, sino porque quiero que te conviertas en su protectora. Quiero que conozcas la historia detrás de él; que lo veas como símbolo, no sólo de desafío, sino de amor eterno.

ଔଷ

Coloqué la carta sobre el dibujo y lo volví a enrollar.

58

Josef

Me visto para la cena del ensayo de la boda de mi nieto con cuidado reverencial. Había preparado mi ropa la noche anterior. El traje azul marino y la camisa blanca que había enviado a la tintorería la semana pasada. En este día, pienso en Amalia, en lo feliz que estaría al ver a nuestro nieto y a su bella prometida. Será una boda magnífica. La familia de la novia está echando la casa por la ventana para su única hija, una chica que me parece tan conocida que no puedo explicármelo.

Me afeito el rostro lentamente y después paso al cuello y a la porción debajo de mi arrugada quijada. El espejo no tiene piedad alguna. Mi cabello alguna vez negro y mis cejas son más blancos que el algodón. En algún sitio muy por debajo de todas estas arrugas, del abultamiento de mi vientre, hay un hombre joven que recuerda el día en que se casó. Que recuerda a su prometida oculta debajo de un velo de encaje blanco, a su tembloroso cuerpo en espera de su gentil mano. Tengo tanto amor por mi nieto; verlo casado es un regalo que jamás pensé que viviría lo suficiente para recibir.

Me pongo la camiseta, deslizo mis brazos dentro de las mangas de mi camisa y la abotono cuidadosamente para que no quede un solo ojal sin abotonar. Me pongo un poquito de gel en las manos y me aliso los pocos rizos que me quedan.

Isaac llega a las cuatro de la tarde. El cabello entrecano que tenía en el funeral de Amalia se ha vuelto completamente blanco. Entra en la habitación y se para detrás de mí, la imagen de los dos se refleja en el espejo encima del viejo tocador de Amalia. Puedo ver que sus ojos se posan en la bandeja de porcelana que todavía contiene su cepillo con baño de plata, su tarro de crema y una alta botella verde de Jean Naté que jamás sintió la necesidad de abrir.

No lleva su estuche de violín, y de alguna manera verlo sin el estuche de cuero con el arco que guarda en su interior me tranquiliza. Me maravilla verlo con los dos brazos desocupados, colgados como los de un chico y asomándose por las oscuras mangas de su traje, con sus ojos grises reluciendo como dos lunas de plata.

Jakob sale de su recámara y nos saluda en el pasillo. Mi chico de cincuenta años me sorprende con una sonrisa.

—Isaac —dice, haciendo un gesto amistoso con la cabeza para saludarlo—. Papá —me saluda. Puedo ver que tiene las manos apretadas para calmar sus nervios—. Te ves de maravilla.

Le sonrío. Se ve apuesto en su traje, las primeras briznas de gris cerca de sus sienes me recuerdan a mí. Sus ojos me recuerdan a Amalia.

—Qué noche —dice Jakob mientras salimos del edificio bajo el toldo de la entrada. El conserje nos consigue un taxi. La luna brilla por encima del horizonte. El aire huele a otoño; fresco como las manzanas, dulce como el jarabe de maple.

Los tres nos deslizamos sobre los asientos de vinilo azul del coche y posamos las manos sobre nuestros regazos de ida a la cena en honor a la boda de mi nieto.

Miro por la ventana mientras nos dirigimos al otro lado de la ciudad, a través de los parajes iluminados como joyas del Central Park y pienso que he alcanzado los ochenta y cinco años para ver a mi nieto en la víspera de su casamiento. Soy un hombre muy afortunado.

Epílogo

En una mesa al fondo del restaurante, largos dedos de luz de luna iluminan a una pareja de ancianos. La novia y su futuro marido están bailando.

Ahora la mujer tiene el brazo descubierto. No son los seis números pequeños los que han hecho sollozar al viejo, sino el pequeño lunar café que se encuentra en la piel justo encima de los mismos. Tiembla mientras su arrugado dedo se estira para tocarlo; esa pequeña marca ovalada que había besado hacía una vida entera.

—Lenka… —vuelve a decir su nombre. Casi no puede pronunciarlo. Ha estado atorado en sus labios por más de sesenta años.

Ella lo mira con ojos que han visto demasiados fantasmas como para creer que es quien piensa que podría ser.

—Me llamo Lainie Gotlieb —protesta débilmente.

Se toca la garganta, envuelta en un collar de perlas cultivadas que alguna vez perteneció a una elegante mujer de pelo rojo de Praga. Mira brevemente a su nieta estadounidense y sus ojos se llenan de lágrimas.

Él está a punto de disculparse, de decir que debe haberse confundido; que por cuarenta años ha pensado que la ha visto en los rostros del subterráneo, del autobús, en el de una mujer en la fila del supermercado. Ahora teme que finalmente ha perdido la razón.

La anciana se cubre el brazo de nuevo y lo mira directamente a los ojos. Lo estudia como una pintora podría estudiar un lienzo largamente abandonado. En su mente, pinta el cabello del anciano de negro y traza el arco de su ceño.

—Lo siento —dice al final con voz temblorosa y sus ojos llenos de lágrimas—, nadie me ha llamado Lenka en casi sesenta años —se cubre la boca con la mano y, a través del abanico de sus dedos, susurra su nombre—: Josef.

El anciano está temblando; allí está ella de nuevo frente a él, un fantasma que milagrosamente ha vuelto a la vida. Un amor que ha regresado a él en su vejez. Incapaz de hablar, levanta la mano y cubre la de ella.

Nota de la autora

Este libro está inspirado en diversas personas cuyas historias se encuentran entrelazadas a lo largo de la trama. Tenía planeado escribir una novela acerca de una artista sobreviviente del Holocausto, pero terminé escribiendo una historia de amor. Con cualquier novela es común que surjan argumentos y sucesos inesperados, y uno termina yendo en una dirección que no tenía planeada de origen. En este caso, mientras me cortaban el pelo en el salón de belleza, escuché por casualidad la narración de una persona que había asistido a una boda recientemente en la que la abuela de la novia y el abuelo del novio, que no se habían conocido antes de la ceremonia, se habían percatado de que habían sido marido y mujer antes de la Segunda Guerra Mundial. La narración se quedó grabada en mi mente y decidí usarla en el primer capítulo de mi novela. Después creé a los dos personajes y busqué llenar el espacio de sesenta años que habían pasado separados.

La experiencia de Lenka está inspirada en parte en uno de los personajes reales que se mencionan en este libro, Dina

Giottliebová, quien estudió arte en Praga y después trabajó por un breve periodo en el *Lautscher* de Terezín pintando escenas en postales antes de su deportación a Auschwitz. Emigró a Estados Unidos después de la liberación de los campos y falleció en California en 2009. El Museo Estadounidense Conmemorativo del Holocausto en Washington D.C. resultó invaluable al proporcionar el testimonio oral de las experiencias de Dina Gottliebová acerca de su trabajo tanto en Terezín como en Auschwitz, donde creó el mural de *Blancanieves y los siete enanitos* para la barraca de los niños checos. El mural sirvió de consuelo a los niños y también ayudó a salvarle la vida a Dina. Después de que lo completara, un guardia de las SS le informó a Mengele de su talento artístico. Por ello, Mengele prometió perdonarles la vida a ella y a su madre si Dina accedía a pintar retratos de los hombres y mujeres a quienes utilizó para llevar a cabo sus terroríficos experimentos médicos.

Varios de los demás personajes que aparecen en el libro también existieron en la vida real. Friedl Dicker Brandeis llegó a Terezín en diciembre de 1942 y casi de inmediato empezó a impartir clases de arte a los niños que habitaban allí. En septiembre de 1944, al oír que se iba a transportar a su marido, Pavel Brandeis, al este, se ofreció como voluntaria para acompañarlo en el primer transporte. Sin embargo, antes de partir, le entregó dos maletas que contenían cuatro mil quinientos dibujos a Rosa Englander, la tutora en jefe del hogar para muchachas jóvenes en Terezín. Al final de la guerra, Willi Groag, director de la casa de las chicas, recibió las maletas y las llevó con él personalmente para entregarlas a la comunidad judía de Praga. De los seiscientos sesenta niños que crearon obras de arte con Friedl Dicker Brandeis en Terezín, quinientos cincuenta perecieron en el Holocausto. Todos los dibujos que quedan se encuentran en la colección del Museo Judío de Praga y muchos de ellos están expuestos para que todo el mundo los pueda ver.

Bedřich Fritta falleció en Auschwitz el 5 de noviembre de 1944. Su esposa, Johanna, murió en Terezín, pero, milagrosamente, sobrevivió el hijo de ambos, Tommy. Leo Haas sobrevivió a la guerra y regresó a Terezín en busca de las obras de arte que había escondido en el ático de la barraca Magdeburgo. Con la asistencia del ingeniero Jíří Vogel pudo recuperar las pinturas ocultas de Fritta y de sus demás colegas en el departamento técnico: Otto Unger, Petr Kien y Ferdinand Bloch, quienes ya habían perecido. Al escuchar que Tommy Fritta había quedado huérfano, Haas y su esposa, Erna, adoptaron al chico y regresaron con él a Praga.

En mi visita a la República Checa, pude conocer a Lisa Míková, una artista que había trabajado en el departamento técnico de Terezín. Incluso, tantos años después, pudo describir vívidamente las circunstancias inusuales en las que se asignaba a los artistas a crear planos y diversos dibujos para los alemanes, al tiempo que contrabandeaban artículos de arte del departamento para hacer sus propias obras por la noche. Compartió conmigo cómo las pinturas se habían ocultado dentro de las paredes de Terezín y cómo Jíří Vogel había enterrado el trabajo de Bedřich Fritta después de colocarlo en cilindros de metal.

Estoy en deuda con todas las personas que compartieron sus historias conmigo y agradezco enormemente la oportunidad de ayudar a preservar su legado. Sin ellas, esta obra no hubiera sido posible. Son Sylvia Ebner, Lisbeth Gellmann, Margit Meissner, Lisa Míková, Nicole Gross Mintz, Iris Vardy e Irving Wolbrom. También quiero agradecer a Dagmar Lieblová, quien tan generosamente compartió su tiempo y sus contactos, y me dio una visita guiada personal de Terezín durante mi estancia en Praga. Además, debo darle las gracias a Martin Jelínek, del Museo Judío de Praga, y a Michlean Amir, del Museo Estadounidense Conmemorativo del Holocausto, por la invaluable asistencia en investigación que me ofrecieron, tanto durante como después de mis visitas a estas maravillosas instituciones; a Jason Marder, por su trabajo inicial como asistente de investigación; a Alfred Rosenblatt y a Judith y P. J. Tanz, por ofrecerme material preliminar adicional; a Andy Jalakas por su incansable apoyo; a

Linda Caffrey, Antony Currie, Marvin Gordon, Meredith Hassett, Kathy Johnson, Robbin Klein, Nikki Koklanaris, Jardine Libaire, Shana Lory, Rita McCloud, Rosyln y Sara Shaoul, Andrew Syrotick, Ryan Volmer; a mi marido y a mi madre y a mi padre por sus cuidadosas lecturas de las primeras versiones de la novela; a Sally Wofford-Girand, mi maravillosa agente que me instó a ir más lejos de lo que jamás pensé que podría ir y que hizo que el libro fuera mucho mejor por ello; a mi fantástica editora, Kate Seaver; a Monika Russell, por sus historias y su asistencia con todo, desde traducciones del checo hasta la reducción de mi caos cotidiano y por siempre mostrarnos tanto amor a mis hijos y a mí. Y a mis niños, padres y esposo, un agradecimiento especial por su infinita paciencia y amor.

Planeta

España
Av. Diagonal, 662-664
08034 Barcelona (España)
Tel. (34) 93 492 80 36
Fax (34) 93 496 70 58
Mail: info@planetaint.com
www.planeta.es
www.planetadelibros.com

Argentina
Av. Independencia, 1668
C1100 ABQ Buenos Aires
(Argentina)
Tel. (5411) 4382 40 43/45
Fax (5411) 4383 37 93
Mail: info@eplaneta.com.ar
www.editorialplaneta.com.ar

Brasil
Rua Ministro Rocha Azevedo, 346 -
8° andar
Bairro Cerqueira César
01410-000 São Paulo, SP (Brasil)
Tel. (5511) 3088 25 88
Fax (5511) 3898 20 39
Mail: info@editoraplaneta.com.br

Chile
Av. 11 de Septiembre, 2353,
piso 16
Torre San Ramón, Providencia
Santiago (Chile)
Tel. (562) 652 29 00
Fax (562) 652 29 12
Mail: info@planeta.cl
www.editorialplaneta.cl

Colombia
Calle 73, 7-60, pisos 7 al 11
Santafé de Bogotá, D.C.
(Colombia)
Tel. (571) 607 99 97
Fax (571) 607 99 76
Mail: info@planeta.com.co
www.editorialplaneta.com.co

Ecuador
Whymper, 27-166 y Av. Orellana
Quito (Ecuador)
Tel. (5932) 290 89 99
Fax (5932) 250 72 34
Mail: planeta@access.net.ec
www.editorialplaneta.com.ec

Estados Unidos y Centroamérica
2057 NW 87th Avenue
33172 Miami, Florida (USA)
Tel. (1305) 470 0016
Fax (1305) 470 62 67
Mail: infosales@planetapublishing.com
www.planeta.es

México
Presidente Masaryk 111, 2° piso
Col. Polanco V Sección
Deleg. Miguel Hidalgo
11560 México, Ciudad de México
Tel. (52 55) 3000 6200
Fax (52 55) 3000 6257
Mail: info@planeta.com.mx
www.editorialplaneta.com.mx
www.planeta.com.mx

Perú
Grupo Editor
Jirón Talara, 223
Jesús María, Lima (Perú)
Tel. (511) 424 56 57
Fax (511) 424 51 49
www.editorialplaneta.com.co

Portugal
Publicações Dom Quixote
Rua Ivone Silva, 6, 2.°
1050-124 Lisboa (Portugal)
Tel. (351) 21 120 90 00
Fax (351) 21 120 90 39
Mail: editorial@dquixote.pt
www.dquixote.pt

Uruguay
Cuareim, 1647
11100 Montevideo (Uruguay)
Tel. (5982) 901 40 26
Fax (5982) 902 25 50
Mail: info@planeta.com.uy
www.editorialplaneta.com.uy

Venezuela
Calle Madrid, entre New York y Trinidad
Quinta Toscanella
Las Mercedes, Caracas (Venezuela)
Tel. (58212) 991 33 38
Fax (58212) 991 37 92
Mail: info@planeta.com.ve
www.editorialplaneta.com.ve

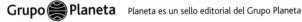 Grupo Planeta   Planeta es un sello editorial del Grupo Planeta